叶　华

江西萍乡人，中国作家协会会员，已出版散文集 3 部。

不朽与忘却

叶华 著

GUANGXI NORMAL UNIVERSITY PRESS
广西师范大学出版社
·桂林·

不朽与忘却
BUXIU YU WANGQUE

图书在版编目（CIP）数据

不朽与忘却 / 叶华著. -- 桂林 : 广西师范大学出版社，2023.8
ISBN 978-7-5598-5801-6

Ⅰ. ①不… Ⅱ. ①叶… Ⅲ. ①散文集—中国—当代 Ⅳ. ①I267

中国国家版本馆 CIP 数据核字（2023）第 026773 号

责任编辑 韦兰琴 苏秋燕
整体设计 刘 凛
责任技编 石玉珏
封面题签 刘洪彪

广西师范大学出版社出版发行
（广西桂林市五里店路 9 号 邮政编码：541004
网址：http://www.bbtpress.com）
出版人：黄轩庄
全国新华书店经销
服务电话：0771-2092860
广西昭泰子隆彩印有限责任公司印刷
（南宁市友爱南路 39 号 邮政编码：530001）
开本：787 mm × 1 092 mm 1/16
印张：18 字数：160 千
2023 年 8 月第 1 版 2023 年 8 月第 1 次印刷
定价：68.00 元

序

是个文集，还是写个序好些。责编催了几回，对她很歉疚，是态度的懒散，也有怯于动笔。庄子文章，春秋笔法，灿若北辰；羲之笔下，一条魏晋的大河，静默流淌。有一段时日常坐东窗捧读，屋外春风煦日，福气不亚于东床快婿。一个时代、一支文脉，总得有入口领着进门。这样说，孔孟老庄、羲之嵇康均是序章，都是文化的命门。所以，生怕写不好，倒了胃口，对不住师大出版社抬爱。“生怕”是故土方言，这个词不足以替我开脱，难道“熟”就不怕了？煮熟的鸭子还经常飞呢。

集子文章，新旧共存，像屋檐下的一家人，老老少少，兼容并蓄。有多年前的，也有近两年新作，品相不一，好坏都认账。文章也算自己人生的摹本，时间幻化，波光粼粼。整理底稿时读，内心湿润，既生欢喜，也会黯然。喜欢的，头皮微麻，窗外正新雪；遗憾处，如遇美人，难免教人伤心。又想，文章高下，何必纠结，这么解读，不朽与忘却，说得过去。

请同乡刘洪彪先生题书名，这才是硬菜。

癸卯大暑

目　录

第一辑

水绘时间

立春，春秋古白

收到远方寄来的春秋古白茶，顿时有了雪意，看见积雪的老树茶园，一树一树的清清白白，绿色叶子之上的白雪更白，不烦的第一次日记提到了时间的样子，一个小小的孩子，他的感知最真实最直观，也最好，好在懵懂未化，或者根本就不曾理解。他的字在口字格间，幼稚，文文静静。不觉，律吕调阳，冬去春又来，总在与时间告别，又试图与它重逢，而遗失的美好，不仅仅是时间。这批古树白茶，是朋友去云南跟着老茶人学做的，量极少，尝试性的，结果意外之美出现了，据说采摘的时候是夜里，月朗风清，可以望到远山山顶的积雪，继而连续几日艳阳高照，自然翻晒风干，一切都是恰到好处，茶叶用竹篾盘子平铺直叙，一点没落地，干干净净，会喝茶的朋友喝过后，都觉得好，挑不出毛病，好茶也是讲浑然天成的，天时地利人和。第一次喝到时，内心明明朗朗，味道很熟悉，全是春日里阳光的味道，少年走在青青绿绿的田埂上，微风写诗，胖胖的白云一朵一朵钻进蓝天。

后来，想再要些送人，没有了。这个朋友一会儿挖掘欧洲小众红酒，一会儿拍文艺纪录片，一会儿搞小型主题展，说没时间和精力再去云南做茶。做茶需要虔诚，更要静笃，可以理解。后来这款茶喝了几次，找着了它的好，进了山门，市嚣顿远，好在恬静，像读过的一种古典作品，感受的是精华气魄，让人空明远望，或是怅望，魏晋的繁星、先秦的浩瀚，屈原陶渊明都是。其间有一次，泡茶的刘燕丹在茶桌上放了一支半开荷花，粉色，据说是从贵州安龙的招堤摘回，新月就起来了。朋友是诚实的，她说的重点是精力，精力要兼容并蓄才能厚积薄发，就如草木成长，阳光，雨露，恰恰那一刻，太阳照射过来，葡萄，一下熟了，自然天成，“自然”是过程，“成”是瞬间之大美。茶，繁星满天，千变万化，各有意味，她可能再也做不出这样的味道了，失之交臂的美好就这样常常告诫着：你要珍惜，要懂感恩。

美好的事物会教人既快乐又伤心的。

那年在鲁院听讲座，临近岁末，大概是我们那个作家班的最后一课，人大的周孝正先生讲社会学，当时社会学是个新山头，研究的学者不多，好奇趋鹜，听起来兴致勃勃。孝正先生衣着朴素，镜片后面是灼灼的眼睛。他真切地注视大家，语速很快，激动时，霍地站了起来，一点不像年近六旬。先生的讲义是一册大号的笔记本，泛黄，旧得起了毛边，字迹手写，密密麻麻得让人心生感动。记得他给我们讲了三堂课，一堂小半天，每回都是神采奕奕侃侃而谈，其实用“口若悬河”表述更有现场感，周先生字字珠玑，高谈阔论，一条宽阔的大河奔腾而来，过了下课时间，仍意犹未尽，没有一个人想离开。天气凛冽，同学们知道是最后的课，都没有说话，次日就各奔东西，心存戚戚的气氛像好电影舍不下的散场。大家默默送老师出门，一开门，才惊觉，天早黑了，雪花裹着风，涌了进来。

一晃，秋水长天，二十年倏忽而过了，三十个同学，至今联系的零零星星，联系也是客客气气，完全不似当年那种无间。周先生的讲稿至今保存，那会儿有个海南的同学，打字员出身，边听边记，快得令人侧目，感谢他为我们留下了一些经典的时间片段，当时偷懒，不想记笔记，下了课就眼巴巴地坐等他发电子笔记，用手掌大的磁盘拷贝，压缩饼干一样，学期结束时带回去几十张，现在这东西消失了。

当时我把听课笔录都打印出来，订成厚厚两本，这些并不完整的讲义，如旧时的风物，它是我的柏拉图《对话录》，也是求学时代遇见的“子曰”，拿起来，文学的回忆款款深情，娓娓道来。

当时，鲁院正重建校园，我们这个班借住西单北篦子胡同的一家旅馆里，我用这个地址，给惦记的人写过不少的信，然后踮起脚跟等着云中复函，手写的味道，久违了，失传了。前两年去北京，让朋友专门开车搭去故地重游，胡同还在，旅馆却找不着一点痕迹，人是物非，路边的老槐树们，呆呆立在昏暗暮色里，黯然失神。

西单，起风了。

古城依旧，只是故人换了一批又一批。

还有一年，在西安，选了晚间去古城墙。天光暗淡，灯下树影斑驳在老城墙上，如写意的山水，气息上是往安静里走的，喜欢这样的光影，可以暂时忘却护城河对岸的车如流水，那是一个庸碌的世界，主观上，我努力往一个逝去的年代靠近。

到西宁门，城门紧闭，看见灯下的吊桥。这座桥是赝品，庸俗不堪，吊桥之下的河水倒影有点情趣，一抹朱红昏睡在水间，风微微的，像足了人生短暂的谢幕。从东门上墙，没有其他的游人，工作人员在门口嬉戏打闹。墙拱下，灯火明亮，风煮沸了夜色从背后而来。煮沸的夜色，神情香艳，吹出箫声不绝如缕，心情寡欢，一路谢落的合欢花。拾级而上，周遭安静，我大约是那个晚间唯一的游客吧！暗夜苍茫，城墙上的灯笼，红得寂寞，像一个民国时期治印的女子，在传统的风声里手艺卓绝。

印是证实存在的本身，我们的回忆就是一方月下的治印。

城上，风声泠泠，没有再往前走的想法了，如此的时间，静坐与回忆同好。鲁院同学程军说他在城墙之上俯视西安城，有面朝大海的感觉，一直记得他这句。这是他五年前来西安的纪念，那时他还写诗，才华毕露，非典时期的诗歌组稿，他的排在许多大家的前面，有人看见浑身不舒服，文学的面前伪装的大师们到底沉不住气了。

现在他很少写了，我说为什么停下？那是你的命啊！他说准备寄五年前在西安写的诗作给我，他笑着说，那是他最后的青春澎湃。

那晚印记深刻，我也不知道为什么它在我的生命里有如此清晰的投影。或许，这原本就是我想象，一场虚无的梦游。我坐在城墙的长椅上坐了很久，瓮城空空，曾经厮杀的战场，最终空空如也。一株古槐在风中更显伶仃，灯光昏沉，头皮发麻，就下城楼去。

前几年在海边工作，常有文友来宿舍聊到深夜，我给他们泡茶，说了什么，都模模糊糊了，喝茶的印象很深刻，水仙花开了，玉兰花开了，梅花开了，心里清淡，清淡得不想其他，就和他们喝茶。喝茶的好是什么？是趣味？是审美？是习惯？是世故？我觉得可能是一种被需要的常识：这个媒介，禅林风高，碧水秋风，你执意沉溺其中，或语焉不详，但心安理得，还执迷不悟，且乐此不疲。这种常识，犹如镜子，看到生活与人的虚无和无望：这世间，有些事和有些人，比未来的价值重要。天色好的夜里，我们把茶盘搬到沙滩上，支个小灯盏，海水就在脚尖了，有时待字闺中，有时谦谦君子，有时又老于世故，巴尔扎克福楼拜司汤达雨果哈代莫泊桑契诃夫欧亨利鱼贯而出，肆意想象，各有意味，意味深长。

一船又一船的渔火在远处的海面兴致勃勃，初夏之夜，开海了，渔船正脱下夜的内衣。

少风时，海水缓缓，一浪一浪，在你面前欲言又止，海水深沉，红尘滚滚，内心还是一朵一朵水仙或玉兰花开了。第一次去喝茶时，约了云南的杨科云，他带着羞涩未婚妻，聊到兴致，都把脚埋进沙子里，北海的沙细如雪，月光一照，恍然如梦和惘然若失都有了。科云这几年不得了，频频获奖，到处办班，四处讲课，我不希望他走得那么急迫，有时候让自己成为书法的局外人更有利于创作，艺术嘛，常常要革了自己的命。他写了《兰亭序》送我，温文尔雅，矜矜浅笑，余音绕梁。北海这么喝茶的人很少，每次我们在沙滩上摆台，就会引来一群艳羡的目光，后来变成了于远方友人的高规格厚待，兴奋处还会开点酒，来者念念不忘，一时佳话。如遇静夜，海水无声，静默而有巨大力量，像足陶渊明的好，不偏不倚，克制隐忍，光明的隐私，磊落的隐私。我们的头上，常常星光朗朗，却不曾警觉：时间沉鱼落雁，浩浩荡荡中一泻千里，北海的这处海面，梦里看了许多年，现在回念，还是惊鸿一瞥，仿若初见。四年前离开时，很匆促，太早，没来得及和共事几年的战友们道别，一路高速，看着天一点一点地明亮，干净的粉黛，内心在那刻也是纤尘不染的，物质之外的上好：杏花，初春，神情凝滞，是无比舒服的晨光。半路收到凯华微信：七点，照例去你办公室，里头空荡荡的，突然伤感。这是个线条感很粗犷的理工男，肉麻起来让人打哆嗦，回信：一处离别，一处重逢。

时间，幽静谦让，君子相遇。

大约五年前，每年岁末都有买些《故宫日历》，送送朋友。《故宫日历》有古人的生活，有玩味的精髓，有时间的高贵，送出去不俗气。乙未年末，请北海文友们落印日历，每个节气那页都盖上诸位闲章，釜生、阮直、温进、唐果、蒙平、科云、健敏、辉宁等等，都是潜心生活的艺术家，良师益友们，纸上心神相通，茶饭奥妙，妙在有心。年过花甲的林釜生老师最有趣，值班时拉他来喝茶，边聊边瞅电视，正点播《西西里美丽传说》，等到莫妮卡褪下衣服露出白晃晃的乳房那段，老爷子一把放下茶杯，喝道，停停停，回放！一脸天真烂漫。老先生写的《金刚经》，中正庄严，老衲入定，年轻时他居然在北海人民剧场开过二胡的专场演奏会，意气用事，一直这么好玩。

那年冬天，我还请人泡了三百斤杨梅酒，酒色勾魂如暮色逼近。温进先生是常客，他的草书好，酒后写上几幅，直抒胸臆，极具姿态，有些书家惜字如金，小心翼翼，他没这毛病，好处不以为然，写坏了就写坏了，缺点也是他，这就是我喜欢的地方，艺术家小九九多，坦坦荡荡不容易。这杨梅酒基本上就是给老温准备的，他喜欢喝点，每回都倒一高脚杯，绝不超量。但我们一般都是喝茶到深夜，子夜煮茶，汤色真好，少女的柔山弱水。玩到兴起，胡编几个条幅："芽春荷露""茶室温进"等等。温老师端起酒杯，一脸责备，说那咱俩在哪呢？我说都在字里头了。"夜静春山"落笔时，觉得王维真是啰嗦；"芽春荷露"意境到了，两个顽童玩得令人嫉妒，兴致勃勃的温老一挥，我心悬得不行，幸好幸好，"挥"出了一带江山，这是无名的暮冬静夜，估计北海也很少人这么玩了。

次日，早早醒来，晨光微弱，也动人魂魄。昨夜的墨迹未干，都是杨梅酒惹的祸，又想，大冬天意气用事，也是舒服。之后乱写一气，一醉方休，良朋比兰蕙，温老写出了大寒的况味，山石嶙峋，雪意冷香，多像一个时代的文风。我们把盖好印的《故宫日记》寄给远方的朋友，雪意徐来，上等好。

此时，南方城南，草木盈盈，感觉旧岁就没冷峻过。二姐来电提醒酉时立春，温暖，每年如此。少年笑声明朗，微风温和细语，是青草拂衣袖的气味，春天只言片语地来。这是2020年的立春日，一刃朴素的时间，还是积雪的碧螺春茶园和蜡梅树上的流连光景。

谦谦君子与不可方物

人走茶凉，人不走茶也凉。这两天老记得这句，新春的祝福有点目空一切空空如也了，暗夜的屋顶，雪化的雨水，一滴一滴滴落屋檐，像书家的悬针垂露，窗外，天空一脸墨色，未亮，醒了。

给温老爷子发了个短信，问湖北老家情况怎样了，这些天整个国度的人都不好了，不好也有好的地方，能看到别人，更能照到自己，人在大灾大难面前才更像人，孟德斯鸠这话说得让人无以为继。去年温老先生突然面瘫，我调侃他，谁叫你整日嬉皮笑脸，这回严肃紧张了吧？电话一头，哈哈大笑。第一次见在建明兄的画室，他办了个书法班，请温先生来讲鉴赏，座上当地文人不少，都屏住气息，老爷子逐一点评习作，说着说着把笔一扔了，愤慨，字哪能这么写啊，我在一旁看得冷静，觉得脖颈间落了个雪球，浑身打哆嗦，窃喜，这半小老头合胃口，现在想，这就是欢喜之心，这个雪落脖颈的哆嗦简直就是惊喜了，与第一次读到《穷人》的感觉，如出一辙，我们都是这个世上的穷人啊，桑娜提着灯出门，翘首待夫归，画面高贵。建明兄介绍了一下，报了一长串装门面的头衔，老爷子瞟了一眼，很冷淡地和我握了下手，走了，直接把我晾在那儿，跟阳台上挂的风干肉差不多。后来，每次都表扬他这个出场，在我这赚了大分，他得意，他的立场坚定，写字就得独树一帜，就得驷马难追，要不就把自己写小，写成流行歌曲了。他眼睛毒，说起作品的毛病，一点不留情，狠得下心，我喜欢他的锱铢必较，对于艺术应该有这种清醒的尊重，看现在的书评，拉得下脸的人太少了，都变着法子说好听的，所以大家都一脸俗气，一俗至今，哪有经典？

昨夜吃茶，杜撰几句“谦谦君子心，以象示丹青，惟性人不语，浩瀚云海轻”，诗人往往各有打算，我一点没够着，就应景，差不多就是看图说话，没上过幼儿园，所以这功夫没底子，有底子的人跟有底薪的人差不多，往往一掷千金，出手阔绰。温进先生说挺像那么回事，兴致一起，提起笔就写，我的羊毫姿色平平，宣纸也年老色衰，温老爷子一点不忌讳，很多人强调什么笔什么墨，他不讲究，看菜吃饭，有啥吃啥，真撇脱。他写草书时真是谦谦君子，有感而发，简练达意，心里的笔墨标准，有一种对艺术的心平气和，心平气和像通俗小说，三国演义七侠五义，家常、随性、好玩，耐得住挑剔。我和锌华、凯华在边上看得眼珠子鼓鼓，一眨不眨，暗淡斗室顿变雅舍。第二天早上起来，一时兴起，拿温老先生写的这幅做旧玩，煮一壶的陈年普洱，用烧烤的软毛刷子在宣纸上刷了半天，踌躇满志，有人进来看到，以为在刷油漆，问了好几句要帮忙吗，很尴尬。陈普估计不够陈，煮半天颜色深沉不起来，像年青时代的我，现在，我还是深沉默而不了，碗里的普洱汤色黯然，东窗明净。

东窗明净，秋叶满庭，这意向真好。那年岁末，我们在会稽山下小华兄的茶舍遇到了，他的工作室外种了一株紫薇，造型朴素，周遭是白墙，一下就活了起来，有点像贝聿铭当年让人种在苏博里的那株，一进去就有山水的感觉，中国文化的写意精髓，山水二字，基本能概括了。时值冬初，他给我们泡茶，潮州的单枞，我们人多，他换了间大点的日式房间，忙着煮水，瓦釜之上，袅袅热气，刚到初冬，空旷的茶室出奇地清冷，沁人心脾，门庭萧瑟，瑟瑟发抖，这算是传说中的名士家风吗？小华兄估计平时多是喝学生泡的茶，我们一过去，手忙脚乱的，好茶待字闺中。他是江西老乡，辞了工作，跑到绍兴教书法，我问兰亭书院有多少学生，大约三百来人，总要有人静下神来做一些有意义的事。

我在鲁院的第一篇作业，开头大概写了万余字，喝了顿酒后撕了，很快意，没有想过“为什么写作”之类，就是与故去的不快和平庸决裂一回，写明月之月是无趣的，写明月之明才有滋有味，那会儿知道，说不出，现在说得出，写不好，步步为营的作文终是作茧自缚，不如另辟蹊径，找找意外之美，大开大合是难上加难了，浅酌怡情倒是可以，大开大合是文艺复兴的事，没这能耐也没这野心管不了那么远大。这些年身边的人很少知道我在写作，一哥们儿有次在会议上见到我，很神秘地告知，在某杂志看到一和我同名同姓的人，文章写得还蛮好，表情跟哥伦布发现新大陆差不多。去鲁院那年，在火车上遇见肖薇，她是大学新生，都是萍乡人嘛，由着性子瞎聊，欢快，可爱的青春。六七年后，我才说那时她蛮好看，齐肩短发。情窦初开的年岁，那个人就是齐肩短发，清清爽爽，莫名地生出感动。肖同学听了不太高兴，就没点其他的好？一年夏天回萍，她请我去雅天喝茶，头发是流行的大波浪卷，淑女的那种，那个在经贸大学读书的女生没了痕迹，岁月无声翻过，怅然若失。在鲁院时，我和同学有时会从八里庄散步到她们学校，老记得一回，她在红庙公车站等我们，条纹 T 恤，蓝色的牛仔裤，球鞋很白。那是北京流火的夏末的傍晚，天空没有流云，却觉得烟波万状。

鲁院的文炜师姐来电话，说稿子的事，《日记画本》下期发了，她说压了快一年了，这回她和杂志社领导较上劲了，非发不可。我说你这么一说，感觉为了交情而不惜代价赴汤蹈火似的，悲壮得很。文学和交情没啥关联，但交情和文学有关系，屠格涅夫死后埋在别林斯基边上，他俩连死都那么贵族，那么诗意，那么浪漫，真让人羡慕嫉妒恨。师姐真美，刚到鲁院那会儿，是一等一的大美人，活脱脱暴走的荷尔蒙，关键小说写得也是色彩斑斓热血沸腾，男同学们排着队请她吃饭，不提前一两个月预约估计排不上号。有个重庆的同学给她写了首歌，在吃火锅时用二锅头的空瓶子当话筒，扯开嗓子就唱，一下把我们都吓着了，他一遇到喜欢的女人就写歌，跟柳永似的，唱的什么，一点印象也没有。我已淡忘了这个稿子，只以为是文学的玩笑，她们那杂志少容异类，我的文字差不多就是异类，这样说我像有些忘恩负义，恩义又怎能轻而言断？其实我深爱那刊物，爱那集体。

岁月深了。恍惚有物。

初秋，常春藤的枝蔓爬满了年少的寂寞，疲惫的屋顶暗红，一场雨后。我去傍晚的校门口，买上一份北京青年，来几斤新鲜的玫瑰香，一路是小贩们的叫卖，是朴素的日子。回到宿舍，永跃师兄在打坐，手上是一卷《国史大纲》，台湾旧版，字是竖排，像他打坐时歪歪斜斜的身体。我笑，他不以为然，说我年少气躁。我还是觉得他的姿势好笑，后悔没有拍张照片留给若干年后。笑完，取一卷书，或写一段若有若无的文字，坐定身体，磨一些旧墨，记下昨夜的旧梦，案间的瓶中的花香若有若无……

玫瑰香的味道倒记得清楚。现在水果店到处有卖，每次买点都觉得是赝品。

记得经常在胡同里骑着自行车出门，那会儿的胡同灰蒙蒙的，人特别少，又长又细，见不着故国的那些文人墨客。有年开会，我和海滨跑到景山上，费了老大劲才爬上去，故宫黑灯瞎火的，也没啥劲，跌跌撞撞下来，像我们年轻的模样，后来跑到胡同的小酒馆喝酒，叫上个漂亮的军艺同学，小高同学一聊就像踩进泥里无法自拔了，据说她现在拍了很多的戏，前年央视播过，演甘祖昌将军的夫人，功底子硬。

一点回忆，更像想象，看到些许墙内墙外的月光。许多细节浓浓淡淡，间间断断，忽而恍惚，回忆轻易将往昔信手涂抹雌黄，留下，岁月中的若干静和留白。

阮直先生让我在不久前的岁末里高调了一点，在晚报给我发了一个整版，写了什么，没啥印象，老的文字，荒废的菜园子一样，文艺范儿真没找着，配了张几年前的照片，有点复古味，就唏嘘感慨吧，就一个劲怀旧吧，于是瓦屋纸窗，于是灯檠茗碗，酸甜苦辣生旦净末鱼贯而出。

昨夜值班，老顽童们又来吃茶，我这些年来一直喜欢和年龄大的人做朋友，踏实靠谱有东西让你欣赏。宿舍有江西寄来的新鲜笔墨，就看他们玩：温老澄澈，林老肃穆，张小姐婉约，没备好纸，一平尺也是巨作了。老朱携了夫人就变得克制了。书家三人，观众五个，斗室高朋满座，没觉得拥挤。观众仿佛精心挑选，有人磨墨，有人泡茶，有人斟酒，有人裁纸有人笑，我感觉未到，无所事事，琢磨着好像独缺一扫地的，又犯愁，扫地可是个精细活儿，没把握，要不斯文扫地，要不被扫地出门，真不敢说话，但不说话也觉得夜晚不可方物。

谦谦君子和不可方物原是要把一个人写进去的，捎带着一群喝茶的写文章的朋友，左右为难的事还是不干为好，下回虔诚地写，“新冠”时期，夜真安静，故国的安静，夜色里捎带着一种药味，真想吃上一碗净炒的初春淮山，白白净净之上，几段绿豆粉的芹菜，每次回乡，母亲都能炒出这样的好颜色，夜色，阑珊。

暮春读书与吴佳

南方回南天后的突然放晴，像霍金当年在剑桥一样难得一见，南风偃旗息鼓，北风不请自来，晚霞好看，夜晚格外像个流光溢彩的外来人，马蒂斯就是这种感觉，袁枚的“着一身花”也是如此，感觉真是忠直，喜欢就是喜欢，不喜欢就是不喜欢，我还是满心欢喜的，没有特别要交代的，这样说，好像啥也没说。

这些天总惦记着妈妈的净炒淮山，舌头的记忆很清晰，关于春天，咬一口咔嚓咔嚓，口感是儿时吃雪的感觉，吃雪是吃微甜的未来，小娃娃坐在骨牌凳上，一脸阳光乳白，滋味悠长悠长。

想想这个画面，多奢侈啊，回忆与故去，从无粗制滥造，风过疏影，恍惚有物，一场复一场的怀旧，何尝不是失之东隅，收之桑榆。

晚上把几年前写的《夏天》读了一遍，似乎在读别人的文章，读到好，心想天外有天，读到坏处，就是祝枝山在民间被唐伯虎抢了风头，人生很多事情都不会依照意愿大行其道，祝枝山没有绯闻，所以红不起来，唐伯虎在滚滚红尘间一脸无辜，我这举步维艰含辛茹苦地写字画画，招谁惹谁了吗？一晚，去五象山庄找肖文文谈点事，大堂前的凤凰树在暮色里摇曳，树老风高，枝叶真是美啊，心情清丽，它让你禁不住敞胸露怀，推心置腹，真正愉快，茹科夫斯基就是这样的感觉，仁慈而优雅，优雅的感觉太难了，每一个搞艺术的都想往这个方向扎堆，终点者的脸谱寥寥数张。我仰着头看了许久，用手机拍了几张照片，一树一树凤凰的羽毛，在苍茫暮色里判若两人，这是2017年初夏的夜晚，并无铅华，却那么深刻，一树一树云头的花朵，水墨的花朵，一树一树水墨的祝枝山，祝的草书写得真好，在凤凰树的枝头得意忘形。泰戈尔说，不要着急，美好总在不经意间出现，想想，我好像确实是不着急，也不经意。

新买了一批书，《樗下读庄》的名字像人在碧树下发呆，这碧树是春末夏初的杨梅树，杨梅青涩，像刚发育的乳头在枝端若隐若现。去年郑维龙结婚，我们乘喝喜酒顺道爬了趟崀山，遇过一片杨梅树，问老乡家要了两张凳子，坐下来树下喝茶，远远还能看到辣椒峰，我闹不明白，长得跟只辣椒一样的山有啥好看的？正好有风穿过，不冷不淡，满树青青，杨梅们全是不解风情的样子。不解风情还是少年，有害羞之美，杨梅熟了后，就像一个人从恋恋红尘中走了过来。那片树林，记忆犹新，会让想起自己不少的年少轻狂来，真好。回头想想，这些年似乎读了很多的书，忽然发现从来没有仔仔细细地读过一本书，人这一辈子是真的需要仔仔细细地读一本书。

旧岁岁末，北方大雪，我这南方人只能羡慕嫉妒恨，用长草的公众号写篇小文解馋，发给嘚瑟的北方朋友们。有一年大雪，画家孟佐民，约去黄叶村，我们都没啥反应，大冷天的，黄叶村没有黄叶，也没曹雪芹，所以没去成，遗憾感现在才出来。这会儿，孤独的孟先生移民在地球另一边，想约还真不容易了，据说他出国后立场坚定，每回在街上大包小包拎东西时，常会有外国人问是否要帮助，他都严词拒绝，说作为一个组织上的人，不能接受资本主义国家的帮助。我和他在北京做过邻居，借他名头写过些文章，最贴切的文字，大概就是“孟佐民，太白酒，太白酒，孟佐民”。他算个酒鬼，画画没啥野心，灯下作画，能看见江上浓浓淡淡的泊影，那些影子在记忆间经常走动。请江苏的吴佳小姐帮忙诵读，她是谦逊的大家闺秀，平时和你说话，轻言细语，针走绣片，干事情颇有一番肝胆，一会儿诵读的清样就发了过来，惊叹，一开口就直入佳境：风雨如晦鸡鸣不已既见君子云胡不喜。云胡不喜，简直大欢喜，雪后遇知己，云下有佳人。涅克拉索夫读到陀思妥耶夫斯基的新作时大概就是如此的激动，他是真心替好朋友高兴，欢喜到半夜三更跑去敲陀家的门。好的诵读心领神会，余音缭绕，绕梁三日。我问怎么署名，好跟着沾沾光。吴佳推辞，随便取吧，别让人知道她是吃声音饭就行。我选了“苏白”，苏州的苏，漫天皆白的白，灯前听雨，雪后看山，感觉有雪落了下来。苏白的名字还好，薄薄初雪落在竹林，竹叶的绿是《春晓吟》的绿，初雪的白是《白雪》的白。

吴小姐一开口，院间，雪后的冷梅花开了。

一年岁末，老惦记着新年了，别老欠一堆的账，赶紧把借的书还回图书馆，心情顿好。读书，还是做一个伍尔芙式的读者好，普通，自在，消遣，游历，像一个人去过很多地方，有一天计算起来，有些得意。读了点书，让一个人的世界变得没啥疆域，多好。目下在想取而不想给，周作人说的，如此，倒不觉得无用的读，会很失败。

这些年有个习惯，盘点一下故去的一年，憧憬憧憬新岁。两年前的元旦，我看跨年晚会，独自一人在家，想着风筝和不烦，用青橄榄下君山茶，真是好境遇，次日写未写完的书，也是美事，现在周边安静，安静如故去童年。

旧岁的愿望翻出来，才发现，最不可能实现的却是最容易实现的，生活，总是在发生一些超乎想象，或许这就是魅力。

上个周末，南昌探旧友，朋友们大惊，学梁朝伟啊！席间上黄酒，温热，好“酒”不见，入口浓厚黏稠，一人一瓶，畅快。出门，风大，米雪落，从乌青乌青的天空之上，酒店前灯光大作。我冻得如王羲之的《积雪凝寒帖》，此短信名字让我欣喜，像遇见面容姣好的女子，以貌取人还真是个毛病。王羲之杂帖最好，有情且过，烛影像微风一样摇了过来，喜欢这样的古人，爱朋友，好喝酒，常吃药，喜美人，五十年啊，半百的惺惺相惜，我重情，却不懂经营，这点有人早说了，幸好，大伙儿还待见。我见南昌的故友，均在积雪凝寒之间，邻家小妹，也在席中，阳春白雪间的一株粉桃。喝多了，给她妈妈打电话，你怎么就不把女儿嫁给我啊，我和她哥哥极像，以至于我经常被她母亲认错，无缘无故会挨上一阵板子，他哥哥以顽皮著称，我在替罪中茁壮成长，可见交情。小妹举止神态酷似林青霞，真切美人。我当时也就是想想，还没想明白，别人早抢去了，谁叫你和她相隔千里，估计费玉清和周杰伦都有此相似的经历，要不不会费那么大劲异口同声唱千里之外。这是青春懵懂，大有余味，十年后的聚会，余味在占越龙山间，隔帘绰约，人影窈窕。

岁末新始，总得写上点什么，临书但有惆怅，感觉上没有王羲之，不能忘情倒是今古相通，我也算是王先生一知己，晚生有礼了。

留有余味是岁首的期盼，余味是内心的生活，是风流的本钱，在没有风流的当下，在拼命扩张之现世，有丰盈的内心多幸福。

有个人说，你呀你，别再关心灵魂了，那是神明的事，你能做的，是些小事，诸如热爱时间，思念母亲，静悄悄地做人处事，像早晨一样清白。

是的，故土此时，雪落，清白人世，未来多值得期待。

云纹椅子与水绘时间

一

云纹椅子：清白人家

旧文如故人，想想，挺好。

安静下来，拿出新鲜的青枣，结实明朗，如清泉底下的苔意沁碧的雨花石。

以为是青橄榄。我和橄榄有缘。

江南人在新春，会在茶间下橄榄，碧螺春间下青橄榄。

青青绿绿，滋味盈盈，香气盈盈。

岁月如在胖胖白云底下的青青田野上。

我以青枣下的是朋友送的铁观音，用的是白瓷盖碗。

清白人家，

清白人生，

清白的福气。

大概以为是至今喝到最好的铁观音了，这样说又自相矛盾了。

喝茶毕竟是种感觉，无论茶的品质如何。

但这次，真是好，花香隐隐在杯间。

洗澡。

煮水。

水汽在炉上如希望的未来跃跃欲试。

岁月。

晨气活香。

我还是喝茶，迎接新年。时间即新，内心清静，好事成双，美美滋滋的。

喜欢这样的日常，如铁观音碧螺春一般的汤色。

只是风筝和不烦在桂林，你们是我生命间最好的花——风筝，积雪的碧螺春茶园，不烦，玉兰花上的新雪。

一个人喝茶，平淡清净，但确实不是一个人，这么说，我的对面，始终有你们在。

茶香脱衣而来，汤色意若雨花，如此朴素的日子，却又如此灿烂。

旧岁最后一天，收拾了一切手上的活，最后去了图书馆，新续了几本，内心也是欢喜的，忽然想，21世纪的第一个十年就要过去了。

十年，多么惊心动魄的十年啊。

我们在不完满的人世经历了这么多变化无穷，

冷暖自知，

欲语还休，

意犹未尽，

错彩镂金，

忘相得意，

这是用心生活的美满

——在尘世努力与积极的享受。

2011，你好，你款款而来。

与你相遇，情窦初开的少年第一次遇见美丽的眼睛。

这段是十年前的日记，夜月红柑树，秋风白藕花，秋水，秋风，白露，白藕花，款语温言，又黄卷青灯，人生欢愉仿若昨昔。旧岁和母亲去拙政园，与谁同坐轩外，阳光正好，我们什么都没说，静静地看着阳光一寸一寸在粉墙上退却。这些年，内心始终有个画者，有情可悦，有忆尚能回。风，无声吹过湖面，湖里是大片大片蔚蓝的天。

睡前，有人发微信感叹，“喜新厌旧人生常态”，于我，喜悦新，不厌旧，抱着红泥小火炉候良人是常有的事。只是铁观音真许久不再喝了，和农药香料无关，这些年吃过的苦辣酸甜，变本加厉，远胜数倍，早就打好百毒不侵的底子了。十年前说得真好，在尘世积极的享受和努力，现在想，认真做一件事，往往就能解释一切的事了。那年二哥走，我在安放他的土里埋了两罐上好的铁观音，他爱茶，常和我在爹妈的老院子里喝到鸡鸣，有几回，白露依稀，天光微醺，默默无言，默默无言，默默无言。

一想到，夜色如毒药。

最近一次与二哥重逢，他在池畔作画，一脸少年，水是清泉，一池的锦鲤把素持斋，他的山水里有高古之象。

梦里，夕暮灯上，全是老茶园的风声。

二

水绘时间：红颜知己与落花生

节气落在黎明的睡梦间，像自己看自己的未来。

恍惚间立秋了，感觉上还在初春的子夜用青橄榄下碧螺春，这个节气如我初到京城时，见一回黛蓝的天空就动一回心，如此轻易。

龙城，水何澹澹，山岛竦峙，流水柔软，山多硬气，曹操让我越发的好感，这个人内心的张力如此辽阔，他同我走过了一个盛夏，出生入伏。

中鲍堂的樱桃，紫得妩媚，味道还好，吃了不少，如在冬天吃，品质高尚，清净而丰腴，一年在大连，和封筝一捧一捧地吃，鲜艳的粉红，意犹未尽。

席间，店家上了西瓜，也是咬秋。

西瓜瓤红，红得深深恰似人间。

这个节气算是我的红颜知己，红颜的颜色就是深深恰似人间。

深夜里赶回，雨很大，噼里啪啦在车窗上逝者如斯夫，形状澹澹，色彩也是竦峙的。

夜色在灯光里暗蓝，语焉不详，暗蓝的默然，如深秋的湖水，色泽上一醉方休欲仙欲死。

雨后，花生上市，落花而生，写到这，双眼顿生迷离。

还是十年前的旧文，暗夜，雨正坐春风，在故乡的瓦房顶之上沙沙沙，明明有音，却越发宁静，宁静而传神，像雪夜抄《花间词》，小楷庄严，墨梅一朵一朵地开。己亥小寒，北方雪，请远方朋友书，湖心亭看雪，南方也有雪意徐来，越发逸气。翻翻旧账，不是念念不忘，而是无可奈何花落去，我可能再也无法写出这样的文字了。旧文是回忆欠下的风流债，欠债还钱，天经地义，现如今，欠债不还大有人在，想想，也就放过自己了，写不好就写不好吧，随手翻翻书，这两年忙忙碌碌，疲于奔命，静下来读读书的时间无比奢侈了，“姚子雪曲，杯色争玉。得汤郁郁，白云生谷。清而不薄，厚而不浊。甘而不哕，辛而不螫。老夫手风，须此晨药。眼花作颂，颠倒淡墨。”如故，黄庭坚喝点酒，谷生白云，很耐看，人生的况味出来了，写写倒不失为美事。

注：云纹椅子、水绘时间，文集名。

不朽或忘记

己亥小寒，北方初雪，长风响树枝，一下想起很多的事来。

清坐，水绘时间；

翻书，不朽或忘记。

立春在即，脑子想的是：白雪的豆腐，碧玉的荠菜。

——这是一个干净的世界。

其实秋深时，这两样也是想吃的。旧岁秋天的繁复是我曾经买过福克纳的四本《喧哗与骚动》，福克纳千言万语其实是缄默，他和福楼拜一样一直想守住一个秘密，他们在繁复里寻就耐人寻味的结果，繁复是一种本领，深不可测。读拉金，达里奥，所列斯库，米肖，夏尔，海明威，我想把他们制成明信片，寄给那些让我牵挂的人，还有艾吕雅，他的颜色是秋天的天空，湛蓝，湛蓝是风度翩翩的，嗯，风度翩翩，这个形容，满意，很欢喜。风度翩翩的人实在太少了，拜伦、勃朗宁、雨果、司汤达、陀思妥耶夫斯基、陶渊明是，李白是，苏东坡是，到了现代的中国少之又少了，鲁迅是，鲁迅又痛又快，可不是当代人眼里的痛而不快或何痛何快，司汤达总结自己，“活过，写过，爱过”，高贵学不来，他是骨子里的，装不了，不过艾吕雅确实是伤心的，他有点像宋代的移民诗人。

帕斯捷尔克的感觉很远，像一个朋友见了好多次，他还那么陌生，我不知道是机缘不足还是真的不喜欢，后来一天晚上无意间翻看，突然有种力量在阳光下奔跑，有风停在树梢，银杏。

旧岁和朋友去西南边城，秋深了，路两旁是十几里的银杏，落叶黄金，初冬寒意，跃跃欲试，昭然若揭。上面，瓦蓝瓦蓝的晴空。帕斯捷尔克一直走在路的远方，车一直开，他一直不紧不慢走在前端，就是无法企及。有时候，我看自己，也会生出这种陌生感，人这一辈似乎都在试图解读自我。这个印象很深刻，帕斯捷尔克晚年的《盲美人》犹如暗喻，像极了他自己，一个疲惫的精神流民。

十几年前，在北方读书，那会儿不务正业，翘课，睡觉，看闲书，瞎逛。不太安分这毛病二十年前落下的，一病至今，抱病守清风，还不好改，有些事招人看不顺眼，还好看不惯是别人的事，甚至小庆幸，你起码还有些东西给人看。闲逛前也做点功课，那会儿没什么某度，得自己由着性子找点资料，看国子监时读了一个挺喜欢的作家，游记的行文有些失望，和我去的时候相去甚远。记得那天早上，阳光刚好出来，透过密密匝匝的老树枝丫，街边店家女老板在斑斑驳驳的树影里读金刚经，腕间的石榴石颜色纯粹，像一只立在枝头的碧绿螳螂。

去年丢失了这部分手稿，其实是我在成贤街国子监还有雍和宫的日记，一段岁月被剪去了。

现在觉得，不朽或许就是忘记。

深夜读书，俯首的身影，仿佛淡淡山水，窗纸芭蕉映绿，夏凉不期而遇。忽然很想去吃白石桥附近的锦府盐帮，字是魏明伦写的，没看出戏味，退秋鱼的味道倒是袭人，我常常一次要吃两条。

这是多年前的片段，时光不用本钱倒影流水之上，真想搬回去再住上几天。现在的毛病是怀旧，安静下来，就是个适合怀旧的时间，可遇不可求，怀旧做什么？怀旧无非是失而复得，然后，得而复失。接着十年前的感觉往下走，看看自己是不是面目全非。王雪在中央党校办新媒体公众号，让我发稿子，为难了，我告诉她这几年自己其实俗不可耐，写不出让自己向往的文字，硬着头皮找了几篇从前的日记，发邮件前读了读，凑合凑合。载道的文章十几年前就不会写了，而且越来越排斥，随心所欲畅所欲言或许还能勉强维系在写的感觉。畅所欲言是种格调和气度，言是至性气壮毫无浮夸，畅才是纵横四海的真功夫，如此的天才不多，一见他们的面，就会心神震动。前年岁末，请周晓枫来讲座，犀利冷峻，不留余地。晓枫就是那种具备斑斓魔力的人，很仁慈，更刻薄，你把她关在密不透风的铁屋子里，依然可以看到光芒闪烁。暴雨后，她就是海上那壮丽的火烧云，看一眼，惊心动魄。第一次读她的《鸟群》时，惊呼，一个散文的新时代来了。那会儿，北京的天，好蓝啊，读到忘了晚饭，一抬头，夕暮在很远处如无比干净的诗句。因不间断的夏天寄芒果冬天寄贡柑，晓枫拗不过我，只好答应空降开讲，由此可见，红土地的水果疗效明显，服后不仅嘴软，更可软心温意，当年岑春煊用这招搞定慈禧太后，我也学了学，屡试不爽。无疑，前年岁末，对于一群有文心的人，一座有文脉的城市，她的讲座，是值得期待和回忆的美事。晓枫用她精准的刀，克服了写作难度，像奥地利的穆齐尔一样所向披靡，她大概就是那种往那一站，周遭很快鸦雀无声，所谓的大家们都噤若寒蝉了吧！这是很痛快的事。

晓枫是个战士，要奔着伟大去的，不能学她，老师们早告诫过了，学而似是要命的，自在些好，喝茶喝多了，自己也沾了些茶味，这个说法比较满意，笔下无功利，下笔更自在，不紧不慢，不温不火，有点阅历，有些人生，不失烟火，滚滚红尘，还有点活泼泼的少年影子，天真荀慧生和烂漫梅兰芳都能在里头活得挺好，美和好就能在那了，这也是我给文集取名云纹椅子和水绘时间的感觉，这样的文字，不会人走茶凉，会感动，就像阔别多年，回乡望见儿时玩伴，那种欢喜，真真切跃然脸上。印象很深，一年春日，回萍乡，院里的枯藤葡萄，正在架上仰首吐着豁绿雀舌，旧友叶勇拎了两桶萍清鲜啤恭候已久。我们在葡萄架下敞开来喝，用景德镇廉价瓷饭碗，几碗下肚，我面红耳赤彪悍过煮熟的龙虾，这好，一下直接到了盛夏。

萍清啤酒厂早就倒闭了。

应景，写书房联：读书探友无俗气，上茶暖冬有雪霏。

黄庭坚的味道。

霏雪，平白无故，像少年初恋。

雪后，新月凉凉，和井水一样凉，黄庭坚在院子里头自吟自唱，身后有块丑丑的太湖石，石头平淡无奇，放他身后就有味道了。黄先生在井边烧松枝煮茶，文火不紧不慢，上面，铁壶壶嘴气喘吁吁，欲言又止，他有远客来，欢喜得很，脖子伸得长长的静候佳音。这些天遇大疫，哪都不能去，倒是成全了读读书，搬一堆买了许久却没顾得上读的书，独坐灯下，白墙上的疏影浓浓淡淡，像足了那些年笃静读书老实学写文章的光景，矫情的病刹不住车，正好追忆追忆似水年华，和老朋友新朋友们见见面。黄庭坚英俊好看，他和苏东坡像一同跑到马拉松终点的人，枯笔淡墨，人书俱老，真好。我好像很难准确描述自己的感觉了，黄庭坚一身青衫，默默无言，就安安静静地坐在那儿，你一走近，就会被他身上的某种东西打动，内心被唤醒被击中，然后不自觉地和他出发。前些年看他，觉得好，但没那么被打动，真是浅薄，现在看，更觉得浅了，孤独感油然而生。十几年有个朋友，想尽了办法怎么对他好，因为这个人确实有才气，他女友从外地来，陪着坐最早的双层公交去西客站接，冻得嘴唇乌黑浑身哆嗦。几年后又有缘同学，住同一宿舍，忽然发现对方冷漠到无话可说，他深得你心时，你被对方遗落街头，这就是孤独。看黄庭坚竟然有这种尴尬，你有他的支票，兑换不到现金，好玩吧。他的豪阔叹为观止，温和更是可以相谈甚欢的，他不会撩拨训话你，而是神采风流自带书香，豁达，逸气，如此气度，会让喜欢他的人，趋之若鹜，难怪苏东坡这么偏爱他。桃李春风，夜雨十年，一杯酒，一盏灯，起起伏伏的黄庭坚仍藏少年锋芒，这才是给人力量的，几乎雪后新天地，有素不相识的惊煞，有人说，这是元气啊，说得让人心服口服，苏东坡说天真烂漫是我师，真有过犹不及的之感，世间总是青出于蓝胜于蓝，两岸荻火摇摇，黄庭坚们默坐湖山，传唱至今，人不走，茶未凉，人走，茶也不凉。这点海默像他，海涅晚景不好，临终前还逗妻子，死后，你肯定会经常来看我，记得走路来，坐马车回。木心说，看了海涅的散文，会心头一热，说得极准。心头柔热的阅读，似乎久违了，有一种文字，他的恳切会超出文字，直抵肺腑，泪中带笑，这是很难抵达的格调，越悲而观，苦中作乐，异趣横生，黄庭坚和他哥哥告别就是这样的感觉，朴素诚挚的文字年轻时是写不出体味不到的，所以张岱的湖心亭看雪，始终冰清玉洁亭亭玉立，一直在干净的高处。旧岁北方雪，请远方的书家写张岱这篇，久居南方，真快忘了雪的真切，临书，真有惆怅。二十年前，温亚军先生给我送行，西三环北路雪地里一浅一深的脚印，足矣当一个年代的浮标，老远老远都看得到，至今保存着他给我写的退稿意见，用方格信笺写的，蓝色的字迹，像是写给蔚蓝的晴空，偶尔收拾旧物看到，仿佛兄长就在我对面坐着，温暖，有力，他总在为你着想。还记得当年他的劝慰，离开，会后悔吗？一个后生，用轻浮和狂妄告别一个城市。

那年，是新中国成立以来北京下过最大的雪，连落七天。离开后，非典开始了。

黄庭坚是味补药，看在眼里，嚼在嘴里，咽进肚里，益气生精，简直冬日大补，畅快不已。很多年前我就说他大有药味，当然漂亮话是说不尽的，还有闪失的风险，以后学着怎么闭嘴。时间走马，他这株好看的菖蒲，在秋日里敬而远之。秋菖蒲多耐看啊，光线不浓不淡，微言大义，说阴未阴，说阳欲阳，怎么都是入画的。黄庭坚说，东边日出，西边雨，美好几乎要像爱情一样失传了。

想着失传的爱情，桃花正开，十日小阳春，楚楚动人，仿佛才色兼收。2020年元旦，我给朋友们的祝福就是“才色兼收”，多圆满啊！像勃朗宁和勃朗宁的夫人，才色双收。

古人烧茶，多用活水，没有泉水，就取井水，吊一桶甘洌，铁壶盛装，松枝喂火，水就活了起来，如是雪后，活脱脱气韵生动，别开生面，真是上茶！上茶，奢侈的感觉，高贵逼人。庚子岁首，尚在冬夜，写了一堆废话后，我想象着黄庭坚的水井，乌冻冻的，冒着白汽，越发深不可测。井圈古朴，上面，刚刚落了一层薄薄的甜白雪。他说，清坐使人无俗气，未经同意，我给他改成了翻书探友，所以，后生不自量力时，往往可畏。

清坐，水绘时间；

翻书，不朽或忘记；

这是些拿不走也拿不到的东西。

立春在即，甚念，白雪的豆腐，碧玉的荠菜。

——这是一个干净的世界。

落落大方与雨水

上山锻炼，傍晚笔力千钧，有些事物逆风而长。

山下是北海西海岸，深海，火烧云在海面熊熊燃烧，沿着海平线扶摇直上，壮阔不已。在北海那几年，常来这个地方发发呆，心情不好了，和小欧阳开个车，溜达上来，在一号楼大露台上静静站着。海面泱泱大国，始终洋洋大观，有雨时，云朵挤压海面，海鸟兴致勃勃，远处航船走马，待上一会儿，不痛快就没那么不痛快了。当年这个地方不对外开放，每次上来都跟闯禁宫似的，禁宫的感觉有点像屈原的离骚，不得其法擅自而入，常被斥之千里，现在的诗人，大多都背道而行了。小欧阳一米八几，长相老成，每回参加社交活动，很多人以为我是他的跟班，一见面总得要先和他握手，起初弄得他很惶恐，后来也见怪不怪了，那会儿，我还顶着张娃娃脸，吃了不少不明不白的亏。北海西岸在记忆里如离骚一般高瞻远瞩，绘声绘色色彩斑斓热血沸腾，印象里的屈子也是这感觉。离开北海前，不少电话打进来祝贺，丝毫没有兴奋，我曾和姐姐说，等岗位调整后，陪爹爹去趟三峡，这几乎是他唯一对我们说过的远方，人生特别想去的地方，往往极少，没过多久他躺在床上几乎不认得旧人了。2015年冬末，踌躇满志回故里，至今难以释怀，爹爹当时很高兴，每回他听到我有点好消息，都很欢喜，多喝了小半杯红薯酒，说了很多的话，我想，自己好像很久没和他好好聊聊了。夜里接着喝茶，意犹未尽，他还给外甥女邬丹改了首小诗，屋外，冬雨绵绵，寒气逼人。席间，发现他表情异样，送到医院时就神志不清了，姊妹几个在重症监护室门口快等了一个月，陆陆续续有病人的家属也在这门外等候，一张又一张表情难忘的脸，苦情，凝重，隐忍，门口的几张破败的凳子，坐满了世间苦难的人。苦难你得接啊，不接也得接，接住了，也就成了现在的你，这是我们的终身大事，我们在不完满的世界都要经历着不完满的人事，文明原本就是从残缺和苦难开始的，人们才有更多悲悯之心，中国的文学也是如此，离骚，一上来，就是不完美，就是苦情，苦没什么不好，苦中作乐苦尽甘来原本就是我们的生活哲学。爹爹醒来后，无法自理，智商严重受损，一个自以为的儿子亲手终结了一位父亲的人生，天下父母的宿命，往往如此。那年冬天大雪，竟然毫不喜欢，不喜欢竟然也变成了一件终身大事，这是这个世界的真相，雪落进了深夜的睡梦中，如此的大，如此的静，我，爹爹，暗下来的归程和寒冷的故乡。

其实不愿意在文字中提及我和爹爹的这段回忆，或许是我希望是一个更庄重的时间。后来有天还是在西岸，晚霞仰仗，色泽很重，重如《复活》，托尔斯泰的庄严让你仰视，一下就想起这些，重逢：你欠我一部电影，或者我欠你：在云畔吃茶吃酒，琴声鼓声响了起来。时光和罗登巴克尔一样，都是个雅贼。

离开北海是春初，头一天，天气热得如夏日，还是和欧阳还有文峰兄跑到山顶，看着远远的海面和帆影，一人开了一听啤酒，什么都没说，喝完下山，收拾行李。

小时候偏爱露天电影，胶片跳动，过影须臾，灵光一闪，绘声绘色，无事生非，意兴阑珊。2008年，《梅兰芳》上映，韩琳和我去看的，电影的英文名是“Forever Enthralled”可以翻译为《永远着迷》，或可为《钟情》。这个译名让千千万万为梅兰芳和梅派艺术痴狂的人们变得真实感性起来，感性是人最需要的状态。而“梅兰芳”毕竟是一个文化或文化符号的标识，注解的功能明显，难以打动人心。无论永远着迷，还是钟情，都缠绵悱恻，春心荡漾。《梅兰芳》毕竟还算一部端庄的电影，一幅刻意勾勒的图景，导演与观众试图做到和看到的都没如愿，逝去的毕竟逝去了，永远的流失，何必执着。那会儿我还在军艺学习，影片赏析是谭晓明老师，按照谭老师要求看了两遍《梅兰芳》，梅先生尚在灯火阑珊处，主角无从寻找，没有主角的梦游无疑是轻松的，没有主角的生活才是普世期待的。谁都是主角，谁又都不是主角，才是真正的大众生活啊。于这点，《梅兰芳》无疑是值得的。

记得那天下午，张继刚院长参加我们的创作展示会。他说，文学是最需要的生命状态，说的时候很像我遇到的火烧云，笔力千钧。他是个钟情艺术的人，讲到一半退场，大家站起来目送，他擦着我的肩膀过去，像一个诗者，那一刻与他的奥运无关，忽然有些淡淡伤感，因为即将结业，期待的感觉终究还是来临了。

而看《梅兰芳》的那个冬夜却一直会记得，那晚北京小雪，看完电影出来，车顶铺开了一层薄薄新雪。

昨日黄昏，很像小时候遇见的褚遂良，流动的清水，又像蝉翼的晨光，但确实是昨日之岛，早上翻翻埃柯，这家伙的文风如昨晚我们的酒局，偏执的狂欢。岛是台风过后的岛，但昨晚确实倒了。

毛姆的喜剧色彩可能更多地体现在他的剧作间，我在《刀锋》里只看到一个冷静的旁观者，他对故乡充满不屑而又如此真爱，他对美国的轻视是19世纪欧洲大众的傲慢，奥巴马先生们不爽了，刀锋并不是一个宗教的故事，拉里是个有着极端宗教主义却不信上帝的人，但他应该是上帝喜欢的崇拜者，按照自己的知识程度尽力而为的人。打动我的并非故事本身，而且是那个在图书馆里忘情读书的美男子。静下心阅读都是如此的难，何况轻易越过一把刀的锋刃。

窗外雨落，暗夜是一张失传的古琴，长卿抚琴，泠泠七弦，松风静寒。古调今人不多弹，天地沉寂，开出大朵大朵青花的花，文华先生青衣长衫，从花影间出来，身后背了一把佩剑，边上是湖石兰叶，有风，兰叶微微而颤。先生大有古风，国士之风，武学于外，悬壶济众，闻名吴楚。人生多像一枝花啊，哀怨起骚人，李白怅然，正声何微茫。先生抱拳，人生在世，草木一春。人生天地之间，白马忽过，管平湖先生抱着失传的古琴去修，五十年余，琴声始复，欣喜若狂，烟消日出人不见，欸乃一声山水绿，童年，天真，穿山而过的铁路，拳声，剑气，风，光与影……

车上有人和我说，人一辈子就是一朵花啊……

接着写一段，天井里，常有积雪，有株广玉兰，一摇，雪落在孩子的后颈，冷得舌头直吐。一场秋雨一窗新雪，门庭若市白丁鸿儒家长里短春江秋水明月前身清风细雨夜深人静默默无言，小时候我们不吃茶，吃酒。

第二辑

旧　雨

旧　雨

羁泊的人总是要回忆，回忆不过是在还往昔的债吧。流水光影间的一雨一木，一颦一笑，均是往日间欠下的债务。

回忆最好的色调，如落日黄昏最初暗下来的光阴，在小巷斑驳的粉墙，在拓片一样延绵的黛瓦，像青花缠枝杯上淡黄的茶渍；或是一个孩子拿骨牌凳，安安静静坐在奶奶的身边，奶奶缝着他刚刚刮破的衣衫，厚厚的老花镜微微浑浊的颜色；或是卷帘的屋内，手持一管，在素宣上挥毫，案几之上灯罩里的鹅黄掩衣而立，仿佛裹着一层脉脉的薄霜；或是一场雨后，斜晖屋檐下、水井旁、电杆下、梧桐香樟桂花树边暗绿的苔藓；或是少年午后的梦，惺忪着眼睛，摸一摸醒来的想象和记忆；或是打谷场上，堆满谷子的坪地上可能安详睡眠的颜色，夕阳在这一刻，很婉约的微黄；或是，初晨，刚刚掀开纱布的豆腐，热气淡淡浮了上来，卖豆腐的女人云鬓在雾气里；或是藤影间，一家人吃饭吃酒吃烟熏茶的颜色……

回忆的色调故识许久，却又是刚刚被发明的颜色，如与一个婉约的女子一见如故，或是看一眼就爱上了她。回忆，看是萍水相逢，其实故知多年。

这样说下去，旧雨的题目愈发觉得有种审美上的诗意，因为旧雨是回忆间的物质和精神，传神的诗意，传干净之神。周作人写过《苦雨》，尽管苦不堪言，但也是诗意的，把苦日子过出诗意，是一个艺术家的情怀。

旧雨，故人故语，一场露水的世。

雨雾间，羁泊异乡的人在微笑，这是一个浪子的颜色，一种浪迹天涯或闯荡天下或他乡游牧的颜色。我离开故土的时候，就是滂沱的雨。旧巷的香樟颜色如积雪融化，天空看不清楚，是大片大片空蒙的紫，且浓且淡。我提着两大袋子的书远行，好像灵魂与精神一定是从书间读出来似的。

于回忆的精神，不知道在那一刻我是出发还是已经到达。转瞬，年代的长短、故土的气息如几案上插在瓶间的紫草，若有若无，岁月终是不深不浅了。

雨，是归依与游牧间最好的调和。

春雨在荡着清风的桑园上沙沙，绿油油的桑叶明明晃晃，是一种期待明艳变化的摇曳。文具盒间的纸上黑黑点点，从针眼里钻了出来，新生的蚕宝宝真小啊，比女人的心事还小。我跑到桑园里去采桑叶，“采”似乎比“摘”要好听，其实故乡的人总是说“摘”的，说“采”会被人用不一样的眼光看你。桑园里泥泞一片，我黏了一脚的泥回来，在院子门口的水泥地上跺了半天的脚也跺不干净，泥星从客厅一直滴到了我的卧室。母亲看见是要骂人的，我置若罔闻。

从桑园回来，微雨在头上洒了一层细细的水珠，远远看来是白了少年头。我把桑叶丢进盒间，几条黑线头在嫩绿上蠕动。其实蠕动是不贴切的，像写一首诗时，言不溢表。几乎可以听见沙沙的吃食声，当然沙沙的声音也仅仅是我的臆想。只有当蚕宝宝长到一定的时候，在安静的夜间，才可以听见“沙沙，沙沙”的声音的。这是很好听的声音，仿若天籁，或者原本就是。如果要我说一说晚春的声音，这种应该是很棒的代表，如果是诗人听见，或许他会比写出好诗句还激动。桑叶在盒子里，开始会出现针眼，针眼渐渐地大了起来，像纸张被火从底部暗暗点着，看不见明火，只有一点一点地吞噬。有种桑叶叶面特别大，一摘下来，叶根会冒出奶白的液体，我们管它叫作“牛奶桑叶”。蚕宝宝最喜欢吃这种叶子，拉出来的粪便，像一节节的小电池，看到这种粪便，就大可放心了，此时的蚕宝宝肯定是最健康的。

这个时候，我们会玩“玻璃弹珠”的游戏，用蚕宝宝做赌注。生命啊，不过是命运的一场豪赌。游戏是用脚滚动玻璃球，击中对方的球就算赢。也有用铁球的，最大的有铅球那么大，这是我见过最形象的“小巫见大巫”。一群孩子在小巷口或是校园的操场上一决高低，春雨在头顶如弱水三千，像许多年后我的遇见，在一处拙文中——

雨厚如丝绒，断断续续，人的心也跟着在落雨，春天的影响力如阶沿上的青青苔色，雨遗落路面就染墨，墨色青青，春色深深，有此情绵绵的感觉。

这样的雨里，江南依稀，有个新朋友说江南难忘，我觉得这是温文软玉的江南的毒药作用，是水乡的胭脂轻点，点在雅轩里的青花之上。旧岁间，我一个人在苏州狮子林的绣球花前静坐，感觉站在另一处看自己的岁月。淡蓝色的绣球花一层一层地开着，读着新写的《上海日记画本》手稿，只觉四周空旷，找不见一点树影花荫，如此的干净，如此的舒服。雨就弱水三千地下了，坐在门槛上记笔记，抬头，黛瓦之上有新梨青青涩涩，漏窗深处竹影婆娑。细雨淋了一身。那雨在来年的春分月份与我重逢了，气息上是如此的沉静……

一次朋聚，有人说，好想在这样缠绵的雨间再谈一次恋爱，顿时刮目相看。

我穿着雨鞋，反复滚动着脚底的玻璃球，泥沙地上滚出了一道沟沟，笔直地指向对方的玻璃球，这是最基本的瞄准工作。对手目不转睛，他心里一定在不停地念叨着“打不中，打不中”，因为我常常就这么说。有时忍不住会喊了出来，这是被视为违规的，对方会恼怒：“吵死不是？！”瞄准后，用脚板使劲一滚，击中对方的球，带起一串泥水，甩了对手一脸。心情低落的他会乘机骂道“野崽”，运气不好的他只好悻悻地从盒子间拿出一条细细白白的蚕宝宝。我得意地笑，梅雨打湿了肩膀和后背，浑然不觉。一个傍晚过去，天蒙蒙黑了我们还乐此不疲，有的孩子输得很惨，回家时，脸几乎都要垂到地面了。

这样的傍晚有件事很讨厌，泥浆会黏到裤上，浑黄浑黄的。回到家后，往往要脱下拿到炉前烤一烤，水汽蒸发后双手使劲搓着，一层的黄尘和土腥冒了起来，拍一拍，就干净了许多。这个季节的孩子的裤管多是脏乎乎的，一个比一个脏，孩子的母亲一个比一个烦，她们烦的似乎是被梅雨拉长的日子里，孩子的衣裤很难晾干。

还有一种春雨是愉悦的，绵绵细细，落在黛瓦上，确实是润物细无声。水滴会沿着瓦槽滴下屋檐，我常常在醒来的早晨或夜间听见，水滴下檐头落在阶沿上的响声，“嘀嗒，嘀嗒，嘀嗒”，这也是舒服，像长大后读元曲、临晋帖的感觉。早上出门，我总要缩着头，快速冲过屋檐，但是往往水滴还是会滴入脖间，凉飕飕的，湿腻腻的，似乎有粒粽子糖，稠化在衣领之间。

上学的路上，街间小巷河边稻田均是烟雨一片，河水和井水都是昏昏黄黄的水汽，像奄奄睡着的样子，映出春雨的暗晦。我喜欢趴在巷间水井的井圈上，看自己晃动的脸和晃动的天，脸和天怎么会晃？因为我往里头扔了一粒石头。水井间的青苔往往长得细长，比龙须面长，长过关云长的胡须，碧幽幽的如前尘往事，我常常想象自己的腮下长出一丛碧幽幽的长须来，肯定是件非常过瘾的事。我看着井水有时会发呆，王家的媳妇冷不丁地扔进了一只桶来，扑通一声，一个孩子的脸和混混的天空变成了混混的水波了。王家媳妇吊水洗昨夜老公孩子换下的衣服，动作麻利。有时候兴许会吊起一尾赤鲤，在脚盆里跳来跳去，我忘记了不快连忙抓起，用塑料袋装好，欢欢喜喜地离开。

有一次，春雨也如盛夏，劈劈啪啪，我躲进火庐，像躲进了古代。火庐在春天是废弃的、潮湿的，人们常常遗忘它，像遗忘了些许平淡的过去。在旧岁尚存的柴火堆间，发现几只绒毛未干的幼猫，它们钻在母亲的怀间，争抢地吃乳。看到发呆，屋外的雨渐渐地小，像隔世的——

因为下雨，空气间仅存散淡的温暖，或是散淡的漫漶，几枝杏花在初春的墙头，这是一个欣然于淡淡冷清的晨，丹青先生来得稍晚。

听见丹青先生的脚步，墨迹未干的书卷渐渐打开，私塾间孩子的读书声音更加响亮了起来，因为今天，先生要检查“背书”的情况，不管记得住的还是没记住的，都在抓紧时间“抱抱佛脚”。先生背手入室，学生们起立，恭恭敬敬朝其一拜。

朗诵，诵读，在遥远的往昔，它们既是新知，更是旧好。

一袭青衫的先生坐下，捋一捋有些旧色的长袖，然后将学生一个一个点到跟前。有几只朱雀落在窗台之上，唧唧，啾啾，啾啾，唧唧，有的孩子忍不住要看一眼。先生咳嗽了一声，他赶紧背过脸来，正襟危坐。学生们一个一个地开始背诵，口吐莲花，时间在这刻没有史实，或许是丰子恺干净笔间的“一年一年地，一月一月地，一日一日地、一时一时地，一分一分地、一秒一秒地渐进”。最后一个背诵的是先生的孙子，孙子背得有些吞吐，先生放下书，面有愠色，拿起了戒尺。戒尺如裹着旧岁的霜，看见故去的风拂古卷。孙子老老实实地伸出手掌，先生的戒尺重重地打了过去，啪，啪，啪，声音如梦里的惆怅，嫩红的掌心霎时一道道紫红。眼泪在孙子的眼眶里打转，却不敢流下人间。

这是若干年前的一个时刻，中间隔着人世的风雨。

丹青先生的孙子是我的父亲。

戒尺，消失的风物，我和它毕竟缘分不深，已经很难见得到它。

不知哪一年的清晨，我背着书包去上学，手里撑着油布木伞，雨水顺着伞箍渐渐地落。祠堂门前的香樟，经一夜的微雨，青青的树叶露水欲滴，如温庭筠笔尖的“杏花含露团香雪”。旧败的祠堂原先是丹青先生教书的地方，我总会忍不住看它几眼，闻见晓莺。

“灯在月胧明，觉来闻晓莺”。长衫先生也出门了，瘦长的身影，背很直，比一个正直的年代还直。微旧的青衫飘飘，如镜中蝉鬓轻淡。

炙砚，呵笔，惆怅的年代早已远行了。

旧　墨

花开了，少年凑过脑袋跑去看，一瓣一瓣的碎锦簇拥在深绿的叶间，繁复地抱成一团，像俗世间麻烦的礼数。过年家里来了一群做客的亲戚，七姑姑八姨妈，母亲一个一个介绍过去，少年眼睛都花了。而这花瓣确实开的是细节上的繁复，恰到好处的细节和结构上的繁复都是艺术。少年没把它们当成艺术，他甚至有些不屑，绣球花不过是齐国的驺奭，这个人喜欢在写文章时拿把凿子，干什么？古书上说他写文章如雕刻龙纹。龙纹是怎样的皱纹？少年没见过，他想驺奭你干脆改行做木匠算了，文字雕来雕去，肯定要成家具的。书间还说，绣球花开能见心事，或见愁肠，少年的脑袋在大朵大朵的花前晃来晃去。

他很失望。

这是故去的日子，已经盛了半空的夏味。少年身上的衣衫渐渐轻，他闻见花香，想起看过的书，扔下手中的羊毫墨笔，跑到院间去看看究竟，墨笔来不及架在笔枕上，翻了几个身滚在毛边纸上，笔肚子上的墨汁在纸间晕了一片，墨黑墨黑的。

少年悻悻地回到案间，看看摆在面前的闹钟，离父亲规定的时刻似乎还遥遥无期，少年的脸更加地悻悻了。他信手拿毛笔在闹钟的玻璃罩上画出了一张笑脸，却怎么看都在发愁。他又拿起青花瓷的笔枕，有些无聊地看看，笔枕底部有些硌手，粗糙如同这纸间的字迹。笔枕往往做成山峦峰起的样子，少年想起一句诗“平沙落雁后，江上数峰青”，这样的诗或许是诗人拿着笔枕时想出来的，不知道王维王老师听了他的想象会不会很郁闷。

郁闷的是少年自己，他一口气写了一排的“永永永永永永永永永永永永永永……”一群孪生的兄弟。

少年临过旧人的帖，却没摹过红，如果长大后还保持着一点思维和个性上的活跃，大约应该感谢于此，也许也是于此，注定书法面前他的举步维艰，有失有得，摹红是故实，临帖是疏空，缺乏故实，故而疏空，两手空空如也。还好有活跃，要不就死气沉沉，生活死气沉沉已经很悲哀了，何况艺术的探究。他临过柳公权、颜真卿、欧阳询、褚遂良、王羲之还有王献之，王羲之是王献之的爸爸，少年觉得这个史实有点吸引他的注意，让他老想起兰花巷间那一对打铁的父子，父亲抡几锤子，儿子抡几锤子，火星四溅。他们的火炉，吐着青青的锋芒，这大约叫子承父业，肥水不流外人田。少年与他们素不相识，也没太把他们当回事儿，他更多的临习着不知姓氏的人的楷书，这是后人整理出来的字，他觉得楷书还有点亭亭玉立的样子。他临《曹全碑》《圣教序碑》，好像练过一段时间的《鸭头丸帖》，少年不明白刻在石头上的字迹有什么好临的？刻在碑上的东西往往是僵硬麻木的，他不知道它们诗格高雅一活至今。《曹全碑》他觉得像在用火柴棍子搭房子，搭着搭着就索然无趣；《圣教序碑》像魔方，转来转去千人一面也会心生厌烦；至于《鸭头丸帖》之类，他不记得了，这帖名字取得倒是好笑。每到寒暑假，父亲都会买回一堆的毛边纸，足足有他人那么高。毛边纸色如黄昏，父亲取尺一把，用铅笔打着格子，大的格子中的格子小的格子，少年在旁边看得愁眉苦脸，格子越多，他的脸更苦，比中药还苦，中药可以忍痛一饮而尽，格子可不行，它们框住了少年的手脚。

父亲说，每天写两个小时吧，不长。少年简直烦透了，望着案间的一堆的王羲之柳公权，他总会想，如果我是皇帝，我要把他们都给禁了，写一手自己的字，让后人去临。这心理让一个人说中过，“走自己的路，让别人去说”这是后来的事，看到他的文章时，少年有点惺惺相惜的味道。临帖他没有这样的味道，所以现在的他会写一点不好不坏的文章，这是缘分，艺术追寻的路上，相见不如偶遇，栽花不如插柳，缘分是重要的，缘于无心。禁书的少年回过头来一想，禁止是不行的，在中国什么东西一禁，被禁止的东西反而大行其道，禁书如同秘密的火焰，烧得人心里痒痒的。现在的名著几乎都禁过，《红楼梦》禁过，《三国演义》禁过，《金瓶梅》禁过，《南山集》禁过，《尤利西斯》禁过，《北回归线》禁过，《查泰莱夫人的情人》禁过，《洛丽塔》禁过，可一禁反而生生不息延绵不绝，这岂不是正中了王羲之米芾苏东坡黄庭坚文徵明祝允明们的下怀？文化是禁不住的，就算是一时扼杀，但很快会如雨后春笋。不过少年有时候也会暗自乐观，就这些看都看不清楚的帖，差不多都要让贪玩的孩子们练不下的，他们几乎都快要练疯了，因为他的学书法的同学们都这么说，如此下来，古书古帖古碑们恐怕无人问津了，哪还用得着禁？

而父亲对少年的期望，或许正如一个人读着所谓的禁书——期望大，失望更大。

听见鸟鸣，叽叽喳喳，它们在春天的屋顶跳动，屋顶正爬着青青绿绿的藤蔓。少年坐在案前，有点发痴地望着窗外，手中握着的羊毫盈盈欲滴。他想自己要是群鸟间的一只该多好啊！父亲不在家，他一个人在书房写字，要写满整整五十张，他有时候会和父亲讨价还价，四十张行吗，声音像昨夜飞在云帐间的一只蚊子。父亲说古人为了练字，蘸干了几个水缸的墨汁，你这点算什么？少年伸伸舌头，几水缸的墨是多少墨啊？少年家的厨房里就有一只青瓷大水缸，两个他还抱不过来，盛满，一家人生活起居可以用一两个星期，他老怀疑这个故事的真实程度。他心里想写字有时候还不如去看女生们跳“小河流水哗啦啦”有趣，有的笨女生跳不过去，橡皮筋缠在双脚间越缠越紧，最后动弹不得，很有些胡搅蛮缠的好玩，尽管他对女孩的游戏敬而远之。他索性画兰花，把兰花的叶子画得像菖蒲的悠长，又画竹子，把竹子画得又长又瘦，还是像菖蒲，又老又丑的菖蒲。他心情落寞，把画过的纸张揉成一团，扔进纸篓，这张是不能让父亲看见的。

画到竹子，少年侧目看到云帐架上的竹竿，风干后的微红，他想起临过的诗：“小雨收尘，凉蟾莹彻，水光浮璧。谁知怨抑？静倚官桥吹笛，映宫墙、风叶乱飞，品高调侧人未识。想开元旧谱，柯亭遗韵，尽传胸臆。”少年管不了诗人怀才不遇的苦闷，内心孤寂、怀才不遇是文人墨客们的事情。他只觉得在月下吹笛是件好玩的事，他天真地以为自己和“柯亭遗韵”的蔡邕有共通之处，老蔡避难柯亭，见亭间有竹椽，知道是良材，取下制笛，其声清越。少年也有蔡邕眼光和勇气，褪下云帐，用锯取红竹一截，如在传统的影子里轻易截取出一间生动的回忆。再将钢丝在灶间烧红，在竹上钻出一排整齐的笛眼，敷上竹膜一角。不一会儿，少年的笛声就在敷霜的桥面了。

窗外的屋顶，更绿了。

少年想且让他做一回含笛的美少年吧，少年的时光就是翩翩玉笛一支。他当然不懂抚笛，只是在享受创造力带来的快乐，这种创造力正如落花，因为成年。

成年，一曲正在衰退的挽歌。

母亲看见堆在床上的云帐，说："混账！"

制笛的灵感来源于一首名曰《月下笛》的诗。长大后他觉得《月下笛》是个很醉人的题目，如果心如清水了，哪天会用来写一写如水的文章的。

月下吹笛的兴趣在母亲的责怪中束之高阁了，即使不责怪，那支红笛的命运也是束之高阁，少年的习性就是喜新厌旧和打鱼，习性和打鱼有什么关联？所谓"三天打鱼两天晒网"嘛。少年又有新欢，他被一位卖草的乡下亲戚吸引了，原因是他挑来了两担白白长长的灯芯草。

灯芯草还没有干，一摸湿湿的，像雨后的愁绪，或像宋词的愁绪，他觉得那个亲戚像从古代走来。他从没见过灯芯草，觉得湿湿的草怎么就是世间一缕一缕不灭的灯火？忍不住扯出一根，在嘴尖嚼嚼，索然无味。灯芯草学名叫无忧，无忧无虑的味道就是如此苍白吗？少年很茫然。那位亲戚说，除了药用、点灯，人死后的棺木底下也要垫上一层灯芯草。少年一听，呸呸呸呸呸，嚼碎的草吐了一地。

他取一截，搓在一起，放在油灯之间，准备随时点燃，终于等到了一个停电的夜间取出——

灯火摇摇，八仙小方桌、细管羊毫、泛黄的毛边纸、新研的墨汁如少年的顽皮。父亲在小方桌的另一端做着他白天尚未完成的工作，少年心不在焉地在方格毛边纸上临柳帖。灯火一跳一跳，一只飞蛾义无反顾地扑火，少年看了一阵，觉得昏昏然然，昏昏欲睡。那管羊毫在毛边纸上长出了枝丫，少年的懒散疯长……伏在桌上睡去。那管羊毫滑落手心，毫尖的墨汁落在他的脸上，丝毫未觉。忽然惊醒时，夜色如水，奶黄灯火摇摇，英俊的父亲面色宁静……

以上均是回忆，在一座古城墙下的回忆。

我一边走着，回忆也如空山新雨。城墙边上的桂树姿色平平，却不俗，水汽漫漶。新夏时节，地气总是潮湿的，这树荫中水的气味，是初夏的水影，或是晚春的宿雨、宿湿，期可作画。雨雾甚浓，故事和记忆愈发的轻盈。

古人把静夜听见的滴雨的声音称为“清漏”，多传神的风物啊，古人总是风流的，风流得让人嫉妒。回忆旧墨也是听见清漏的幽静。

旧墨这个题目，滴在清水间，慢慢地洇化，清水晕晕乎乎地飘了，且做一场昔日的梦吧。老这么说似乎矫情，也许散文写到这份上，人会有意无意地矫情了，不过旧墨的回忆确实有褪不尽的诗意，如明月的前身。

书法于我当然在父亲的期望之外了，他或许早看到了我的未来，只是想用练习来定一定儿子过于跳跃的性情吧。

任何艺术，均先有习气，后有创造。我连习气都不肯沾染，所以注定退避三舍，这也是一场有果的缘分。书法是最好的徘徊，徘徊在新与旧之间，从旧容易，但从旧往往要落俗，往往就落得陈词滥调，恶迹斑斑，写得一手好字的人比比皆是，出新却很难，所以名垂千古难。书法不是每个人都能随手捻起的，习气陈陈的文人们只能在之间徘徊，无奈地徘徊，尴尬地徘徊，艰难地徘徊，苦涩地徘徊，有的人在抿嘴做俯卧撑，少年时期总以为“俯卧撑”是“虎卧撑”，一只老虎在做俯卧撑多好玩！有的人在跑步，步子沉沉，跑得气喘吁吁；有的人在拉板车，腰弓得快赶上火锅间的河虾；有的人在踩三轮，汗流浃背还在原地；有的人在扔铅球，咬牙切齿也扔不出自己的影子；有的人在举重，吃奶的劲都使出了，有时候拼命是无用的；有的人在刻印刷体的章，一个一个印章在纸间毫无生气；有的人在搞复印，千篇一律，比比皆是……书法最好的感觉或许应该是在散步，在云间散步，在微雨间散步，在竹风中散步，在晨雾间散步，在星光间散步，在夕阳间散步，在静静的夜间散步，在雪间散步，在凝霜间散步，在幽幽井水间散步，在黎明前窗外的一角无故的平白间散步，在玉兰花开间散步，在清晨的鸡鸣间散步，在玉笛的长声间散步，在奶奶的柔软的胸膛散步，在与母亲重逢的轻轻抱起间散步，在《西湖梦寻》间散步，在《陶庵梦忆》间散步，在《湖心亭看雪》间散步……这么说下去似乎没有完结，不过好书法确实是跳出紫陌红尘轻轻跃起的散步，素洁一新好，逸气流荡好，素昧平生好，婉约豪放好，典丽醇雅好，跌宕起伏好，枯笔山水好，吹云弹雪好，书文并茂好，人书俱老好，但最好还是人墨俱淡。这样说我很满意，我这个外行，指指点点了一番，反正是外行，就敢放肆，所谓无知者无畏。

清晨起来，读玛德莱娜·戈贝尔回忆波伏瓦和萨特的文章，戈贝尔采访波伏瓦和萨特的纪录片被波伏瓦称为“一颗时间的胶囊”，生出几分异样的感觉，头皮微微的麻，如同我这回忆的旧墨。

旧墨，半梦半醒之间的旧物。你也是一颗时间的胶囊，治一治我这无可救药的想念吧——

我去月牙池的时候，池水微漾，像古人额上的皱纹，额上荒草荒疏。有黄色的小鸟飞过水面，像梦里的飞白，秋意几许，内心有淡淡的雨雾。秋风干净，在明朗的阳光里不露声色，抖落叶黄，在池中涟漪轻微，如水晕墨章。水晕墨章的名字多好呀，吹云弹雪也好，舍不得写下，如初恋的那个纤尘不染的少女，舍不得低头去吻。上五年级那年参加书法比赛，坐在我身边的一个女孩正襟危坐，落笔吟春，有一行白鹭斜斜飞过素净长空，一时间看呆了，竟忘了在宣白上写字。回到家后，高烧，只觉得那只素手下，阳光明媚如白雪如秋后的巧云。父亲给我备在案间的羊毫墨迹干枯了。后来看《少年报》，那个女孩竟和我同名，父亲初还以为是我，少年时第一次感觉对不起父亲。

这是我在日记中的文字，用来结尾，和我同名同姓的人不少，均是听闻，见过的仅此一个，她的面容，若有若无的模糊……

旧 影

黄昏，听见归巢的鸟鸣，院间的香枫正落叶，黄叶叩秋，时间深了。

儿子在背诗歌，背李商隐的“鸳鸯可羡头俱白，飞来飞去……飞来飞去……”少年的回忆似乎刚刚醒来，身体仿佛也是遥远的往昔。他的父亲生气了，“都飞来飞去好几天了，还没落下？”顺手拿起桌上的老虎钳，夹住少年的耳垂往上扯，儿子这会儿真飞了起来，嗷嗷地叫着，脚尖都要踮离地了。这是一个严厉而有趣的父亲，老虎钳在他的手间，如绝妙好词怀抱半开，日光在远山的背影里渐渐地暗。

一幅古朴童年的美景，在粉色的回忆里。美景原本就是人性啊。

案几是祖父留下的物件，被摆在堂屋的正中，朱红渐褪。上边放着一尊伟人的塑像，我心存敬畏，不敢用手去触摸，大人说，碰了要肚子疼的。有时抹去尘灰，也是退避三舍。案几上方的屋顶有几格明瓦，没有阳光的时候，明瓦上头的天空也是昏暗的。堂屋里空荡荡的，越发的静，案几越发的陈旧，陈旧要昏昏欲睡了，我以为有先祖高高在上的感觉，肃穆。有时候，我是不敢一个人站在里边的，如是在初春，会沁出冷冷清清。故乡人家的堂屋一定是要宽敞和方正的，像一户人家的胸怀，气度上是坦坦荡荡，气节上是堂堂正正。

有一次我忍不住好奇，终于用手轻轻戳了一下伟人的塑像，软绵绵的，原来它是空心的，我摸了摸肚子，没有丝毫异样的感觉，又试着戳了几下，塑像瘪下去一大块，像一首没写好的诗作，很快它又弹回原状。觉得好玩，一个孩子的好奇心终于落到了实处。后来，我知道了当着一个人的面指指点点永远要比背着人指指点点要好得多。

有阳光明媚的时候，明瓦处会斜斜地泻下几束光来，整个堂屋都会明亮起来，暖洋洋的样子。光束里总会有无数的微尘在荡，看上去它们是不动的，实际上又是在动，有时间悬空的错觉。我喜欢朝它们吹口气，微尘就灵动起来，比我现在写的文章要好看得多。离开故乡许久，回忆间关于堂屋的喜悦，总在这些光束间，故乡的气息在这一刻，很纯粹，纯粹得仅存一种感觉——它是温暖的现世。

我记得有一年夏天，一觉起来，忽然发现有只花蜘蛛在明瓦下织出了一张网。抬头看见时，仿佛明瓦变成了一阙冰裂纹，比汉瓦要玲珑剔透得无数倍，计成先生看了，肯定会嫉妒我，因为在他的《筑园》里，这种瓦是失传的。我仰头望见花蜘蛛在网间悠闲地散步，它得意地以为网罗了这个夏天的光阴，我有点看不起它了。它的脚很长，一层微绒在光束间衬映出一线金色，还在微微地动。它的影子投影在墨色的水泥地上，有手掌那么大，我知道纸老虎的好处，一脚踩了过去，仿佛为民除害的气概。如果是花草间的蜘蛛结网，我会往网扔下一片树叶，第二天露水下来，网就承受不住重量要支离破碎的，这个过程从酝酿到结果是有些不动声色的，毫无知晓的蜘蛛在花枝间怅然若失。

一片树叶，一场阴谋。

江南湿润，水泥铺的地经年后，乌冻冻的光滑，可以照出人的影子来，不管是过去还是现世或是将来的影子，一整个童年的记忆多会在上边滑倒。少年习惯在堂屋的铺地上用粉笔写字，我三岁多的时候已经会写许多的汉字了。大人不在家时，心血来潮，手持粉笔，蹲在地上，从堂屋的一头一直要写到另一头。字无章法，想到什么就写什么，如一个人平白无故里的散淡恬静，轻言细语，微笑神清，这种感觉长大后再也不曾有过的。现今人们所谓的"拈花微笑"都是世故的赝品，整个时代摆满了无数故去的赝品。

我写得很舒服，全然忘记已经写过什么，渐渐写过去，黄昏的光影就在堂屋的另一端了。写累了的时候，伸个懒腰，看见泻过明瓦的夕阳很面熟，许多年都会记得。有些微红的光影在地上渐渐收缩，像一笔下去既要收尾的"\"，这个片刻的光景，流连着停伫的时间。

如是午后，阳光会从密密匝匝树叶间探了进来，地上泻下的银子般的影印。老巷口的人多了起来，有时人会碰到人的肩膀，有挑着担子的货郎，有提着白布袋子坐在傅粉的梧桐树下的理发师傅，有骑着自行车上班的人，刚一进巷口就摁起了车铃，更多的是闲散的行人，小巷的气息是芸芸众生的安闲。这样的午后既是朴素的，又是明亮的。卖冰糖葫芦的老汉从风里走来，他的面容杂草丛生，我随手就可以从中拔出一把菖蒲来，或许还会蹦出一只碧绿的螳螂。老汉带着湖北腔调的吆喝牵扯着孩子们的感官，他的肩头扛着一根狼牙棒，牙刺就是鲜红欲滴的冰糖葫芦，我不知道这些葫芦为什么会如此的鲜红，像少女乳头的鲜红。

我远远地望着他肩头的红，心里很羡慕。老汉在人流里显得很特别，像尘世间一个简单而幸福的符号。他走在梧桐树下的阴影里歇会儿气，把狼牙棒换到了另一边的肩膀。这时他不曾发现身后跟随了一个好事的少年，少年趁他换肩时，伸手拈花，拔下一根，拔腿就跑，比逃离一种想象还要轻盈，还要快。行人们笑了起来，老汉发现了异样，回头望见一串鲜红的葫芦在人群中穿插地跑动着。

老汉杂草丛生的脸涨得绯红，这是一种尴尬的颜色，像七八十年代女人们的花棉裤。他紧追了上去，巷子里的人实在太多，他一边怕碰到行人，一边又怕肩头的葫芦掉落，其实主要还是害怕葫芦掉，身形更加地笨拙好笑。人一旦有了负担，是永远都无法迈开灵动的步子的，不管是身体还是精神。

追出去一会儿，他气喘吁吁，那个强盗一样的孩子早已不见踪影，他骂道："洋火盒子装的！"这句话是他学萍乡人的，他可能觉得骂人也要入乡随俗才过瘾。"洋火盒子"是火柴盒，意思是人死了烧成灰装在火柴盒间，故乡骂人的话简直是诗歌。行人们的笑声更大了，几乎都要赶上欢呼雀跃了，他的脸也更加尴尬地红了。

卖冰糖葫芦的老汉只好转过身来，心怀忐忑，一路走着一路地回头顾盼，他的面色愈发的杂草丛生。一个强盗的孩子，倒像一首有别传统的诗歌，在一个未名的午后，闪烁着欢快而湿润的红光。巷间的粉墙越发的白，晒不到阳光的一面比有光的一面更加耐看，是越发内敛的白，拉长身影的电线杆的影子、行人的影子、自行车的影子、垂尘的屋檐的影子都消失在这越发内敛的白间。

这是纯粹的民间的白。

有时候粉墙上会出现一些字画，比如"李某某是胡汉三，王某某是白骨精"，字写得歪歪扭扭反而觉得更加有趣。那时候我们老看《闪闪的红星》《孙悟空三打白骨精》之类的电影或是电视，认定这个世界上最坏的人就是胡汉三，最阴险的人肯定阴不过白骨精。现在的新潮女性统统被称为“白骨精”，确实是时髦的称赞，如果倒退二十年，不知道这些风华正茂的女生们到底是得罪了谁？这些字出现一两天后，在它们的下方又出现了一行墨色新鲜的字：“骂李某某是胡汉三的人是胡汉三，骂王某某是白骨精的人是白骨精”，这样下来，让我们常常分不清楚到底谁是胡汉三，谁是白骨精了。歪歪扭扭的字在斑斑驳驳的粉墙上是从老照片里跳出来的颜色，等到被骂的人长成了青年，它们还在墙壁上劣迹斑斑地打着架，几乎都要骑到黛瓦压着的墙头了。

我常常会想什么时候我也会像压在粉墙之上的黛瓦一样不露神色地低调啊。我更喜欢家里的黛瓦和粉墙，它们让我觉得亲切，像亲兄弟一样。坐在院子间，雪痕、雨影、树色、天光、藤阴、人家的气息。落雨的时候，惨淡的雨痕从黛瓦下流下，流落到粉墙之上，流离失所地逶迤。这时墙上、屋顶、藤间的颜色都是湿润的，这刻的粉墙是生动传神的。如果雨后初晴，天边或许挂出一弯彩虹，彩虹啊，舍不得回忆的奢侈。

斜晖映射下的粉墙就愈发地生动起来，这时雨痕蔓延，现出各种物质的样子：翩翩的蝴蝶；仕女静立；兔子，蹦跑的；不想念经的和尚；鸽子与叫不出名字的飞鸟；睡着的老虎；骑马的将军；探春的杏花；宜男花；蜘蛛；孙悟空；或是几朵浮在空中的巧云……

雨痕的变幻远远超过想象。

夏天，常常在院间吃饭，有时候，端着碗，我会望着天空出神，仿佛巧云从耳畔从鼻尖掠过。望天是心存喜悦的，这种喜悦是变幻的。有一次，被一根鱼刺卡住，怎么也咽不下去，像一篇写不下去的文章，我跑到花期已过的紫藤下，喝了整整一瓶的醋，似乎把这一辈子的醋都吃完了。

现在，有些后悔，因为吃醋也是件感觉很美的事。

在前世今生的雪间散步

寂寞是一种欲望，是一种对欲望的欲望。

寂寞了的人常常要去喝酒遣怀，白居易就是一个，他衣带飘飘从古卷中出来，端着酒杯说“绿蚁新醅酒，红泥小火炉。晚来天欲雪，能饮一杯无”。白先生随意点墨，其实是寂寞的诗性生活。我也常常奢望在密雪纷飞时，邀挚友小酌一番，屋外呵气成冰，屋内热气腾腾，好一幅畅快的人间图画。白居易还有一首，“小榼二升酒，新簟六尺床。能来夜话否，池畔欲秋凉。”那是秋天的往事了，老是想喝酒，看来诗人的寂寞还是有些耐不住了，而这耐不住的寂寞却是可爱的。

回忆雪也是一种欲望——在空空蒙蒙的洁净中散步。

生命中的第一场雪，在我没有出生前悄然而至。母亲走在漫天飞雪中，四周空旷，唯有落雪的静默，巨大的静默。一个老人怀抱婴儿迎面而来，她的身后一丛红梅傲雪，红得惊人。她仿佛从花间出来，老人笑容温婉似曾相识，母亲却想不起是谁，生命中有多少似曾相识人和流水光阴啊？

老人一言不发，只是微笑，笑容淡淡，淡如雪初落在香樟树叶之上。她将怀中的婴儿递给母亲，擦肩而过，瞬间云深不知去处。母亲惊慌失措，云鬓乱度，南柯梦醒。后来无意间翻老相册，一个老人也是似曾相识的，她坐在圈椅间微笑，身后的案几上有只青花瓶，里面，插了几支红梅。母亲恍然而悟，这是我的曾祖母，她的丈夫是我的曾祖父丹青先生。那年初春母亲怀上了我。母亲说这个故事时，我觉得有些隐约的诗意，这样的诗意是幻觉的诗意。

对生命心存幻觉的诗意有时候是高贵的。

暮冬的早晨，蜷在暖暖的被窝里不肯起来，儿时这样的床笫温柔是一种与长大后娶老婆完全不一样的缠绵。脚下光溜溜的盐水瓶如墙头杏花凋落，冷却在昨夜，脚丫儿一碰马上就缩了回来，冰冷冰冷的。我在被窝间隐隐听见院子里树枝断裂的声音，这是种清新的声音，仿佛从冬天的晨光间新发明出来的。格窗上的梅花玻璃雾气一团，雾雾蒙蒙的，看不见丝毫屋外的光景。我常常拿张白纸蒙在这样的玻璃上，用铅笔一阵乱涂，拓出一朵朵黑黑白白的梅花来，谁见过如此的梅花？我觉得好玩。范成大老爷子阅梅无数，想必他也没见过，他把自己的房子给拆了，种了一望无际的梅，还写了一本叫《梅谱》的书，风流得很。萍乡人说《梅谱》像在说“没谱”似的，的确范成大爱梅爱到了没谱的份上了，如果女人如梅花，那该有多幸福。

二哥兴冲冲地跑进卧室，提起被窝的一角，一只冰冷的手伸进我的衣领，在背脊上乱抓一阵，我浑身起鸡皮，尖叫了起来。二哥说懒鬼起床喽，他一脸神秘，声音压得很低：“落雪了。”我一下从被窝里蹿了起来，心已经飞了出去。

清晨的雪正下得紧，光线微开，天光依旧是昏昏沉沉，气息上却是寂静的，这是雪天独有的品质。雨越大风越大雷声越大闪电越大都会令人心存惧怕，唯有雪不会，雪越大天越发地静。所以人们大抵喜欢看雪，雪往往在他心灵的最干净处，一个人记忆的积雪是他生命的诗歌，一个民族和一个国家记忆的积雪是一个民族和国家的灵魂。

漫天的鹅毛落，密密麻麻，看不到未来，像一个人走在现世看不清楚的命运，因此倍存悬念和新鲜。我跑到雪中仰起头，张开嘴去接雪花，有甜白融化在舌尖，丝丝入扣的清凉，后来读《舌华录》，大约就是这样的味道。母亲这个时候看见了往往发笑，对儿子说“你发魔啊!”“发魔”就是“犯傻”的意思，却比之更有意味，“意味”多了往往就“深长”了，统一的语言，只能无计可施的普通着，方而言却可以一活至今，生生不息。

母亲把我喊进屋，拍拍我肩上头上绒绒的雪花，给我戴上一顶她在秋天织好的羊毛帽，说“去烤火吧”。父亲在火炉间早已烧好了一炉旺火，炉火鲜红跳跃，像老百姓们火火红红的小日子。火苗蹿蹿，它们上面悬挂着的腊肉被熏得油光闪亮。腊肉高高在上，我忍不住想笑，高高在上的仅仅是一堆腊肉吗，那些人们的领导们怎么办?

我仰着头，火炉里氤氲着一屋白色的烟雾。老房子光线昏暗，烟雾如云帐荡荡，屋子里愈发的昏暗。昏暗间的烟雾如徘徊在故乡的回忆，也是盈盈荡荡。回忆年少间这样昂着头望着明瓦是内心喜悦的，其乐融融，像读废名戴名世的诗，流动的美，生动的美。明瓦斜斜嵌在屋顶，也是明晃晃的，一层银白正在它的身上融化，人间的烟火弥漫在黛瓦的屋顶，或是整个冬天的屋顶。烟雾和雪花难分彼此，烟非烟，雾非雾，雪非雪，像白居易和李白一样，都喜欢说“花非花，雾非雾”，都喜欢“酒”，难分彼此。难以区分他们的

“彼此”其实是少年的我。

雪还在无声地落，有人弯着腰在雪中捡着折断的香樟枝，用来烤火。他抱着一怀的残枝，脚印在雪间，一深，一浅。

儿时的故乡经常有大雪。飞雪欲来时，朔风割面，密云昏黄。母亲从屋外回来时，搓着冻得通红的手，微微叹口气，“要落雪了，这风都沁到骨头里了。”这样的大冷天，她就会在我的雨鞋中再加上一双厚厚的鞋垫，坐在课堂上，我的双脚总是暖烘烘的，说不出话的舒服。说不出话就是无语，无语的幸福啊，在童年间比比皆是，俯首即拾。

早读课间，心情欢喜，摇头晃脑大声朗读着柳宗元的《江雪》，“千山鸟飞绝，万径人踪灭——”一个孩子怎能领会诗人孤独的心境？他的心飞离书本，只在天空中，在雪意垂垂迫在眉睫雪的期待之间。忍不住老要看看窗外的天，玻璃上一团雾水，其实什么也看不见。他趁老师没注意，飞快地用手一擦玻璃，露出一抹教室外昏黄的天，但玻璃很快就被雾气模糊，窗外依然影影绰绰。有时候，我喜欢在雾蒙蒙的玻璃上用指头写字，写“笨蛋”“你傻”之类，然后让同学看。同学一看，眼珠子都要蹦出来。我就笑，“我又不是说你，你那么生气干吗？”不写字时，我就画画，画星星画弯月亮画长胡子的太阳公公画短腿的仙鹤画肥胖的小狗画少了只翅膀的小鸟。同学吴建伟说我画的小鸟比她们家生孩子的母鸡还胖，我很不服气，鸟就不能比鸡胖？

在窗间的玻璃上画画，水痕淡淡，潆潆脉脉，刚刚下笔，就要模糊，因为雾气又浮了上来。画是虚无的，喜悦却是真实的。

终于是来了，不过不是雪，来者同桌姚娜。她心急火燎地跑进教室，头上像被鸡爪子乱抓了一通，惺忪的眼角还拖着未曾做醒的梦痕，我敢打赌她肯定又来不及洗脸了。领读的班主任黄东源老师看见她进来，老是无可奈何地摇摇头，欲言又止，最终还是摇摇头。我和姚娜同桌半年，几乎每天早上该同学都是以这样的形象出现，很坚持。她的数学不太好，数学课间经常把头埋得低低的。好多同学都是埋得低低的，因为数学老师太生猛，生猛超过酒店的生猛海鲜。她常常要点一些同学上讲台做她的数学题，做不出来的往往耳朵被扯得老长，隔了几天还是红突突的，要不就是头上狠吃一顿“瓷股子”，“嘟嘟”作响，像被啄木鸟啄中了。做数学题做不出来又被罚是件很没面子的事情，所以一到她的课，教室里鸦雀无声，一大片的埋头，埋头不是苦干，埋头是心虚虚的，比做了坏事犯了错误还心虚虚的。姚娜经常要被老师点到，点到时，姚娜同学表情苦苦，像吃了一个学期的“苦瓜”。老师在讲台上望着她磨磨蹭蹭地上来有些生气，欲言又止。姚娜心怀忐忑地走上台去，拿粉笔的速度吞吞吐吐，半天也算不出一个简单的答案。我在课桌间很替她着急，觉得她苦苦的表情很无辜。

窗外的雪终于落了，在我们的无知间。雪落下时，洋洋洒洒，轻易落中了孩子们喜悦的心思。黄东源老师厚厚的镜片上浮起了一层朦胧水汽，远远看像戴着一架望远镜，很滑稽的样子，我把头埋在课桌下偷偷地笑。想必她也望到了自己的童年，于是宣布：停课两天。一阵欢呼雀跃。黄老师用粉笔刷敲着讲台的桌面，大声说“安静”，桌面腾起一层淡淡的粉尘。这样的大雪天，为了安全，学校总是要停课的。学生们当然欣喜若狂，在孩子的心底还有什么能比放假更开心的呢？

放学时，积雪已经有脚脖子那么厚了，丝毫还没有停的意思，依旧劈头盖脸地下，我们越发地高兴。高年级的同学们迫不及待地打起了雪仗，银弹呼啸在半空中，尖叫此起彼伏。女同学的最为刺耳，叫声一声尖过一声，比“座山雕”的头还尖。“座山雕”的头很尖，因为老师说他“老奸巨猾”，我们以为是“老尖巨滑”，“老尖巨滑”，肯定够“尖”。有群孩子围着操场的跑道滚起了雪球，越滚越大滚到比人还高时，雪球终于有点冬天的派头了，它和孩子们玩累了，站在操场上一动不动，有点儿孤单。我依依不舍地走在回家的路上，不敢在外逗留太久，因为母亲会担心的。脚下的积雪簌簌作响，脚步，一深，一浅，延绵在归家的路上。命运的归途中，一个人能留下脚印是幸福的，因为他的历史并不苍白。

不远处的荷塘残枝枯立，稀稀疏疏，乌冻冻的水面微微颤动，悄无声息地冒着白气，雪花落在水面瞬间消失了，像无声的过客。我老想着雪再大点儿，把这乌冻冻的水面给盖住。这时候我比较喜欢那个喜欢喝酒的诗人，他说“燕山飞雪大如席”，有席子那么大的雪花，大概很快就能把水面淹没。一尾孤舟在岸边像那个独自垂钓的诗者，一动不动，船舷堆起一层厚厚的白。

较之成人，孩子与雪总是要亲近得多，因为儿童心无尘嚣，雪也是心无尘嚣的。丢下书包，我们一群孩子就去爬附近的山，不知深浅地走在雪中，总觉得前途新奇。爬到山顶时，俯瞰整个萍乡城，天地皆白，素洁一新。我们各自歇斯底里地朝空中吼着“喂——喂——喂”，回声荡气回肠，惊起了树丛中的野鸟。它们咬紧牙关地飞出，像一群飞向彼岸的文人，飞向彼岸其实就是求活，求艺术之活，求灵魂之活。光绪年间，李有棠辞官回到萍乡，他终于逃离了他厌倦的官场，身轻轻仿佛从紫陌红尘间跳出，任他燕山雪大我自闭门读书，十年青灯寒窗，著作《辽史纪本末》《金史纪事本末》字字凝血。人生或许是座桥，身体在此岸，灵魂便在彼岸，李有棠握笔披雪踽踽而行，他如一蓬松间的积雪，泛出隐约坚硬的光芒。

远处，萍乡城里几只高耸的烟囱正孤独地吞吐青烟。

站在山顶滚雪球也是件快意的事。雪球飞泻而下，气势非凡，像一个虎气生生的书者，独坐明月之下，忽然长啸下山，平步青云。怀素和张旭均是老虎，他们在溶溶宣纸之上，奔跑或伫立。雪球越滚越大，一个接着一个在山下的石头或树干上撞得粉碎。有时候，我或许会去看一看树干下有没有一只撞晕的野兔。兔子失足的概率实在太小了，那个守株的古人真是好福气，这样的概率差不多应该是千年等一回吧，他在书间大概已经一等千年了。机会需要缘分，强求不来，求是看中，太看中就要被机会支配。

好机缘其实一次便够了。

雪后，我和哥哥们将那些大大小小被炭火熏得漆黑的钢筋锅抱到雪地间，用雪擦洗，也是雪耻，耻是顽固的污渍。雪似乎有神奇的效果，往往能把锅擦得精亮，雪柔软的身体总能融化坚硬的污迹，最后化水而去。记得每次都是仕新大哥擦得最为干净的，闪闪锃亮。擦完，我们的双手往往冻得紫红紫红，连头皮都生痛了，放在嘴前连连呵气也不管用。母亲笑着说，“烤火去吧。”这种天气手脚会生冻疮，红红硬硬，又痒又疼，隔着袜子手套的又痒又疼。我们有个好办法治它，烤火时，把生萝卜切成丁块，拿根竹签插着在火苗上烤，烤到萝卜冒白气时，捂在冻疮上烫烫，往往烫到龇牙咧嘴，哇哇直叫……

关于雪的回忆总是无尽畅快的，像白居易的便条，信手一翻，就是云雨。

我就这样不紧不慢地在雪里行走，仿佛走在自己的前生里，身体越发地轻，如悬在白居易笔端的一滴淡墨，或是张岱的，或是李流芳的。我钟情于这样的形容，像钟情于某种不可言说的天赋一样奢侈。只是如今做梦的功能越来越弱了，梦间很少再有漫天皆白的天空绿油油的稻田和旷阔的星空了。做不了梦，就去寻梦，至少从一杯新茶中品味春日田野的功能还幸存。读李流芳《云栖春雪跋》："时已二月，大雪盈尺。出赤山埠，一路琼枝玉干，披拂照耀。望江南诸山，皑皑云端，尤可爱也。"又见《题雪山图》："甲子嘉平月九日大雪，泊舟阊门，作此图。忆往岁在西湖遇雪，雪后两山出云，上下一白，不辨其为云为雪也。余画时目中有雪，而意中有云，观者指为云山图，不知乃画雪山耳。放笔一笑。"心里觉得无比的干净，像自己的游走的灵魂停伫在故去的雪间。

陈继儒《岩栖幽事》有云"雪使人旷"，心旷神怡，遐思行云流水，古人看雪其实在心中作画，画到目中有雪意间有云，画到心境一派澄明。

又找出张宗子的《湖心亭看雪》："崇祯五年十二月，余住西湖，大雪三日，湖中人鸟声俱绝。是日更定矣，余挐一小舟，拥毳衣炉火，独往湖心亭看雪。雾凇沆砀，天与云与山与水，上下一白，湖上影子，惟长堤一痕，湖心亭一点，与余舟一芥，舟中人两三粒。"读来一段，雪意越发的黯然，像睡在他们的画间，如果有福，把我也当是画间一芥吧。我不是风雅，是但求造化。

上个星期天，去上海书城，远远就看见架上的《陶庵梦忆》，封面是浅墨水印《湖心亭看雪》的一段文字，尽管有些落俗，还是觉得如置雪中。张岱和李流芳在云中漫步，衣带飘飘，清微淡远，毫不空洞。张宗子有古气，李流芳有仙味。张岱心境澄明，隐隐的怅然若失，风尘远去，往事均在踌躇之中。看雪的他是王维的"夜深人不静"，谦谦君子在乱世再超俗淡泊，也是逝者如斯，流失的却不仅仅只是时光。看雪或无心，又岂能无心？毕竟有亡国之憾。绍兴沦陷后，张岱拒绝臣服清廷，携家披发入山中，布衣蔬食地生活着。李流芳也清微淡远，却是“夜深人已静”，他有行云流水的淡雅，有真真假假的大风度，翻手为云，覆手为雨，超脱心境。两个人我都喜欢，这是我的造化，我很满意。

张宗子不胜酒力，不胜酒力怎可以轻易忘却痛苦？如此看李白和白居易就或可释怀了。李流芳是“天真烂漫是我师”，他有师心，是甚有师心。张宗子却更加可爱，童心可鉴，因为他喝不了酒也端起杯子就喝。如果我在湖心亭遇见他，一定会把他灌醉，反正他当遗民是不用上班的。

大多数的人都喜欢雪，尤其是江南的人。雪落得简洁，干净传神；雪落得盛况浩瀚却一点也不世故沧桑。清澹至雅，这是国人内心喜欢的纯净澄明，如米芾父子笔下的远山，含蓄蕴藉。不懂这点，往往就不知道看雪的好。而看雪，却不需要懂得，心情好就可以。

想到要把张宗子放倒时，也学李流芳，放笔，仰首一笑。

第二辑

一整个少年的
积雪

一整个少年的积雪

醒来，看见云纹漏窗外的新年，雪光皑皑，童年滑倒上面。几许卷云之下，香樟荡青漾绿，雪后的青绿幽幽，好一幅尚未干的湿润长卷。

打春锣的师傅走在故乡的田野上，送春的年俗在他脚下零星的积雪间，吱吱的响声划过新春的清晨。周边是一塘一塘的残荷，旧岁的夏天里，它们风骚如春意，大朵大朵的绿臀，在风里卖弄着上好年华，现在枯萎的它们在池塘里守望，守望盛放的快感和恋爱中的水鸟。打春锣的师傅的皱纹也是残荷的颜色，积雪在额头即将凋落，或许会从中飞出一只黑色的野鸟，擦着眉梢，箭一样消失在空中，如他青年时淡漠的梦想。他穿过了荷田，走入旧巷，眼前是湿漉漉的粉墙和苔色青青的层层黛瓦，白色的炊烟在瓦上弥漫，有些魂不守舍，舍不得的是故乡的民居。

家家户户的院前都是成阵的落红，粉碎的炮仗纸屑炫耀着去岁来年的喜庆。每一家的门楹上都贴着惹眼的春联，红笺金字，墨迹豪放，一眼望去，喜上眉梢。许多门楹的两边还挂着灯笼，俗世的朱红，叫人暖意丛生。

打春锣的师傅清清嗓子，敲响手中那面经年累月的青色铜锣，“咚咚咚呛，咚咚咚呛”，唱道：

铁锤是铁，
铁砧也是铁，
铁锤打铁砧，
还是铁打铁。
……

声音还没落地，他身后已黏上了一条长长的尾巴——一群爱热闹的孩子。辜鸿铭说，每个人身后都有一条小辫子。尾巴还是要比小辫子气派得多，孩子们多会这么认为的，他们不喜欢老辜先生的说法。他们会接着唱道：

做戏是人，
看戏亦是人，
台下看台上，
又是人看人。

这是江西才子刘凤诰的话，故乡的人们都会唱上几句。师傅有点兴奋，接着唱：

人看人，
财神来送春，
送来年年月月华。

有个男孩往他的脚跟处扔了一个炮仗，冲他扮了个鬼脸，消失在墙角。他故作惊了一跳，嗓音有微微的颤，身后一阵哈哈的笑。孩子们学着他的唱腔，咚咚呛呛，随着锣音走家串户。路上，一群好事的肥鹅追着孩子们的脚跟儿，使劲地咬着，灰色的翅膀扇起阵阵尘土。孩子们的笑声、尖叫，和鹅毛，此起彼伏。

打春锣的师傅，蜡黄的脸上露出了雪白的牙，皱纹里飞出了一只黑色的野鸟，擦着眉梢和匆匆岁月一起飞过。

大年初一，迎新的鞭炮声在黎明前夕就不绝于耳了，这让新年的第一顿早饭显得仪式感十足。许多人家会在这天吃素，素是简洁，膳素更是一种虔诚。在江南民间一年伊始，所有的生活都落地，回归简单质朴，轻装启程，民间的新年从简洁出发。早饭一过，长辈们就在家里等着晚辈们来拜年贺岁。客厅或是火炉里的八仙桌上一早就准备了好茶、各色小点心，茶叶早已沉入杯底，客人声音还在门外，就往杯中沏上了滚烫的开水。第一位进门的客人往往得到最热情的接待，如中彩头，如果带了孩子，长辈就会往孩子手里塞压岁红包，茶水热气腾腾，人情世故快意荡漾——“过了脸面年哦!”宾主互相寒暄着。主人递上香烟，宾客会回敬一句“抽您的发财烟啰”，升官发财在民间是最能体现荣耀的词汇。一般待客的香烟有“南方”“芙蓉”“芝城”“南京”“红双喜”，大多数人家是“南方”“芙蓉”，用“白沙”“红双喜”就很是体面了。有一年春节去拜年，我接过金良叔叔递过的一支“芙蓉”，装模作样抽了一口，被呛得泪流满面。金良叔叔拍了拍我的后脑，“男子汉是呛出来的”。我觉得没面子，一个少年时代总在耿耿于怀，后来我一见什么李芙蓉、王芙蓉之类的名字，就想咳嗽几声。

待客的茶有“烟熏茶”，有“点茶”，味道不让西湖龙井。烟熏茶一般是自家茶园的新茶，在春夏之间，采嫩绿叶芯，揉搓褶皱，再用竹篾盘盛装，支架在柴火上。火只能是微火，或稍微有些火气，叶子水分风干即可。这种茶叶泡茶有很浓的烟熏气味，故乡的人们喜欢这种味道，不管游牧他乡多久多远依然会恋恋不舍。故土的人间烟火，谁又能割舍？

故乡还有一种名曰“少女怀春”的茶，名字风情点点，让人看到漏窗之内怀抱紫薇的欢喜哀愁。毛尖普洱之类的茶名太实，它们是骨秀，是韦端的词，少女怀春是印象派，是肤秀，是温飞卿。肤秀是更轻易讨人喜欢的。春色露尖时，采摘泉边古茶的第一轮芽尖，由养在深闺人未识的少女，独坐桃李花开的子夜，褪去薄衫肚兜，将芽尖轻点少女唾液，在含苞待放的峰间轻轻揉搓，洱洱沛沛的肌肤相亲，烟雨江南，昨夜吟红。处女的体温将茶叶烘干时，凝脂的肤色和嫩绿的叶芽渐成一色。

“少女怀春”系茶中顶级，据说是少数地方官宦进贡的极品，或许龙颜大悦，授官加爵，鸡犬升天。艺术成了帝王家的玩味，在这样人为纵欲的境遇中民间艺术的生命力固然难以持久，渐成传说。很小很小的时候，就听说过“少女怀春茶”，却不知其中原委，只以为是最精贵的待遇。我曾好奇地问邻家姐姐要奖励，闹着要她给我做一回“少女怀春茶”。一向温存的女子怒发瞬间，杏目圆瞪，我如坠云雾间。

大人们就哈哈大笑，说小毛孩再说一遍要什么？

她摔门出去了，细细碎碎的桃花裙掀起一阵淡淡香风，仿佛一朵盈盈荡荡的云。我再也不敢对谁提这样的要求了，长大后许多邻家伙伴都不记得样子了，但她双手叉腰的神态时常游离面前。

“点茶”的工序并不复杂，但成分较多，制作时间也颇长。将红白萝卜、生姜切成碎末或丝状，主料用经霜的萝卜最好。撒盐，揉搓，晒干，放入青花将军罐间密封，待到春节拿出来招待客人，寻常百姓的人情暖暖就在暗香氤氲间了。现在的人喝铁观音喝普洱喝龙井喝毛尖，却很少能喝到“点茶”这样的纯手工制造。

手工是一个渐行渐远的时代。

“点茶”如今在故乡也成了稀罕物什，但五婶家还是保持着传统做茶的习俗，在她家四季都能喝到“点茶”的好味道。旧岁春节，我和哥哥去看她和五叔，“点茶”星星点点落在杯底，红红白白，照样是沉鱼落雁。茶香爬过鼻尖，爬过额头，弥漫在整个屋子里。岁月在迷漫间悠长了，我看见自己和哥哥们童言无忌的言笑在屋外的浓荫间。

打春锣的师傅跟随拜年的客人们进屋，同样是热茶相待，主人会把这些送春的人视为吉祥，好兆头在民间无疑是崇高的。打春锣的师父接过茶，蜡黄的脸上露出了雪白的牙，皱纹里飞出了一只黑色的野鸟，擦着眉梢和匆匆岁月一起飞过。他唱道：

南山顶上一株茶，

阳鸟未鸣先发芽。

今年姊妹双双采，

明年姊妹适谁家。

……

主人说来一段带劲的，唱段小调《巧媳妇撮合老鸳鸯》吧，提壶倒上一杯谷酒，暖气腾腾地递给打春锣的师傅，师傅说，“客气。”

正月里，故乡有些许人家舍茶而用自酿的谷酒待客，几杯下肚，人们之间就近了，哪怕醉上三天也是快意的。谷酒是一个很具地方特色的文化符号，每年桂花开时，旧巷深处就有谷酒飘香，市面上勾兑的酒卖得再贵，人们都不喜欢，还是执着地热爱着这种滋味，越喝越能感觉它的激情，再深的巷子也会寻了过去，被煮酒人家的香味勾着舌尖过去。

“秋来有佳兴，秫稻已含露”，江南稻花含露桂花落墀时，精选果实最饱满的稻谷，发酵，蒸酒。好一幅丰收的民间图画。

酿酒是隆重的。翻开皇历，择黄道吉日，在风清日朗间，筑灶，燃薪，将发酵了的谷粒放进蒸笼，注入甘泉，一切有条不紊，一种传统手工的美妙就在水汽弥漫间慢慢呈现。故乡人把这个过程叫作“逼酒”，有生韵的流动之美。待到炉火渐渐微弱，银桂的酒滴便会顺着蒸笼的竹管轻轻滴落入壶中，犹若月宫中桂子滴落的声音，芬芳弥漫。

这时，天上有巧云朵朵，像铺平在天空的蚕丝棉。秋天的巧云呀，无数童年的日子仰酸了脖颈看它们的变幻。我知道这种酒只有在故乡才可以酿得出，故乡人爱它是和一个亲人生活久了就分不开的感觉，李贺的“秦宫一生花里活”比之太肤浅，李白的“花间一壶酒”比之闲气少了，李太白太虚太雅，李贺太奢华，老百姓不喜欢，看得两眼迷茫，袁枚的“花里神仙”在这里倒是贴切，毕竟俗气得可爱，俗才是真正的民间。

有一年父亲托人买了几百斤上好稻谷，秘酿了一回，足足有小半缸的明晃晃，波光粼粼。酿酒的师傅是金良叔叔。记忆中他是位酿酒的高手，煮酒者方可论英雄，金良叔叔也是豪气逼人的，远亲近邻家中备酒过年多请他帮忙，从不推辞。

谷酒是无法替代的，如江南的品质。谷酒酒味淡而不薄，待人温和，抿一口在舌尖，整个江南都在怀间缠绵。酒借清风借明月，志清意远，柳荫径曲，一池残雪可放眼，且让酒在舌尖化雪吧。

我在岁首的夜晚，跟随打春锣的师傅在故土做华丽的梦游，一路的积雪。路过金良叔叔家的院落，有淡淡谷酒的清香逸出粉墙。我知道这是幻觉，但民间的传统和历史是不能被遗忘的。

金良叔叔家的梧桐树冠高高渗出围墙，风声萧萧，树声萧萧，积雪的梧桐树芽该冒尖了。

春天发出轻轻叹息，树丫间的积雪零零星星地落入回忆，不远处，夜色缭绕的杨梅塘畔有犬吠传来。

那些树间的积雪是旧岁的意犹未尽。

二哥打来电话说，腊月二十九下了整整一天，密密麻麻都快没脚踝了。看到窗边的玻璃上有一角平白无故的白，水汽盎然，室内的空调开得有些高了，感觉有雪花从故土下了过来，飞过鼻尖，天地素洁。

听见雪落香樟的声音，雪落在香樟叶上，衬出绿更加的绿，是少女倚窗独坐冬夜的肤色。儿时，我会用青花瓷碗取井水，或加上少许的白糖，放到屋外的围墙上，等着雪花落入碗中，淡黄的墙顶有几株枯萎的野草在雪中显得剪影凝重，盛夏的傍晚或许有只浑身透绿的螳螂爬过它们的身躯，夏天的梦境淡漠了。夜间，大人们都睡去了，我按捺不住等待，偷偷钻出被窝，去屋外看看碗中是否盛满了雪或是结成冰块了没。雪还在无声地落，偶尔听见枯枝断裂的声音，夜色银白，气息如此沉静，记忆中故乡的夜色都是沉静的，这是故去的江南的品质。次日醒来，第一件事就会去取回青花瓷碗，早结成了厚厚的冰砖，敲碎了一块放在嘴中，咯吱咯吱作响，母亲看见了会说别把牙一块给嚼进肚里了。

冰块带着淡淡的甜，是一个孩子发明的甜。

雪落无声，院间的水井栏圈上堆积了一层融融的香白雪，碧幽幽的井水正氤氲着热气吧，广玉兰的芽苞露着子弹一样的铜色头头。我有些想舔一舔芽间的白雪了。找来《陶庵梦忆》读，眼前是湖上影子，唯长堤一痕，漫天皆白中，烧松枝煮酒，真是神仙的日子，怎会不醉？这样的境遇，醉生梦死又何妨？松枝燃烧释放的蓝色火苗，露出锋芒，正化雪冒着白气，春叩西湖了，写到这忽然想起前天傍晚真是立春了。读张岱的此篇小品，感觉在宣纸上散步，每次读都有素不相识的干净。春雪如絮，无声地落在童年，这是一整个少年的积雪。就在其中散步吧，想象着走在自己的前生今世。

这样的话，我已经说过好多次了，确实每次说都是花非花。

雪在心里有时候是微墨清弹，是上苍在吹云弹雪吧，“吹云弹雪”这样的词语是我舍不得写的，整个江南会在泛黄的毛边纸上洇化开来。一年正月初五，大雪密集，出不了门，就在屋里看二哥作画。他画的是指掌山水，墨汁在宣纸上自由地呼吸，自然地幻化，湿漉漉的山水青青绿绿，二哥的面容也是湿漉漉的，整个人都是。我太小看不懂画，但那时着实感觉二哥画画的神态真像我家院中的那口井中碧幽幽的井水。他的四周空旷，看不清其他，只觉得干净，很舒服。我有些发呆了，真是羡煞人。

雪还在旧岁纷纷扬扬，心无旁涉的屋外天寒地冻，那些天堂来的精灵——落入凡间时，冬天老去。

打春锣的师傅喝了一碗温热的谷酒，眼神有些恍惚，且让酒在舌尖化雪吧，化一化老去的冬天。

夏守浓荫，冬抱火庐。在故乡，这是一部本土的冬夏史，四季轮回，时间轻轻划过。江南的初春如冬，春节间家家户户大都会生火取暖。这场火从旧岁的小寒就开始生了，特别是有老人的人家，在旧岁的秋天就会囤积过冬的柴火，一般是香樟枝、茶树枝、香枫枝、枯萎的树根等，一个大树根往往可以烧上一周。一家人围在火庐边，一边吃着烟熏茶，吃着盐果子、豆角酥、红薯酥、兰花根、水煮瓜子、冻米糖，一边有一搭没一搭地说话，其乐融融，气息上是平静的民间生活，我真是喜欢。拜年的客人来了，大都是要在火庐里坐上一会的，一坐下往往屁股就挪不开了，庐内家长里短，喜气生动。

火庐就像读书人的文房四宝之一，在故乡老百姓的家中不可或缺。现在用文房四宝的文化人越来越少，在火庐里烤火的人也越来越少了，文人们去了古代，烤火的人往往去了回忆中。火庐里一般都会挂上肉类禽类，不到一个月就熏成黑黑油亮的腊肉，这是百姓餐桌上的佳肴。我经常怀疑自己如果在火庐里烤上一个冬天，会不会也会像腊肉一样被熏成黑黑乎乎，这是个问题，烤火让一个孩子开始思考。我有时会暗自庆幸，幸好我不喜欢烤火，可是一个冬天过去了，到了春节，火庐里的老人还脸庞干净。没有烘干的柴烧时会冒出满屋的浓烟，呛得孩子们眼泪泉涌，孩子是不太愿意烤火的，他们好奇的世界在火庐之外。孩子屁股后面三把火，他们永远都是不会怕冷的。我则钟情于火庐顶上的那几格明瓦，古人称它为“仰尘”，多有风情的名字啊。我常常仰着头，看明瓦上是否有动物飞鸟的出现，有一次真的看见一只白猫趴在明瓦上，肥大肥大的脸，它正从屋顶惊奇地看着屋里的我，嘴角的长须吓得一耸一耸的。

火庐是温暖的，是温情的，但再好也会有瑕疵——烟灰太重。在里头坐上一会，身上就会下一场白雪，头上、肩上、衣领上均是落灰，确实是云而已，烟而已，它们被我描在了泛黄的毛边纸上，和往事渐渐幻化。

天色渐晚，巷口若有若无的黄炽灯依次亮了，暗淡的光晕在浊厚的墙面开出朵朵无名花，暗暗的淡绿。打春锣的师傅，结束一天的工作，该下班回家喝酒了。走出杨梅塘，些许人家又开始放炮仗了，星火腾腾，炮仗是新年的缘分。他擦了一把蜡黄的脸，轻轻呼了一口气——新年开始了。他的皱纹里飞出了一只黑色的野鸟，擦着眉梢和匆匆岁月一起飞过。

回家的巷间铺满了青石，岁月念旧，石头们染成黑色，黑色在中国的哲学里是水的意思，一泓乌冻冻的碧水蜿蜒而去。路边是迟延的春雪，原本就风情十足的青石小径更添风情了，风情百足，比“风情十足”强十倍。有一年正月里，父亲去单位加班，夜深了还没回家，母亲有些着急，我自告奋勇地去巷口等。因为停电，悠长的巷子愈显幽深，走到一半很可能不到一半就害怕了，退回去又怕母亲笑话，进退两难，就唱歌壮胆，唱《我们的队伍向太阳》，歌词记不清，越唱越觉得没有底气，只好硬着头皮在那幽深的巷间故作镇定地哼哼呀呀，惊起一只黑猫，它晶亮眸光寒碜碜地一闪，精灵一样消失在围墙的另一边，我的心到了嗓子处，汗湿了手心。

暗夜中，小巷的枯井，拉长身影的电线杆，蜘蛛网一样的电线，晾晒在屋外未及收回的衣物和围墙上斑斑驳驳的墙体广告，和我在一起，一起在黑白电影的镜头中魂不守舍……

梧桐树下

一弯缺月挂在梧桐的疏枝间，少年记不清它的幽暗，或许有些暗淡的微红，微红或许仅仅是他的想象，相对盛夏间大朵大朵的梧桐叶，微红是少年视觉间的矜持，他常常在这样的粉妍中发呆，如在暗粉台灯的旧映中，其实他什么也没有想象，只是若有所思地若有所失。

若有所思是舒服的。

或许，这仅是一个初春的夜晚，梧桐的树干冒出绿尖尖，如初春的夜间刚刚发育少女的胸脯，也是微红盈盈。

此刻的故乡在少女的春夜里是矜持的。矜持是浪漫，是高贵，或更准确的说法是镂金错彩间的淡雅可人，既是气势上的浓墨，情趣间却是淡雅，化繁为简铅华淡褪已经不易，可人又是更难。故乡是不会褪尽铅华的，褪尽铅华是老世故老才子是黄庭坚是钟惺是鲁迅是瘦骨嶙峋，而他还是一个手持茱萸的翩翩少年。铅华淡褪是艺术成就间的成熟烂漫，更是情趣上的天真烂漫。如一阕好词或是一首好诗，语言上的精熟和音律上的和谐但见功夫，细品澹雅之间，情趣盎然，初看是小家碧玉，其实是大家闺秀，周邦彦就是一个代表，气韵上的优雅大气是江南许多文人特有的气质。故去的故乡也是如此，既可怡目，更可怡情。

或许整个回忆间的江南就是矜持的，“自作新词韵最娇，小红低唱我吹箫”，故乡大约在回忆间是浅浅清唱，细节上是声字清圆玲珑雅致，气息上又是清澹幽深，故乡是《花间集》，相比之下《全唐诗》就是囊括南北，集大成者往往是缺乏个性的。

梧桐的枝条在初春探出青青的头头，是一群顽皮的孩子。这一刻，梧桐收起萧条的样子，经过一个冬天，它们显得瘦硬奇崛——树冠巨大，枝条放射在空中，风吹过时发出浅浅的呼啸，梧桐巨大的身体生硬地颤动着，像脚跟呆滞的木偶。我们在嬉耍时总会学学它们的样子，扮一扮愚钝。梧桐大抵像被一些被流放的诗人，诗人在冬天是容易被流放的，不管是身体还是情趣上。光绪年间，萍乡的晚清名士文廷式积极参与筹设强学会，力主维新，“欲开风气，挽世变”，被“后党”杨崇伊弹劾，强学救国梦破，空剩满腔抱负，他在《冬夜绝句》中写道：“此生不作芳华怨，偏为梅花耐岁寒”。梧桐树间，微雪密集，文学士只有雪夜长惜酒醮，寒气已过京师。无独有偶，也是在暮冬，画家避难萍乡，他的江南正在一片战火之间，那时间他已经不吃青茶、读元曲、读宋词，不再与世无争了——

儿家住近古钱塘，也有朱栏映粉墙。
三五良宵团聚乐，春秋佳日嬉游忙。
清平未识流离苦，生小偏遭破国殃。
昨夜客窗春梦好，不知身在水萍乡。

这是丰子恺在萍乡乡下留下的诗作，字语间一种行物萧条的郁结怎么也化不开，春梦仅仅是他的奢侈的回忆了。小时候曾经去过那个叫作“暇鸭塘”的乡下，母亲牵着我的手走在水塘边，水塘间冒着微微的白气，像刚刚醒来的早晨。我边走边吃着兰花酥，看见浑浑的塘水间偶尔会冒出几个气泡，气泡有时是无声的，有时是清脆的，“啵”的响声又仿佛是石沉大海了。我无从知道这处地方有过一个羁泊的诗人，他说这处是“寂静如太古”，寂静的仅仅是一个水乡，他却是郁结的，像一汪隔个数夜的墨，宿墨。

一只绿绿的翠鸟擦着水面飞过，如擦肩而过的人生。

梧桐吐芽时是怀春的，这么说好像说一个彪形大汉刚刚还怒有万人之气，卷袖抡拳打完架，忽然和颜悦色坐下来谈恋爱。这么说其实一点也不生硬，雄强豪气的人恋爱往往要更缠绵，要更投入，吴三桂的故事太老套，不如说西门庆，丢了脑袋时，他起码是承认喜欢那女子的。我不是在为西门官人翻案，喜欢翻案的是杜牧和袁枚，杜牧《在题乌江亭》间为英雄翻案，他说“江东子弟多才俊，卷土重来未可知”，真男儿不必拔剑自刎，“包羞忍辱”照样纵横天下；袁枚则为南朝陈后主的宠妃张丽华声张不平，一口气连写了两首《张丽华》，胆识过人，我喜欢他的做派，凭什么说女人是祸水啊！历史的祸水往往是男人们自己搅起来的。话往再回说，些许才子一遇见紧急情况就体如筛糠浑身发抖了，张生许仙等等，泡泡女人磨磨耳鬓还可以，架还没打起来他们就摇摇晃晃得不行，早晕了。所以我喜欢说梧桐怀春，英雄怀春可不是气短，是真性情，真性情的人是可爱的，专诸就是如此，是江南人里典型的多情却一点也不娘娘腔，“专诸方与人斗，将就敌，其怒有万人之气，甚不可当，其妻一呼既还”，《吴越春秋》的几点轻墨让一个少年轻易喜欢上了一卷古籍和一个令人眷恋的时代。意气风发，刚烈不乏温柔，我喜欢这样的英雄气。这样的话，确实已经说过许多遍了，说过了也没关系，就像许多人谈过一次恋爱了，又再去谈下一次。

怀春的树是矜持的，周邦彦也如是说过，“高柳春才软，冻梅寒更香”，他说高高的柳树枝条只有到了春天才会变得柔软，我觉得用在梧桐上更加贴切。周邦彦是个懂得爱情的人，因此我喜欢他，现代的人个个都要恋爱，却未必真正懂得如何去爱。

嫩芽在巷口梧桐的枝端顽皮着，想必梧桐浑身都在痒痒吧。一群孩子在树下玩“躲猫猫”，“躲猫猫”就是在挠童年的痒痒，欲罢不能，欲语还休，妙不可言。童年的孩子体薄瘦弱，身体完全可以隐藏在梧桐粗大的树干背后，像人总是要隐藏到一个时代的背景之后一样。所以张冠军每次都难以找到我们，而身形肥胖的他却总会露出一尺衣角，轮到我来抓他时，我会假装没有发现他，一边故作大声喊话“你们在哪啊，怎么一个也找不到啊!”等到接近时候，一把抓住他的衣角，哈哈大笑。他脸色悻悻地又回到巷口，眯起眼睛，脸紧紧贴住墙壁。我们会在远处大喊一声“不能偷看!”偷看被发现是要被罚十次的，张冠军很害怕。

张冠军的爸爸是物理老师，大伙老怀疑他爸爸是亚里士多德的同事，因为张冠军经常会和我们说：“如果给我一个支点，我要把地球撬起来。”这是他爸爸常说的一句话。同事的概念，小学老师曾解释给过我听：“有共同目标或理想，并且齐心协力为之奋斗的人与人之间的关系”，那时候人们常说“为了实现共产主义而共同奋斗”，一听就热血沸腾，比喝五十几度的白酒还管用。我们觉得张冠军的理想不得了。老师的解释算是比较专业，但这样的句子让我觉得很绕口，像在体育课间转圈圈，转着转着，人就分不清东南西北了。

长大了以后，知道还有一种时候，人也是这个感觉的，就是热恋。这样的感觉对于南方人是福气，因为他们一到了北京，往往就找不到北了，如此说来，他们岂不是天天都在热恋中？

天天都在热恋啊，一整个世界的梦境。

“躲猫猫”是童年的经典，我们无知的年岁轻盈地隐身在梧桐树后或是粉墙的角落。如果是在夏天，梧桐的树干会露出一层霜霜的白粉来，像丑角的脸，也像痱子粉，还像茯苓饼的粉末，或是经过冬的霜，都是传神的水波脉脉。孩子们蹭过它的树皮时，衣服上就会东一块西一块的白，怎么拍也拍不干净。如在晚春，偶尔会从树上砸下一朵大大的梧桐花来打在孩子的头上或是肩上，微微地发麻。有时候刚一抬头，正好砸到鼻梁上，邻居的小丫头就被砸过，像砸到一个时代或青春的痛处，哭得比考不上大学还伤心。

梧桐花花色淡紫或是乳白，如果在唐代，这是高贵的颜色，是三品以上的大员才能穿这样颜色的官服。梧桐花大朵大朵地在树枝间口若悬河，一场春雨后，噼里啪啦落得很快。我曾拾了一筐，用绳子串成花环，那时没有心爱的女人，只好戴在一只大白鹅长长的颈上，谁让它成天趾高气扬地不知天高地厚。它惊惶失措地咯咯乱叫，挥动着翅膀满院子漫无目的地跑着，不时还脚下一滑，肥大的身体打了个趔趄，差点翻在地上。

有一次“躲猫猫”，粉墙另一边传出烧饭的人家正用饭勺刮着锅底的声音，一股烧焦的香味若隐若现。口水就流了出来，我常常在母亲煮饭起锅时，跑到她的身后，踮起脚跟，接过一块焦黄的锅巴，津津有味嚼得吱吱作响。躲在树间，听见了自己肚子里“咕咕”的声音，我没有觉得不好意思，杜甫早说过了，“夜雨剪春韭，新炊间黄粱”，大诗人都承认自己闻到了新炊的香，想到黄粱的空，我怕什么！突发奇想，和几个伙伴咬着耳朵一商量，各自溜回家吃饭去了。梧桐吐芽的巷间，只剩下孱弱的雨痕和蒙在鼓间的张冠军，他还在履行自己苦寻同伴的义务。直到午饭时间，张妈妈寻到巷子，把百思不得其解的儿子拖回家去。张妈妈一只手捞着胸前沾着油污的围裙，一只手扯张冠军肥大鲜红的耳朵，脚底下仿佛踏着一个风火轮，她一边骂道："真是个大宝，他们那些鬼崽子早回去了，你还在这找命啊!"我们隔着粉墙，听见巷间的叫骂，按着肚子乐，我仿佛看见张妈妈屁股后面喷出的火。故乡把笨蛋说成"宝"，"宝里宝气"就是"傻里傻气"的意思，如果说"大宝"，就是笨蛋里的笨蛋，或者说是大笨蛋，我们常常喊张冠军做"大宝"，一般还会加个补注：大宝，五十两！五十两比黄金五十两还重，是笨得不能再笨的样子。

长大后张冠军没有成为物理学家，学的是音乐，潜心舞台作品，在故乡市里的这个那个协会挂了些许个理事的头衔，他的身体和他的财富一样暴涨。我回家乡，他请吃茶，常在酒后。意气风发，身边围了许多的漂亮姑娘，多用我小时候看着街上糖葫芦的眼神望着他。他滔滔不绝，动情处，拿出电话，"老婆，我们在吃茶，你也过来吧"，那一刻，我觉得他是矜持的。泛光的额头在淡黄的灯色间十分亲切，仿佛回到梧桐树下，清风悄悄地挂在枝间——那些成长的年月。

他高谈阔论他的作品，我不敢打断，耐心细致地听他言说，这样的话题每次喝茶总会重复。末后，他卷起袖子，端起茶杯，很享受地一饮而尽，他摸摸盖过皮带的肚子，豪气干云地说："如果给我一个支点，我要把整个地球给撬起来!"脸上很有童年的颜色。

我忍不住打断他，地球又不是下水道的铁盖盖，你和亚里士多德闲着没事老要去撬它干吗呀?

花天酒地

大寒已过，江南冷清，潮气过重，人在哪都觉得冷飕飕的。江南不似北方，小寒前夕就供暖了，任它窗外燕山雪花大如席，我自掩门读春秋。冬天再冷也不觉得是寒天了。江南的冷是沁入骨子的冷，看似不温不火，不动声色，实际锋利无比，我觉得“微风锐利”来形容更有声色些，这个季节让我想到倾城之颜的女人，纤腰妩媚，黛眉浅靥，一个眼神就能让男人们浑身骨头酥软，真是风韵拔萃，真是过瘾。苏小小是这样的女子，杜丽娘白娘子陈圆圆都是。吕四娘也算一个，化身女仆，轻易就获取雍正的宠爱。我以为最能抓住人心的是神情，美在态上，李渔也如此说过。皇帝后宫三千，一个女仆能获龙颜垂青，可以想象四娘天姿国色。雍正一夜之间丢了首级，四娘如风而逝。这当然是小说家的笔法，我设计了另外一种，也许皇帝是真正为之倾倒，不顾一切地去爱一个倾国倾城的女人。皇帝说，霸王可以为虞姬自绝，我有何不可，难道我还不如项者？江山社稷不过眼云烟，只有美人如水真实，他是心甘情愿了断尘缘的，因爱而生，为爱而死，肯为一个女人倾国，当然是有血有肉的真英雄。

少年时的一个想象让我有些得意，一直记得。那时我读高中，想象着以后爱一个人也要这般得意。我在火炉边上看书，家里的一只猫在脚边看着我，看得我有些不好意思，觉得它看透了我的心思。屋里的烟雾若隐若现，我的头上、肩膀上落了一层的香白雪，其实是烟尘。老家的冬天是要烤火御寒的，用秋天囤积的柴火，香樟枝、茶树枝、香枫枝、杉树枝、无名的树枝等等，炉火熠熠，暖意融融，是老百姓真正喜欢的平淡日子。我曾在一处文章说过“火庐就像读书人的文房四宝之一，在故乡老百姓的家中不可或缺”。火庐是江南老百姓的冬天。在故乡七八十年代的房子，都会有一间偏房是用来烤火的，就叫火庐。比杜甫的草堂的名字，丝毫不逊。

火庐是除了御寒，还有一个主要的功能，就是熏腊味。腊味，因在腊月制作，顾名思义了。萍乡是与腊味有缘分的城市，冬至一过，家家户户的火庐里一般都会挂上肉类禽类，如果是在农家，远远的一家一家的黛瓦之上，烟雾缭绕，好不气派，如是在晴光中，如云蒸霞蔚，更是明艳。萍乡人制腊味，种类繁多，猪肉、猪心、猪肝、猪肾、猪蹄、猪耳朵、猪尾巴，反正能吃的全备齐了。但是占比重大的还是猪肉，每家都会预备三五十斤，吃他个一年半载。一般人们会选后腿肉和软肋肉来熏制。软肋肉最受欢迎，肥瘦均匀，肉质上品，无骨，又容易腌制入味。腊肉买回来后，用食盐腌三五日，一是去水分膻味，二是入盐味。腊肉保质期比较长，这个过程尤为关键，水分渗出，对防腐除臭起到重要的作用，每次看见父亲往腌缸里撒盐时，吴盐白如雪，我就觉得简直就是孙子兵法，这是一场埋伏。腌制好后，将肉挂出屋外，晾干，再挂在火庐之上。熏火有道，不能用大火，只能是微焰，最好是烟熏。柴火就更有讲究了，最好是入秋后收集的香樟、柚子树、茶树、香枫、杉木等枝条，渗干了些许水分，干湿适度，烧出的火焰才温和，有独特的植物香味渗入肉内。

如果有更讲究的人家，会在做家具的时候收集一些锯木屑。江南的家具大多用香樟和杉木，香樟杉木均为常绿植物，有暗香沉静，这种香味不滞不凝，微微地就晕化开来，丝毫不显轻薄，余味若即若离，仿佛一个成熟的艺术家化繁为简的境地，是素宣上的淡墨，像明清的小品，更像张岱、袁宏道、钟惺、徐渭的笔法，浅浅淡淡却有生生不息之气。萍乡把锯木屑称为“锯雪”，多有风情啊，有点睛之效果，简直就是诗。也有人家会用谷糠替代锯雪，将锯雪置于香樟等残枝之上，堆成一座小山包，点燃残枝，火焰不会起来，而是暗火慢慢蔓延，像巨人在抽一根巨大的香烟，吞吞吐吐，青青白白的烟雾就飞起来了，飘散在置于火堆之上的腌肉上，源源不断。这个过程在气息上是沉静的，如暮色中屋檐下的半明半暗，是太阳落后光阴在粉墙暗苔间的半明半暗。

熏腊肉的时候，火庐中几乎都有老人在，一边取暖，一边照料调节火候，如果火焰上来了，就再加些锯雪，把火舌压下去，烟雾照样融融逸气。烟火就这样缠绵，我总觉得熏腊肉如同一场恋爱，一场故乡人和习俗的爱恋。半明半暗，半遮半掩，需要时间的浸淫，谈出个缠绵悱恻，烟雾就是缠绵悱恻的。一直到大雪，水落石出，腊肉香香喷喷，可以上餐桌打牙祭了，爱情的主角从梦中幡然醒悟过来，可以吃到来年。

熏好的腊肉未取出火庐时黑黑黢黢，油渍欲滴，面相不好。这丝毫不影响人们对它的钟爱。一般腊肉会一直挂在庐内，想吃就取下一块，其余的会一直等到正月过去，老人们灭了烟火，渐渐走出火庐到屋外晒晒春日的阳光，人们就会把它们取下挂钩，用热水洗干净表面的油腻和尘灰，在暖洋洋的好日光下晒干，逼出肉内仅存不多的水分，放置在通风之处，一直可以吃到夏天也不会变味。

还有一种人家，会把熏肉的过程变得更像艺术——肉腌好取出缸时，在其表面抹上一层厚厚的锯雪，再挂到屋外晾晒几日，等水分渐干时，那层锯雪就会紧紧黏附在肉壁，不肯脱落。这样的好处是在烟熏之后，肉的表皮不会变黑，热水一洗，漏出黄澄澄的好颜色，泻泄出了一片上好风光。我以为这样的人家是在作画，看似漫不经心，其实是意在笔先，“意在笔先”这个词让我得意了。这种做法是阳春白雪，而黑黑黢黢的腊肉就是下里巴人。萍乡人似乎更多的喜欢后者，大众的，世俗的，在民间的生命力更持久。

我们家的熏制过程没有这么诗情画意，但也不乏风情。我喜欢隆冬的夜晚，一家人围火炉边，家长里短。妈妈把我搂在怀里。屋顶上挂着风声雨声。如果是有雪，可以听见积雪折断后院树枝的声音。我特别喜欢雪籽滴落在屋顶的黛瓦上的动静，是欢喜得不行。因为雪籽过后，往往有瑞雪纷飞，大雪是我整个童年的梦境。我仰头看着火庐顶上的明瓦，希望看到一些飞雪欲来的天机，但明瓦也如屋顶的夜色一样黑黑乎乎，看不清天空和雪籽的滴落。看不清也好，它给了我更多想象的灵感，灵感多好啊，缺乏灵感，永远不会激发创造，于艺术，于生活都如此，于治国，于安邦也如此，灵感是保持生命力持久旺盛的动力。

我有时不愿意听大人们的闲聊，就拿上一根树枝，在冒油的腊肉上沾油脂，沾得满枝满杆的油迹斑斑，再放到火焰上烧。火苗蹿蹿，冒出焦烟，树枝里的水和油在枝条上打架，简直是争宠，“滋滋”“滋滋”地响得不可开交，好不快意。我烧了一枝又点一枝，哥哥姐姐被我弄出得油烟熏得睁不开眼时，就会说:“别耍了，丫妹仔，要火会濑尿的”，“濑尿”就是尿床，这是为数不多能令孩子们尴尬不已的事情了。我一直不明白，火和尿床有什么关联。开始我对他们的话半信半疑，有些心存畏惧，因为尿床确实是一件不太光彩的事情。只能心怀忐忑地去睡，第二天一睁开眼睛，记起夜里哥哥们的话，紧张得不得了。马上悄悄掀开被角，看看是不是不幸言中，结果是欢喜的。自然不怕了，等到哥哥姐姐们再说时，我扬起嘴角，“屁，鬼信。”

腊肉身上的那层油腻在萍乡还有妙用，就是冬季办婚事中的一种道具。萍乡人家里结婚，结婚的儿子，苦的是老子。怎么说呢，吃完正餐后，结婚的高潮在于闹洞房，闹洞房先得闹家公老子。好事者会先预备好草帽一顶，烧煤时用来松炉子的铁钩一个，萍乡人叫“捅钩”，“捅钩”拿在手中是一个充满情色意味的物件，以及抹满腊肉油腻的抹布。仪式开始时，好事者就会问：

“家爷老公子，今天高兴吧?”

“高兴。”老公子感觉到了话语背后的不怀好意。

“高兴先来个节目吧”。这是意料之中的话。

当着众多的亲朋好友的面，要平时一本正经的他表演，可是要难坏这位老了的公子的。搔头抓耳，支支吾吾了半天，大伙就起哄，老公子汗都出来了。因为就算是表演了，也会要被诬为质量太差，不予过关，还不如束手就擒，乖乖就范了。既然难坏了，那就得受点惩罚。好事者就会把草帽戴到他头顶，双脸庞抹上一层黑腊肉油，大花脸，像刚从油库里捞出来的脸。再手持捅钩围着新房走上几圈，好事者就会在他走的过程中喊话，“一捅一钩”，“一钩一捅”，众人哄堂大笑，新媳妇的脸上烧起了两团火，简直是两堆火，可以烤红薯烤芋头烤花生了。所以那晚正席，老子往往是要喝醉的，醉了就不用受罪。有的干脆躲得不知去向，要被发现，免不了要被抓进洞房戏耍一番。

旧岁新春，迎娶封筝回故乡，我自豪地认为娶回了一座名城的山山水水，她是桂林人。正席后，大伙吵吵着要闹洞房，我们拿出一沓电影票每人一张，申明可以带家属，没家属的带朋友，好不得意。人生如此好戏连台。

腊肉外韧内柔，切开时，肥肉如芙蓉出水，瘦肉是紫荆红，红得凝练。我在屋外的天光树影中朗读，儿时的早晨这是必需的功课，我大声地读：

关关雎鸠，在河之洲。窈窕淑女，君子好逑。
参差荇菜，左右流之。窈窕淑女，寤寐求之。

厨房的母亲，切开了一块软肋腊肉，一缕夹白淡红瘦，一缕夹白淡瘦红。

求之不得，寤寐思服。悠哉悠哉，辗转反侧。
参差荇菜，左右采之。窈窕淑女，琴瑟友之。
参差荇菜，左右芼之。窈窕淑女，钟鼓乐之。

还是一缕夹白淡红瘦，一缕夹白淡瘦红。觉得古诗真是像老妈一样啰唆，反反复复的，像这切开的一片一片腊肉，软硬兼施，浓浓淡淡。古诗和腊肉，我还是要更喜欢吃肉的。古诗读得拗口，腊肉却能吃到嘴角流油。

母亲常常会把切好的腊肉放在锅里和米一起蒸，须臾，就是满屋子的醇香，稠得化不开。我常常和外地的朋友说，那个香呀，魂都可以被勾走。一片嚼下，柔韧尤佳，全是故土的味道，可以咽下一大碗白米饭。清蒸是淡笔，辣炒就是浓墨。爆炒，佐以青蒜条、辣椒面，青是青山绿水，红是红翻天地。勾几滴谷酒，口水就要如萍乡城里的楚萍河水一般荡荡，辣得大汗淋漓。吃客说："过瘾!"

冬天是居家过日子，吃上热气腾腾的饭菜，一碟腊肉，两个小炒，再喝上点冬酿酒，桂花冬酿酒，嫩嫩黄黄的好颜色，上边浮着一层星星点点的桂花。这样的小日子，萍乡的男人和女人是打死他（她）也不肯出去外边花天酒地的，对他们来说，居家就是花天，居家吃肉喝酒就是酒地。

冬夜的声音

我脱了冻得有些愣头愣头的鞋子，把双脚支在火炉面前，暖意盎然，读一首《十二月十九夜》的诗作，随手抄来，如手捧新雪。

深夜一枝灯，
若高山流水，
有身外之海。
星之空是鸟林，
是花是鱼儿，
是天上的梦，
海是夜的镜子，
思想是一个人美人，
是家，
是日，
是月，
是灯，
是炉火，

炉火是墙上的树影，
是冬的声音。

脚心和内心都是暖烘烘的感觉，是说不出来的舒服。“炉火是墙上的树影，是冬的声音。”像紫陌红尘里忽然遇见一个让你心生好感的人，轻易就打动了一个他乡的游子，他情愿一生都依偎在故土的冬夜里不肯醒来。

废名无疑是婉转的，欲语还休，我想他是不会对女人说“我爱你”的。火炉里燃烧的树枝，互相攀比，吐出青蓝青蓝的火舌，枝干溢出的油脂就着火舌发出“嗤嗤”的爆裂声，火舌更加青蓝，像蒲松龄家里的鬼怪们长长的舌头。从早晨就下起的雪终是停了，我仰头望着火庐顶上的两格明瓦，一层厚厚的甜白，盖住了屋外迷茫的世界，明瓦之上，天空前途未卜，真想跑去屋外看看刚停的雪，但母亲是不肯让我出去的，她怕我冻坏，我的脚刚刚要跨出，耳朵就会被拧回来，又疼又痒。明瓦外的夜色也是雪霁明亮的，院子间的盛大的香樟树一身是雪，清清白白，清清白白多好看啊，像范成大黄庭坚的仕途。积雪轻易压断了几枝刚刚挨过了秋天的枯枝，发出清脆的声音，连同零零星星的雪末一起落了下来。

温柔正在化雪，如雪落掌心，看过一本《掌心化雪》，觉得是好情怀，散文有情怀就是好散文。屋顶的积雪慢慢融化，是墨入素宣，或是一滴宿墨滴入一盆清水之中，轻轻依依地洇化过去，屋顶是一个被感动的女人，在火炉蒸腾的暖气中温柔融化，渐渐露出一些层层叠叠的黛瓦的乌青，蒸汽氤氲。皑皑雪上的蒸汽在江南的屋顶氤氲是好看的，像李流芳的画作。雪水顺着乌青的瓦槽不紧不慢地滴落，像叶红三姐刚刚洗过的头发。屋檐下的滴水声音轻轻，溅湿了墙壁，开出一朵一朵的墨梅，王冕的“我家洗砚池边树，朵朵花开淡墨痕”写的就是墨梅，自在风流，清气乾坤。俯身在火庐顶上的香樟也在洇化，雪化露出的叶子更加墨绿，像冬夜里少女的眼睛。

这些都是我在火炉边的想象，还好有想象，因为，确实在一个温柔的冬夜。

哥哥姐姐们都在火庐里，他们的话题有些时候是我不想听的，我依偎在母亲的怀里发呆，暖暖的柴火，烤得双颊绯红，我昏昏欲睡。母亲拍拍我的头，“打瞌睏了，去睏吧。”我有些不情愿离开这个暖洋洋的地方，就说“不睏的，真的不睏。”萍乡人把“睡觉”说成“睏觉”，多生动的名词啊。夜晚的孩子总是喜欢人多的，一个人回到房间睡觉有些时候我会害怕的，虽然每次我都不好意思说出来。那时候我还不会自己穿衣服，母亲把我抱到床上，帮我脱去厚厚的衣服，一层一层，像剥下一层层盔甲。剩下贴身内衣时，我就钻进了被窝，比起火庐来，刚刚躺进去的被窝是生硬和冰冷的，像我小学时应付了事写的作文。我被冻得哆哆嗦嗦，缩着脖子，吸着长气，牙齿们在打架了，“哆哆哆哆，哆哆哆哆”，在打机关枪。小时候只要听到这种声音就会把它形容成打机关枪，因为电视里一出现机关枪就是这种声音，这种单一的想象，丝毫不觉得乏味。孩子的世界，快乐是来得简单的。

母亲帮我掖好被子后，我像一个被捆绑的大粽子躺在床间，我叮嘱她说“不要关灯哦”。我害怕睡觉时候屋里的一团漆黑。母亲有时候会依着我的要求留着灯光，晕黄晕黄的灯下，我放心地闭上眼睛，面容轻松，即使闭上眼睛就会出现鬼怪狰狞的面孔，我也可以马上睁开眼睛，风驰电掣间，鬼怪们烟消云散。灯光就是我的桃木剑，拔出，鬼怪们就会逃之夭夭。儿时，我想象中的鬼怪开始大多是温柔甚至是美丽的面目出现的，只是在最后一瞬间，他们才会露出原型。这是看《画皮》的结果，那是我看过的第一部恐怖片，美丽的女人却有着蛇一样的心肠，多机智的结合。杀人取心时，双手捂住耳朵的我紧闭双眼，从凳子上滑到了地上，前排的椅子刚好挡住了我的视线，我像一个临战脱逃的人。那个血淋淋的场面其实在电影里是没有出现的，而恰恰是闭上眼睛不知道电影的情节是如何过度，给我置留了一个巨大的悬念，我可以想象无数惊魂动魄的巅峰场景。悬念是电影文化最好的艺术手段，让人们不知不觉跟着它遗留的线索一直往深处走。悬念保持了一门艺术长久的魅力。读《清真词》里的句子："说梦——双蛾微敛。锦念温——酒香未断。待起——难舍拚""——"是折腰格，在古诗词中并不多见，悬念就如同这格"——"，连接出更广阔的天地。有一天晚上，我梦见同桌贺琴变成了画皮里的小如，她不动声色地坐在我的旁边，直到有一天我无意间发现了她腕下流着蓝色血液才惊觉。她对我没有任何的动作，只是我发现每一天早上上课时班上都会莫名其妙地少了一个人，而她还是故若常人，不露丝毫的破绽。同学和老师都不会怀疑文文静静的她会是妖精，只有我洞察她的内心，而我不能揭开这个秘密，因为我说出来时，就是噩运降临的时候，惊恐如临深渊。这个梦做得奇特，好几个晚上都重复了或延续了同样的画面，以致我白天去上课时候不敢和贺琴讲话。现实，梦境，我始终难辨别真假，现今还是如此，所以我常常会以为自己身在梦境，我很满意，能身在梦境是幸福的。

天很冷的晚上，母亲有时候会早早地在被窝里放上一个"汤婆子"，钻进被窝时候暖暖的，像躺在了母亲的怀里，"汤婆子"有段时间换成了盐水瓶，我还是喜欢盐水瓶子，因为我喜欢踩在上边滑溜溜的感觉，心里明明晃晃，想象是踩在一泓碧水上，凌波踱步，想必就是这种感觉。那些盐水瓶子上有一格一格的刻度，从0ml一直画到500ml，我那时候常常会想，500ml是多少？肯定没有八斤六两重，我有些得意，我出生时就是八斤六两。

有时候在我睡前，父亲怕我无聊，就会塞给我一个半导体，朱红色的盒状体，颜色现在我想起来，还是觉得好看。扭开开关，可以听到很多声音，听着听着我就会睡着。那时候夜间是没有什么儿童收音节目的，无疑都是些时事、歌曲、唱段等等，听大人的歌曲是百般无聊的，还是要听，因为确实是百般无聊。我上小学时最喜欢的就是听评书，那时的评书节目像现在热播的电视连续剧，火爆得很。每天中午十二点四十到一点二十分是小说联播时间，我敢打赌听节目的人肯定要比现在看新闻联播的多。哥哥们比我还喜欢听，我们常常端着饭碗边吃边听，耳朵都是竖起来的。最喜欢的就是《三国演义》，赵子龙单枪血战长坂坡，张翼德一声巨吼逼退曹操百万雄师让我心醉神驰，我常常端着一碗米饭，听到五十分钟节目结束后，那碗米饭还是原封不动，母亲看见了会生气“你抱着收音机睡觉算了”。那时候挺奇怪的，为什么着迷一样东西，人们总会把它形容成“抱着 ××× 睡觉”，后来才明白，钟情于某样事物，如同爱上一个女人，抱着钟情的女人睡觉是最浪漫的。听评书时候有时会不经意地看看时间，每次看大约听了半小时时，就有不舍，不舍是依依的不舍，心里会想，要是节目时间刚刚开始那该多好啊。那时每天一集的节目是无法满足听觉要求的，听评书总是意犹未尽，而正是这种意犹未尽才是真正体会得到畅快淋漓的好。这种感觉是扯瘾的，是踮着脚尖翘首期盼的感觉。现在看电视剧可以买碟子也可以在网上从第一集一直看到最后一集，却也不是畅快淋漓的感觉。如果哪天错过了收听，就是缺憾，小时候不懂得“缺憾”是怎样的境地，但知道缺失了一集是真的遗憾，比长大后错过一个好女人还痛心。

冬夜漫漫，漫漫人生，回忆冬夜，觉得人生是生动的美好。冬夜有种无法比拟的家的亲和力。再读那首《十二月十九日夜》就更懂得它的好了。冬夜是适合怀念故乡的，冬夜是回忆的故乡，冬夜是想象的故乡，冬夜是幻化的故乡。我们围在火炉边烤火时，母亲会给我们煮甜酒喝，甜酒就是“糯米酒”，甜酒酒味淡微，酒体缠绵，撒上一些姜末，煮到锅间翻滚时，再撒些白糖，会感觉燕山雪花扑面而来。甜酒入口酸酸甜甜，你难以分辨是甜缠着酸，还是酸勾着甜，有往事悠悠的欢喜，这种欢喜是在别处花多少钱也吃不到的人间富贵。

粉墙上微红的影子

“绿暗天俱贵，幽寒月不浓”，王思任青衫飘飘，古人轻轻掀开一角，窗外平白无故，确实是落暮间浅浅黛蓝的天空，云出无心，新月泠泠，以为是在腊月。来北京四十余天了，感觉刚刚放下行囊，仍在故土。故土是一片湿润的幻觉，和回忆无关，和联想无关。

是夜，对着卧室浅浅白白的墙，想象，既是腊月，更属蜡梅，想象儿时浅浅白白粉墙之上蜡梅的影子，只觉得干净。干净是一种神情，干净传神。念起蜡梅，窗外风清，如故人来此探花。找来范成大的《梅谱》：

蜡梅。本非梅类，以其与梅同时，香又相近，色酷似蜜脾，故名蜡梅。凡三种，以子种出，不经接，花小，香淡，其品最下，俗谓之狗蝇梅。经接，花疏，虽盛开，花常半含，名磬口梅，言似僧磬之口也。最先开，色深黄，如紫檀，花密香秾，名檀香梅，此品最佳。蜡梅香极清芳，殆过梅香，初不以形状贵也，故难题咏。山谷、简斋但作五言小诗而已。此花多宿叶，结实如垂铃，尖长余寸，又大如桃，奴子在其中。

我与范成大素不相识，相逢何必曾相识？再过五百年，还是可以如遇故知。以上是他注释梅花的一段小文，当代的人要不把它写得僵硬，像睡梦间无法放开手脚的奔跑；要不写得面色苍白，贫血症是石板上千篇一律的印刷体。范成大几点淡青，却是空明摩荡，梅枝倒影，独自入画，如一盏寒泉荐秋菊。注解之文，已是小品之上，这是才子的风流，风流未必都是才子，但才子肯定是风流的，我这么说可能有人不同意了。但范成大委实才气逼人。

古代文人的才情是情趣上的陶冶，是性情的放逸，只有人生哲学和传统文化的融会交由后，人性放大，才有文书的并茂——

风流东阁题诗客，潇洒西湖处士家。
雪冷江深无梦到，自锄明月种梅花。

《孤山种梅》，这是一个大众的题目，谁都可以拿来做文章，卓敬写出的俊逸，丝毫不亚于杜牧。如春天里的枸杞头菜，是老树枸杞枝梢之上的那寸嫩，绿得清新，老树新芽，老夫少妻，俨然风景，境界上是淡雅。我小时候常常在姚淑珍阿姨家吃住，最喜欢她炒的蒜蓉枸杞绿，绿绿盈盈，简直是李商隐温庭筠，也是华华丽丽的一道素食。一道素食，做得华丽，是腹藏百万诗书气自华的诗人手笔。淑珍阿姨待我如己出，常常搂我在怀间，说，“给我做仔吧”。她是真喜欢我。其实我是愿意的，但这里有矛盾：想到母亲，这句话仿佛是要把我从母亲手里抢走，这个底线很难逾越。我很认真地告诉她，“不好。”萍乡有习俗，儿女认个干妈，才命硬。可以无病无痛，容易养活成人，民俗，仿佛蜡梅花瓣的暖红，深藏了人情世事间的淡红温情。

我常常在淑珍阿姨家一住就是半月，其实早已是她家的孩子。要我做儿子的话，她不止一次笑着问我，我犹疑未决，一次也没答应她，用大人的话就是真是“黄眼”，就是“白眼狼”。

江南的女人如碧玉，文人也是碧玉，著文是水性的，信手文章，洒洒脱脱，写得波光粼粼，不雨也是山常润，无云依旧水自阴：

疏影横斜，远映西湖清浅；暗香浮动，长陪夜月黄昏。今乃人去山空，依然水流花放。瑶葩洒雪，乱飘冢上苔痕；玉树迷烟，恍堕林间鹤羽。兹来韵友，欲步前贤，补种千梅。重修孤屿。凌寒三友，早连九里松篁；破蜡一枝，远谢六桥桃柳。伫想水边半树，点缀冰花；待将雪后横枝，低昂铁干。美人来自林下，高士卧于山中。白石苍崖，拟筑草亭招放鹤；浓山淡水，闲锄明月种梅花。有志竟成，无约不践。将与罗浮争艳，还期庾岭分香。实为林处士之功臣，亦是苏长公之胜友。吾辈常劳梦想，应有宿缘。哦曲江诗，便见孤芳风韵；读广平赋，尚思铁石心肠。共策灞水之驴，且向断桥踏雪；遥瞻漆园之蝶，群来林墓寻梅。莫负佳期，用追芳躅。

《补孤山种梅叙》如篇跋文，藏在淡绿底页之下，点到为止，平淡无奇，心浮气躁，更是看不懂他的好。张岱的这篇，收录在《西湖梦寻》，反复读几遍，只觉得素滟雪凝树，清香风满枝。遗篇妙文，神清骨冷。“骨冷”不是常人可以体味的，看到心融融是一种烂漫，看到骨冷却是烂漫之后的超脱。骨冷需要从容的涵养，是神韵定笃，如阅尽人世，以积极意义上的平淡回首再看山花烂漫。

写梅抒怀，点到为止，意犹未尽，有“大抵实处之妙，皆因虚处而生”的精到之彩，笔少意多，气象极其清旷。原本张岱可以借镜抒怀，说说傲骨，但大儒不言。“美人来自林下，高士卧于山中”后笔锋轻转，吟诗读赋间，只说说莫待此情成追忆之类。淡淡几笔，墨色仙风，湿漉漉、活脱脱的情趣和风骨早已跃然纸上。此篇与温飞卿有相似之妙，《菩萨蛮》中写美人之艳，只说“妆”不谈“艳”，似乎宾主倒置，实为高手过招了。而张岱楼台更高，不言风骨，却是处处见锋芒，张岱、温庭筠都是愈婉约愈温厚。一个外国诗人说过，一个成功的作家总会用作品留下心灵的遗嘱，让后人去品味不能明白的道理。西游记中“以心会意，以意会心”，读张岱，需要如此寻径，才会懂得他的境阔意远。

张岱无疑是浪漫的，更是超脱的。品读他的人性精度和审美情怀，需要置放在历史大背景的框架之下，巨恸过后的从容不迫，才更值得尊重和欣赏。国破家亡，国已不国，家已无还，梦境何在？理想何在？人生何在？从个体的角度看人性的巨变，张岱还是张岱，他没有变，只是更加饱满。较之范成大、卓敬，他的淡雅，已经不仅仅是停留在性情上的淡雅了，而是建立在人性的精密和理想的人生哲学之上的。张岱无疑是高尚，高尚是高山仰止，是广陵散。

写到此，又拾起《西湖梦寻》找来《补孤山种梅叙》，再读一遍，旧梦重温，梦已是新境。还是觉得沁人心脾，仿佛一片冰心在玉壶。我喜欢“破蜡一枝，远谢六桥桃柳。伫想水边半树，点缀冰花”。“破”字有春风又绿江南岸之“绿”的妙处。一个“破”字在素笺诗文之间，星星点点，就是醒目，如写钝了笔头力透了作业本的纸背，简直就是邹新竹的笔头，削到不能再短，握在手中，看不见笔杆了，像握着一枝蜡梅的花骨朵在写字，作业本上一定是花迹斑斑吧，是范成大的“梅笺”。邹新竹是我的小学三年级同学。那天我们忘了交家庭作业，放学后，赖老师要我们把拖欠的功课抄三十遍，抄完才能回家。

天色渐暗，同学们都放学回家了，校园里一下子安静了，可以听见倦鸟归巢的声音。空荡荡的教室只剩两个埋头苦干的学生和巨大的黑板上尚未擦去的粉笔字——“叶康枫是支猪”，让我辨不清他是“只猪”，还是“蜘蛛”。叶康枫班长每天早上都要主动帮老师擦黑板，想到明早他看到评价时很生气的表情，我觉得很好笑，报告老师也查不出是谁干的。以往，我和邹新竹几乎都是要在学校写完家庭作业才肯回家的，我们有个高效率的办法，就是分头做，他数学好，专攻数学作业，我语文好就专攻语文，之后交换互抄，这样我们可以节省出一半的时间，可以抓紧用去打会乒乓球玩游戏看小人书等等。但是今天偷懒是不行了，需要亲力亲为。抄书是纯粹的体力工作，智力可以投机，体力不行，看来纯粹有些时候还是不怎么招人喜欢的，孩子不懂纯粹的好，因为孩子本身就是纯粹的，只缘身在其中。不过，还是有办法的，我们手夹三支笔，并让它们保持在同一条垂直线上，一遍写下去，洋洋洒洒，抄一遍变成了三遍，虽然手累，但成就十足，简直是伟大的发明。三十遍变成十遍也是痛苦啊，抄书抄到手指壁的肉被笔杆压迫变成了扁平，留下一道道毫无血色的印痕，手腕更是酸痛得几乎僵硬了。

窗外，寒风漫漫，天暗得厉害，空气中是酝酿已久的潮冷，江南的湿冷，隆冬是在憋雪了。隐隐约约看得见操场边疲惫的围墙，和围墙顶上的枯藤。围墙就是我，我就是围墙，疲惫是我们的挥之不去的。一株蜡梅离我最近，在风里怅然若失，斜横的枝间有铜头正冒着尖尖，花期到了。它是在旧岁植树节里种植的，这是我种植的第一株树，它属花中君子，我很满意。

任务完成时，看见教室浅浅白白的墙上蜡梅的树影，教室顶上的黄炽灯摇摇欲坠，才发现双脚已经冻得冰冷，冷到钻心。屋外边是完全无法预测的黑，我和邹新竹心怀忐忑——抄是抄完了，关键是抄完后，赖老师说，拿回家给家长签字，你说要不要命?

第四辑

宜男暮春

宜男暮春

夜晚，黑白照相机的镜头晃晃移过屋顶、院落、巷间、香樟树梢，人影、猫和月光都被吸纳了进来。

父亲从巷子的阴影中回来，他的28式上海自行车仿佛在阴影中洗了一个澡，转动的车轮还拖着旧巷子的影子，车扶手上挂着黑色的提包，一晃一晃的，他下班回家晚了。我出门看见他，我说："爹爹，我去看电影了。"父亲问什么电影，"《野火春风斗古城》，我和叶磊萍一起去"，叶磊萍是我的好朋友。话说完，我已经到了小巷的另一端。

巷口有个叔叔就着路灯下摔着炉泥，他们家的炉子要换新芯了。他的儿子穿着丫口裤子，蹲在旁边看，露着白白红红的屁股蛋蛋。他双手举着一团黄泥，使劲地往地上摔，用的是像砸四旧一样的力量。他一摔，"啪"，一记耳光一样响亮，他的儿子就笑了出来。捂炉子的泥要蛋黄泥，就是像蛋黄一样的土才是最好，萍乡人说"这样的土才揉得熟"。淡黄土质地细腻，加水揉搓后很有韧劲。揉泥前，人们总要跑到巷间的理发店或理发师傅的小摊上去要些细碎的头发回来，没有头发时，就加一些猪毛，和水放在一起揉搓。我一直不明白，捂炉子干吗要放头发？疑问不一定都要知道，所以这个问题一直没有来得及问，我就长大了。灰暗的路灯下，无数大大小小的飞蛾在奋不顾身乱飞一通，它们需要光明指引。那个叔叔高高地把一团黄泥举过头顶，又摔了下去，他的影子在巷子的墙上，变形得有些滑稽，像看幻灯，简直是鲁智深举起了镇关西，又像武松高高举起了西门庆。这样的墙边，我也曾和同学彭建一决过高低，看看谁照出的手影更生动，狗，兔子，飞鸟，或是一只母鸡。彭建的手胖嘟嘟的，他做出的手影，像一只怀了孕的母鸡，我比不过他。怀孕的母鸡谁见识过？我显摆得不得了。

一只觅食的黑猫被泥巴摔在地上的声音吓了一跳，拖着粗大的尾巴，闪电一般窜上巷边乌青的屋顶，消失在夜色的前途迷茫中。摔泥叔叔的儿子，哈哈地笑，露出屁股的他蹲在地上看得津津有味。我和叶磊萍看见他，边走边说："笑个屁，小心被公鸡啄去了小鸡鸡。"他的两腿之间长着一粒铜弹一样的蜡梅骨朵，也是愣头愣脑的。

故乡的夜晚，在黑白照相机的镜头里，是纯粹的。纯粹的民间，我喜欢得不行。

今晚，学校的操场上要放露天电影。我早早地得到了消息，像口袋中揣着一封鸡毛信，我在最快的速度里把这个消息告诉了所有要好的朋友。我们赶到的时候，操场上已经坐满了人，看电影的老老少少一律自带座位，就是自带椅子凳子。长的短的有靠背没靠背的矮的高的方的圆的新做的瘸腿的老得掉牙的有油漆的没油漆或者油漆全掉的凳子椅子们应有尽有，倾凳而出，倾椅而出，好像是凳子椅子开会赶集似的，壮观得胜过现今许多地方的民俗展。这样的场景在很小的时候，经常看得见，各家各户都有喇叭，广播里一喊，一点半保准到得齐刷刷的，像春天里刚插的秧苗子们。家里没喇叭的也到了，他们家经常一点二十就到了，不晓得他们从哪里得来的消息。现在，村委会居委会领导一开居民大会就有些头疼，开会要一家一家通知，通知的同志往往穿着白衬衣，脸上堆满了笑容，不停地重复："记得要来哦，会后有纪念品的。"有纪念品才把三姑六婆四姨五奶奶八爷爷们的胃口吊得足足的，稀稀拉拉地来开会。后来纪念品老发洗衣粉香皂，人们又不愿去了，没办法，领导们研究时候咬咬牙，发钱。一个人十五块，十五块再涨到顺加两块香皂两袋洗衣粉，群众的自觉性才进一步提高，一定会派代表参加。我的小侄女叶宇寰就被派去过，六岁，是最年轻的居委会与会代表了，应该写进居委会会史之中。回来她妈妈也不问有什么会议精神，只将洗衣粉香皂上收，十五块女儿自由支配。叶宇寰一点也不客气，马上就去巷口的小店买了一堆的麻辣豆腐干，和二姐的孩子叶子怡吃到上气不接下气，她们说辣得过瘾极了。

操场上烟雾腾腾，噼里啪啦，啪啦噼里，到处都是一片嗑瓜子的声响，有点嗑瓜子比赛的味道。电影散场后一地的灰白，扫起来，可以堆成小山了。看电影时候，校门口卖瓜子的小贩们眉开眼笑，她们又不看电影，笑什么呢？她们手头积压了三年的瓜子卖得精光。我们一般买一角钱，两包，用报纸包成粽子状，我和叶磊萍可以一直嗑到电影散场。小贩们在电影开场后还会不停地穿梭在人群中，弯着腰不停地轻声问："要瓜子么？"她们的身体挡住了后面人们的视线，人们会有些不耐烦地埋怨道："哎，搞咋个呀，抵住了！""抵"是挡住了的意思，听起来像抵债似的，能抵债多好啊，我欠他一屁股的去。

看露天电影的记忆是一地的瓜子壳壳，电影的内容记不得太多了。也许我那时太小，实在看不出《列宁在十月》《野火春风斗古城》的好，他们对孩子的吸引力远不及瓜子的味道。影响最深的是《画皮》，是在电影院里看的。那个是香港版的，据说当时初次放映是在中南海，只有周恩来、陈毅他们小范围地看过。我看的是不是这个版本的剪辑版，不得而知。就觉得恐怖，恐怖是想象力的原动力。我在一篇文章中说过："杀人取心时，双手捂住耳朵的我紧闭双眼，从凳子上滑到了地上，前排的椅子刚好挡住了我的视线，我像一个临战脱逃的人。"小如确实是个美女，我小时候遇见很漂亮的女人就会怀疑她是不是妖精变的，这样一来，"狐狸精"的名词就有解了。还有一部是《少林寺》，看这部的时候，我已经长大了些许，闲暇时正让文华姐夫教一些简单的拳术。看完电影回来，马上兴致勃勃地去理了个光头，八面威风，母亲见了有些生气，要出家吗？问过我没有？和尚是肯定不能当的，我还得吃肉喝酒谈恋爱，理过和尚头后头发倒是长得有声有色。年少时期，武侠心怀是最容易击中孩子的内心，行侠仗义，是我们接受的最早的英雄主义情结。

五年级的时候，同学的妈妈承包了一个小型电影院，一直到初中毕业我们免费看电影的次数和家常便饭一样多。看过许多的片子，《庐山恋》《大刀王五》《真假美猴王》《西行列车》之类的统统看过，我们很得意，有时候会在伙伴们面前炫耀，"有本事看电影去啊，看谁不要钱。"底气十足。印象最深的是《妈妈再爱我一次》，那次是学校组织去看的，高年级先去，低年级后去。高年级的学生们看完眼睛都是红肿红肿地回来，我怀疑他们去了辣椒酱厂了。问好不好看，他们说，最好别去。他们这样一说，反而激起了我的兴趣，这应该是大陆引进的第一部台湾电影。看到中间时候，整个电影院一片呜咽哽咽，比伟人去世还悲恸。

初三的时候，我第一次和一个女同学看电影。同去的还有两三个同学，他们特意把她的座位和我的座位买在了一起，搞得我很不好意思，又不能让人看出来我很不好意思，什么也不说就坐了下来，手心里全是汗。电影看到一半时，她曾经凑过来在我耳边说了句话，气若幽兰，我的脸涨得绯红，幸亏是在电影院，同学们没有看见。当时她说了什么，我是确实听不见，只听见她的呼吸。

电影散场出来，看见电影院前开满了萱花，紫红紫红的，如遇见了紫陌红尘。一路我们都没有说话，但内心是愉悦的。这是某年的五月。

后来读到“雨晴夜合玲珑日，万枝香袅红丝拂。闲梦忆金堂，满庭萱草长。”如故人来此看花，心生感动。嵇康在《养生论》中说“合欢蠲忿，萱草忘忧。”古人提起快乐或无忧时，不时会把合欢花和萱草花拿一起列举。萱草，即萱花，名宜男，也名无忧花，草本，五月抽茎始花，有红黄紫三色，六出四垂，朝开暮蔫，花期一直到深秋。宜男，和无忧的名字一样好听。

而那一年我看到的萱花，确确实实是在暮春。

豆腐白

半梦半醒。

豆腐和我。

是躺在木架上还没有掀开纱布的豆腐和睡眼惺忪的孩子。木架下湿漉漉的一片滴水，全滴落在地上暗绿的苔藓上；孩子的头发乱乱，昨夜有一只鸡在他的头上觅食，伸长爪子乱抓一气，梦境在脸上，若隐若现。

卖豆腐的女人总是手脚麻利，又滴水不漏，看似快人快语，其实绵里藏针。早晨的第一个顾客来时，她一架一架的豆腐上都包着一层奶黄的纱布，温如软玉的好颜色在奶黄纱布下面含苞待放。天蒙蒙未全亮，未经世事的样子，是十五六的处子，沈从文心底那个正当最好的女人就是这样的年华，这个江南初夏的未名的早晨，他也会爱的。

小巷子的早晨是忙碌的，连闲人也不闲，散步的老人的气息上是忙碌的，熟人见到老远会说“呵，赶早啊”。赶早的是卖早点卖菜的小商贩们，他们正忙着整理他们的商品物件，额头闪着微汗，脸色酡红。一对夫妇正在炸着油条，面皮在锅间翻滚，女人卷着袖子揉面，男人眯着眼睛，用长长的筷子在油锅中拨弄着尚未炸好的油条。我充满好奇，如果用这么长的筷子吃饭，该有多气派啊。

“磨剪子嘞，戗菜刀”，扬州师傅的叫卖，似乎要把这条巷子叫醒。我每次听到叫卖声都仿佛以为是同一个人，许多年都如此。他们的腔调是一样的，是印出来的仿宋体或是楷体隶书黑体琥珀体，反正是没有什么区别，他们像是孙悟空从脑后拔出一根微绒，一吹，变成无数个来，散落民间。孙悟空是最早的复制拷贝大师，比尔·盖茨和微软公司是他的徒子徒孙与徒子徒孙办的工厂。我听“戗菜刀”会以为是“抢菜刀”，一大早抢菜刀干什么?

有妇人在巷间的水井边打水洗昨夜换洗的衣服，洗儿子的衣服洗老公的衣服洗自己的衣服，孝顺的媳妇还会洗公公婆婆的衣服，顺便搭上小叔子的衣服，衣服一大堆，眼睛都花了。两个提桶，一个光明牌的红色塑胶脚盆。萍乡人把洗衣盆叫作“脚盆”，难道是一家人到了晚上围在一起在盆子里洗脚吗?大脚小脚公公的脚婆婆的脚老公的脚媳妇的脚小叔子的脚小姑子的脚儿子的脚，整整泡了一盆，壮不壮观?文章这么写人家会误认为我是说相声，耍嘴皮子了。

巷子边上的薄雾渐渐散开，朝阳探了进来，电线杆拉长了影子，人渐渐多了起来。自行车的铃声清脆，我喜欢听，像听大珠小珠落玉盘，白居易想必也会喜欢，他早就说过了，读过几年书的人都知道，他不认账不行。巷子边那排有些年月的梧桐树树冠绿得有几分得意，得意什么，叶子大呗，还有身份上的来头不小，凤凰的地盘，凤凰栖梧桐，没读书的人都懂。有理发的师傅提着一个白包袱和一张椅子放在树下，他在树干上钉了一个钉子，然后从白包袱中取出一面小镜子挂上。他摸了摸渐冷的腰，坐了下来，在树间泻落的阳光里，等着他的第一个顾客。记忆中，他早上是遇不见剪发的小孩的，有些老头偶尔会来刮刮胡子和脸上的硬毛，他们的身边，阳光不浅不薄。

阳光，薄雾，旧椅子，理发师傅，树阴，梧桐树，是一幅俗世好图画。

那些梧桐是哪年哪月种的，没有人会在意，它们太普通了。我有记忆的时候它们就这么大了。梧桐树干裹着一层霜霜茸茸的白粉，它们是水波脉脉的，脉脉含情，像我长大了看情人的眼神，含情脉脉，无可奈何花落去，似曾相识燕归来，那个人在久远的年月了。

母亲一早把我叫醒，说："买三块豆腐回来，赶早买，新鲜。"我拖着没有做完的梦，抓着四毛五分钱走在巷子间，豆腐一角五分一块。我对卖豆腐的女人说，来三块。她掀开了莎浆布，是在打开了一本书，开始读一个故事。纱布浸泡了一晚上的豆汁，有些僵硬，像掀开了一个秘密，露出了春色。撕开纱布的声音是好听的，想起温飞卿的"暖香惹梦鸳鸯锦"，豆腐余温尚热，"惹"字甚能形容做豆腐的神韵，是最明净的笔法，做豆腐是一门诗歌的艺术。又有"藕丝秋色浅"，撕开纱布，布和豆腐藕断思恋，我把"藕断丝连"改成了"藕断思恋"，觉得充满意味。"暖香"是豆腐，纱布就是"鸳鸯锦"，有千转百回的婉约。

豆腐还没有切开，微微地冒出热气，它的身上还有纱布一格一格细细的印子。卖豆腐的女人取出一把西瓜刀，沿着豆腐身上的线条，在豆腐上划"井"字，豆腐绽出了嫩乳肌肤，出水芙蓉，盈盈颤颤。温庭筠先生又说话了，"小山重叠金明灭，云鬓欲度香腮雪。懒起画蛾眉，弄妆梳洗迟。"日华连美人，只觉得明丽，如粉嫩豆腐的肤色。"云鬓欲度香腮雪"是阳光下美人，盛夏的树间，阳光落下斑驳，穿过树丫的光落在美人的脸上，有微风拂过，鬓云欲掩，真是绿窗人似花，全无一点粉黛之气，是面若微桃的澄静。“度”字是卖豆腐的女人手中的刀，切开的是醒豁和雅致。

豆腐的白是我喜欢的，白得谦虚，白得内敛，白得朴素，也白得明丽，白得世俗，不着粉黛的美人就是世俗，人人都喜欢。这样的白当然好看，当然浮想联翩。我想好好写一写它的白，觉得有个人写得更好，就抄来：

它的白色像是老照片上的白色；他的白色像是会劈面的白色、会扑鼻的白色；它的白色像是纯棉织品上纤维的白色；它的白色像是在飞机上看云的白色；它的白色像从初夏的水稻田里路过的白色；它的白色是梨子皮削掉的白色；它的白色像是咬出的白色；它的白色像刚刚被发明的白色；它的白色像是阁楼上的白色……

《苏州色》是篇华丽的好文章。好话都被诗人说尽了，我就偷偷懒，但却还是欲语还休。诗人说的是江南的粉墙，中间我有意落了一种白“它的白色像是吃早饭时候热气腾腾的豆腐浆的白色”，这是豆腐色自己家的事，不说出来好，家事不必太张扬。看这段时，我突发奇想，等哪天我要把赤橙红绿青蓝紫黑通通如此写一遍，让才子们无话可说，也如我一样欲语还休。

故乡人喜欢吃豆腐，父亲更喜欢吃，现在我才知道它的好，也喜欢吃。内子封筝也喜欢，她可以把豆腐做得水波脉脉，我吃一辈子也不会腻。豆腐便宜唯美，炒法有无数种，有人记载说大约上百种，不得了。它是在人间的，有底层的亲切，亲切是自家人的感觉——亲切是他乡遇故知，亲切是进到别家自己找椅子坐自己倒茶喝，亲切是碰见朋友家吃饭时拿起筷子就吃菜，亲切是进门看见女主人在洗菜过去抢盆子，亲切是看见女人在洗衣服赶紧到井中吊水、赶紧帮着晾衣服，亲切是见了面搂着肩膀兄弟间一样说话，亲切是发牢骚埋怨今天单位领导给自己穿了小鞋，亲切是问如何不生男孩生女孩或者不生女儿生儿子……亲切是豆腐，亲切的好官是豆腐。

我好像中了豆腐色的毒。

卖豆腐的女人并不漂亮，微微发福，富态倒有。我一直期待，巷子里有一天会有一个豆腐西施出现，全故乡的人排着长长的队等着买她的豆腐，队伍一直排到了萍乡城外，多壮观啊！可是时间一再推移，巷子里的女人一直还是那个富态的女人，西施神龙不见首尾。其实，我一直是矛盾的，我觉得豆腐西施肯定是卖豆腐卖不长久的，为什么呢？原因恰恰出在她的美丽上，你想想，每家每户的男人一大早或者一下班回到家就冲去买美人豆腐，哪家的媳妇不会暴跳如雷？所以男人不敢去买她的豆腐。西施如此貌美，同性相斥，女人们更是恨不得把这个比自己貌美个十百千万倍的女人赶出萍乡城，还会去买她的豆腐？所以女人不会去买她的豆腐。男孩了情窦初开，对她充满憧憬，但男孩子们是害羞的，你没事老往西施那跑干什么，心怀不轨吗，也想来点西西里美丽传说？所以害怕流言和质疑的男孩子们也不会去。既然大人不能去，只能派孩子去，但女人在爱情上是超级自私的，她不会给西施任何的机会，她会交代孩子去另一条巷子买，决不能去买西施的。所以孩子们也不会去，如此一来，消费的主要群体没了，西施的企业肯定维持不下去，只有改行吧。所以西施豆腐畅销，肯定是小说家们的笔法，如果真是如此，也绝对是豆腐味美赛过西施，老百姓们宁可要口福而不顾眼福，民以食为天，实实在在吃在嘴里享福在口中还是民间的主流。

豆腐属素，素净。黄苗子先生讲过一个故事，叶誉虎（恭绰）先生年轻时爱上一个女人，认识不足两年，红颜命薄撒手人寰，誉虎先生以诸缘未了，发心茹素，直至八十多岁逝世。先生是痴情之人，雅气风流。

卖豆腐的女人帮我把豆腐装好在塑料袋中，还加了些清水，这样豆腐提回家时还保持鲜嫩如新。巷子里的阳光新鲜，整条旧巷像从河里洗了个澡出来，浑身湿漉漉的，巷间的人们也是湿漉漉的。好看。

还是想起“藕丝秋色浅，人胜参差剪。双鬓隔香红，玉钗头上风”，温飞卿的《菩萨蛮》被我拿来絮絮叨叨地说了一通豆腐，而我此刻想到的确实是美人不再是豆腐。想必先生一定很生气，他端着酒杯说，这是哪跟哪呀。

小炒肉与一个萍乡男人

怀旧是不合时宜的，有些时候却是合乎时尚。关于萍乡的回忆很长时间没有下笔，萍乡在江南西南，和湖南相间，许多人以为是华中之地，但确实还在江南，不管是文化还是习俗以及气候。萍乡名气不大，但在近代就很有气派了，一说安源，全世界的人都懂了，“哦，毛主席去安源”。没有下笔，是觉得自己的梦在这里还没有做完，翻翻身，继续。屋外，有雪如月光，我看到萍乡城里烟波飘渺，萍乡就是我的财富。尽管萍乡只是个很普通的地方，尽管很多在外漂的萍乡人一谈起萍乡，眉头皱了，他们大概是故乡的赝品。

我往萍乡城里投了一颗石头，涟漪微微，我想吃小炒了，小炒肉。

杨絮和梧桐花瓣齐飞。

一个未名的夏日。我拿着母亲给的两元钱去买肉。明显地感觉底气不足，常常会在买肉回去后，免不了要被说不识货，因为我实在分不清楚前胛肉和肚皮肉，反正肥肥瘦瘦就以为好。杀猪匠腰圆膀粗，说话豪壮，大刀阔斧间，血肉横飞。他的狡猾轻而易举地嘲弄了一个少年的常识。我去时，他肥大的脸上笑容膨胀起来，热汗顺着他的光头流了下来。他擦着油腻腻的手对我喊，“丫仔，要多少”，我故作镇定，“一斤，前胛肉，瘦肉要多点。”其实，我根本无法判断他下手间的心怀叵测，只觉得他的微笑充满意味。回到家时，母亲有时就会很气愤，“怎么又是肚皮肉啊?”少年时期，遇见不诚实的人时，我常常会叫他们杀猪匠，有人很不解，杀猪匠和扯谎有什么关系，我笑而不答。后来有个阿姨的女儿结婚，嫁给了一个屠夫，我心里不愉快了好久，按理说，别人结婚管你小毛孩什么事啊，可心里就是不太放心，老担心哪天她老公会欺负她。

回忆能由石头想到吃肉，有点不着调，不着就不着吧，故土肉香的诱惑是真实的。人生羁泊异处，总是会不时地念起故乡好吃的。

小炒肉，做法简洁，是萍乡家家户户桌上的常待，轻易就能勾出人们的好胃口。美味如人生，简简单单，往往是最好的境地。小炒肉最好用新鲜前胛五花肉，三分肥白，七分红瘦，切片，薄厚均匀。锅红油热后，将肉置入锅中，稍稍拌翻，加入适当的食盐，油花就不会轻易溅出，我初学此菜时，不得其法，油花溅得满身都是，确实有点伙夫的感觉。待到肥肉有些焦黄，卷起了身体时，将青青红红切成丝状的辣椒加入，油爆炒软，如果是很辣的椒，这道工序是不能少的，一定要将辣椒爆炒到吱吱冒青烟才好，要不炒出的肉会有生硬之气，而且辛辣难以入口。之后加入蚝油、酱油、食盐、鸡精等佐料，也可以放少量的白糖，再沏水少许，翻炒几许，汤一翻滚就可起锅了。如果是青椒炒，油色津津，绿油油一片大好春光;如果是红椒炒，红黄相见，辣椒红得鲜艳，肉如桂色，相得益彰，并不夸张，还是清清爽爽，脍炙人口。

儿时的我总是踮起脚尖站在灶台前，看着母亲劳作。肉要起锅时，免不了有些迫不及待，老问，好了么?好了么?趁母亲不注意时，是要伸手入锅，拈起一片，丢入嘴中的，有动若狡兔的气派，往往被烫到舌尖麻木还是觉得好吃得不行。

一个周日，因贪玩延误了回家的时间，母亲将我关进房间，惩罚不准吃饭也不能出门。不吃就不吃，有什么大不了的。天色将晚时，母亲厨房小炒肉的香味轻轻悠悠地从门缝间挤了过来，肚里的馋虫跃跃欲试，满脑子飘着些热乎乎的菜肴。晚饭时，母亲不准哥哥姐姐们叫我吃饭，肚子咕咚咕咚地实在不争气。原来以为母亲开饭时就会解放我，这会儿算盘落空了，看来她是真生气了。我没有勇气在一家人吃饭时去承认错误，实在是件丢脸的事情，哥哥姐姐肯定是要嘲笑我的，我一边想象着他们的神情，一边和小炒肉做斗争。最终，还是少年的自尊占据了上风，士是可杀不可辱的。家庭晚餐结束的时间远比我期待的要长出很多。母亲还是没来叫我，我猜测她是否也在等待。过了许久还是没有什么动静，我在房间里有些淡淡的伤感，隐隐的失落。失落就是转机，门终于开了，力萍二姐姐端着大碗小炒肉拌饭进来，笑呵呵地说，赶紧吃吧，一碗肉都留给你了。人是铁饭是钢，也顾不得男子汉的尊严，狼吞虎咽。那是我印象中最香的一顿小炒肉，吃到嘴角泛油，肚皮圆圆。吃了嘴软，饭后还是要干点事情的，检讨写得很长，洋洋洒洒，如小炒肉回味犹长。

小炒肉，几乎成了江南的一个特定符号，我这么说可能湖南人不开心了，我们也有小炒肉啊！不开心不要紧，纯属一家之言。美味不需要文字计较，直指人心就好，世人喜好就是好归宿，管它出于何处。现在的各处饭店，几乎都会有这道佳肴，便宜而美味，在外漂泊的游子更喜欢。有些饭店干脆取名叫妈妈菜，妈妈的味道就是家的味道，谁不喜欢？一道小炒，真是下饭，可以轻而易举地胃口大开，如有酒，也甚能开怀，多舒服啊！饭桌之上，满汉全席也不过如此，48道冷点，134道热盘，真是像一篇啰唆得不行的文章。一碟小菜，口口生津间，布衣足矣傲王侯。

小炒肉也是文华姐夫喜欢的，他回家里吃饭时，母亲总是要炒这道菜。一盘小菜，一瓶啤酒，他和父亲侃侃而谈，他不喝白酒，啤酒也绝不上第二瓶。文华姐夫自幼习武攻医，小有名气。80年代初，有一回刚刚发工资回家，97元。他披着夜色下班，路上被七八个人围住，利器顶住胸前，眼前亏是不能吃的，工资、手表皆被洗劫一空。他未做反抗，但认真记住了抢劫者的面目。那个年代，这条路上的匪徒多是些游手好闲的青年，拿钱走人，吃吃喝喝逍遥快活一顿。文华姐夫回家取了一根钢制九节鞭缠在腰间，直奔广场夜市。他算准了那帮人肯定会在附近的饭馆里用他的钱喝酒吃肉。

果不其然。他径直进去，对为首的人说，两种选择，一种把钱还他，这顿饭他请；一种大打一场，对方赢了钱不用还，输了，钱还得给回他，医药费用自理。对方没见过这样的场面，抡着拳头呼啸而来。过程其实并不惨烈，数分钟间，对方七八个人全躺在了地上，无人敢再打。之后仇我两家坐下来喝酒，划拳猜码，痛痛快快。回家时，97元在文华姐夫口袋里分文不少。我没见过这个过程，只是在心里设计了无数种武打场面，觉得是高手过招，像海明威的短篇，轻轻盈盈，也像林斤澜的晚年小说，不露声色，又有些卡夫卡、马尔克斯的神秘。这个故事有点侠士风格，确实真实，父亲说，“硬气。”

文华姐夫为人豪气，时不时会拍案而起，很有男儿气概。身上有许多萍乡男人的优点。二姐这几年做些生意，平时回家晚，她的脚步声音刚进门，文华姐夫就已把热饭热菜端在了桌上。一个八面威风的男人回到家中就钻厨房，你不让他，他还和你急。如今的许多萍乡男人都如此了，女人们下班回来，遥控器一拿，屁股贴着沙发基本不用起来，等到天色渐渐暗淡，孩子的作业做好时，饭桌上就热气腾腾，香香乎乎的汤汤水水，喝下去浑身都舒舒服服。这样一说，不经意间我又帮萍乡的男人做了一回广告。

《吴越春秋》有个故事，让我喜欢得不行，说很男人很男人的专诸和人打架，“方与人斗，将就敌，其怒有万人之气，甚不可当，其妻一呼即还”。大英雄就是要有豪情万丈，又要柔肠百转，还要懂得疼女人。我觉得文华姐夫就是专诸式的男人，是铁汉，一个可爱的铁汉。近年来，他潜心于周易，颇有心得，我回老家，每每夜间无事都要请他过来喝茶，他也喜欢茶，喜欢这口清清淡淡的感觉。经常，他会在言谈畅快间，抬腕看表，说先走，如一出电影忽然停电而戛然而止，剩下席间意犹未尽的我和哥哥们。他习周易后，每日夜间九点半要练气打坐，好几年了，日日如此。

文华姐夫也有短处，他最怕癞蛤蟆。五六岁时，拥军二哥带着我抓了一只硕大无比的癞蛤蟆，用绳子绑住其一只腿，然后偷偷摸去文华姐夫的办公室。他正在看书，神情静笃，也许是正在想我二姐，那会儿他们刚刚恋爱。我悄悄把癞蛤蟆放在他的脚下，躲在门缝处，用劲一扯绳子，癞蛤蟆就跳到他的脚背上，文华姐夫从板凳上弹了起来，手中的书被扔在了地上，他面如土色尖叫着逃出了办公室。我和二哥在背后笑得前俯后仰，看他失魂落魄落花流水的样子，真不敢相信他就是那个和七八个人打架的人。

一个夏天的另类

没有一丝的风，太阳压抑不住内心的狂热，惨白。巷口的那排泡桐，都露出疲惫的神色——叶子们耐不住焦灼，蔫蔫搭搭的，像刚跑了五千米回来。泡桐花开早已往事遥远，泡桐花爱热闹，树下有人下棋，它们往往一头就栽了进去，楚河汉界都没分清楚，有时候两个小青年搞对象，好不容易鼓起勇气要接吻时，它也一头栽进去，栽进上好年华的怀里，搞得男孩女孩都很不好意思，四瓣脸蛋红红彤彤，红过了母亲养的大公鸡的鸡冠。

一只玄蝉落在泡桐上，像养在白石老人画间的，也像我小时候写“洵”字的第一点，总是要蘸饱饱的墨汁在笔尖，一点下去，三点水偏旁有了水汪汪的意味，墨汁在毛边纸上晕化。玄蝉比知了要小，生于夏，秋末死。它薄翼轻盈，叫声却是肆无忌惮，可以唤醒一个盛夏的中午，愈发的安静，“蝉噪林逾静”。蝉翼是如此的薄，薄如午后的似醒非醒时做的梦，如果哪天写文章如在这薄薄的翼上散步，那就是洵美的，我想如果实在散不了步，跑跑步也好呀。

从泡桐下路过，很多次都看见挂在树干的玄蝉头朝下在歌唱，我想每一个歌者都是高昂着头颅的，玄蝉呀玄蝉，你装什么低调啊？

处世为人可以学它，歌唱不需要。

泡桐也属梧桐，梧桐引凤凰，这是凤凰的地盘，玄蝉来干吗？让人怀疑它是不是另类。

棒冰无疑就是另类，一个夏天的另类。

夏天吃冰，冬天守阴，季节的顺序好像颠倒了过来，有点乱点鸳鸯谱的味道，因为生疏于常态，就生出了烂漫，小说家画家企业家们偶尔写写散文，赤子之心，口吐莲花，就很好看，沈三白是个幕僚习商，散文却婉转如浅吟，《浮生六记》还给了人们一个世间最可爱的女子，林语堂就非常推崇。俞平伯以研究古典诗词著称，理论书言丰富，偶尔写的散文也堪称经典，《桨声灯影里的秦淮河》灵气缥缈、才气流荡。灵气和才气都甚有张岱之风，才气是生命，灵气则是灵魂，既有生命，又有灵魂，是令人嫉妒的。

棒冰老老实实地躺在冰箱里，不知道命运何时稀薄。冰箱不是西门子也不是海尔，它是挎在少年肩头的小木箱。小木箱是特制的，里边用薄膜垫圈，然后用棉布包上几层，棒冰放在里面可以近大半个天都不会融化。些许年前，这种最简单的保温箱在江南的夏天随处可见，卖棒冰的叔叔大婶少年们，背着冰箱，行走天下。

看着卖棒冰的少年，心里很羡慕，因为我从来没有去卖过。走街串巷，高声叫卖，多好玩。我常常想要是他箱子里的棒冰没卖出去，那不是可以自己吃上好多根？物质匮乏的时代，棒冰是奢侈的物品，五分钱两根的棒冰是孩子们夏天的快乐。大人高兴了，往往就会从身上摸出一张毛票子或五分钱硬币给孩子，我往往是舍不得买两根的。

卖冰棒的少年比我要稍长三两岁，他似乎总是穿着一件红背心，戴着一顶草帽，脖子上还挂着一条毛巾。走累了，就在巷间的浓荫处歇会儿，擦擦汗，用草帽扇扇风。一个夏天过去后，他的皮肤也像秋天了。夏天还没过到一半时，他就和我们混熟了，还可以给我们赊账，如果实在身上没钱的话。现在回想起来，他简直是个眼光卓识的银行家。我的好朋友彭建常常在他那赊账，每次赊棒冰吃时，少年都说，“不急忙，不急忙。”好像他比赊账的人还不好意思。他会在自己的笔记本上画上一竖，遇着不耐烦的那天，他的“｜”就会变成一个“·”，一个夏天下来，本子上密密麻麻，像模糊不清的拓片上的字。夏天快结束时，他就会把记账的本子交给彭建的老爸，老爸倒吸了一口凉气，“呵，吃的速度快挂上五挡了！”他是个司机。

我曾用蜘蛛网网过一只硕大的知了送给少年。用蜘蛛吐的丝做网，我像盘丝洞里的妖艳女子，简直就是童话故事。烦闷的中午，知了叫得与世无争。一个儿童，悄悄站在它的底下，眼睛望着它的眼睛，我看见无数双自己的眼睛。脚下，一线墨痕在蠕动，这笔拖出，焦墨浓笔，一条蚂蚁的长城蜿蜒曲折，一直蔓延到了一堵破败的墙脚，遇见暗苔青沁，墨色似乎有了湿润的余味——是有雨要下了，蚂蚁们移师江东，确实是太热了。我用铁丝绕成一个圈圈，到屋檐底下找一张刚刚织好的网，那只色彩斑斓的花蜘蛛正陶醉在自己的作品中无法自拔，它似乎设计了一个迷宫，而自己却无从找到出口。因此，我老是看见它在网中睡觉吃饭喝茶以及来来回回踱步，只差没见过它怎么生孩子。铁圈网粘了过去，网破蛛出，花蜘蛛终于找到出路，顺着墙壁，消失在屋檐的阴暗中。被颠覆或者自我颠覆的时候，往往就是出路，生活如此，做艺术更是如此。它如一枚青鸟从容而逃，我以为它是袁枚，袁枚是它。这不是我胡说，是袁枚自己说的“袁子好味、好色……”“解爱长卿色，亦营陶朱财”，好色好味，当然如花蜘蛛了。乾隆年间，袁枚连榜成进士，以文章俊逸入翰林，却又很快被摒外至地方任职，擢升自此遥遥无期。于才子而言，贤臣名宦已是镜花水月，他唯有出逃，像我手下的那只花蜘蛛一样轻盈地全身退却。三十三岁那年，他买下荒芜的南京小隋园，修葺整治，改名随园，徜徉其中，埋头撰述，风雅迭倡。取名“随园”谐音“随缘”，可见文人心境。退却的袁枚是有个性的，退却反而是重新开始，对现世和文化的怀疑态度，恰恰是他的好。他说“孔郑门前不掉头，程朱席上懒勾留”，这是对当时世道和文化的怀疑，当文人们拘泥于对经典一成不变时，他置身度外，这种置身度外不是目空一切，而是抛开盲从自我创新式的恪守，他在《答程椢园论诗书》中说：

仆平生见解，有不同于流俗者。圣人若在，仆身虽贱，必求登其门；圣人已往，仆鬼虽馁，不愿厕其庙。

敢于对时弊的批判，恰恰就是袁枚的精神，也是他的可爱之处。他告诉的是知识分子一个通俗却难懂的道理：学问为我用，而非我为学问用。

袁枚做官时是个好官，体察民情，严于律己，好官不多见，好官且性情风流更是不多，他是一个，范成大也算一个。他的出逃无疑是成功的。名利是张网，官场是张网，人们深陷其中难免迷惘和痛苦，而这张，却又是人自己编织的，人总是很难逃脱自己的宿命。

花蜘蛛的网变成了我的网，它肯定有意见，有意见就有意见，反正我们不用在一起开会，古往今来，许多民主的斗争都是通过会议一决高低，我和蜘蛛之间，没有民主。黏性十足的蜘蛛丝依附在铁圈之上，像支蹩脚的羽毛球拍。没过两天，我路过屋檐下，它又重新网罗天下了，我怀疑它是自恋的，它对重构自我的世界念念不忘，所以这么快又织出了一张，比原先的似乎还要大。我走过去时有些内疚，有点毁人家园的自责，它在一动不动，似乎没有认出我来，想必它是近视的，徜徉自己的精神家园时候，常常望不到自己之外的世界。

我悄悄地站在知了下面，它还是那么畅快。我的网轻轻罩了过去，它就在网中挣扎，可是薄薄的翅膀已经无法动弹了。蝉翼是透明的，和姐姐发的冰票一样洁璧无瑕——我当然也畅快，这是我蓄谋已久的礼物。那时许多单位到了夏天都会发些冰票，一个夏天二三十张，算是很早的福利吧。姐姐把它们全都给我，这是我一整个夏天的快乐，我顶着烈日，去冰厂去领棒冰，常常走两个小时也不觉得辛苦。因为她们发的棒冰是四分钱一支的牛奶雪糕，卖棒冰的少年看了也会眼红，他卖的一般是绿豆冰，体积要比我的小一半。我左手一支，右手一支，心里想天高地厚和我一点关系都没有了。

牛奶雪糕味道滋味长兮兮，喉咙冒烟时，咬一口，冰心可鉴。舌尖，如徘徊的低唱；心头，却有婉转的凄怀。仿佛遇见静夜与明湖。

我以为牛奶雪糕的味道就是刘凤诰的味道。刘凤诰是萍乡才子，也是我喜欢的，他和袁枚生活在同一个时代。

刘凤诰是乾隆探花，被封为太子少保，担任过吏、户、礼、兵四部的侍郎，乾隆对他青眼有加，称他为“江西大器”，这是一个帝王对一个才子胸蕴锦绣的尊重和认可，要帝王认可一个人实属不易。刘凤诰以才思敏捷著称，陈菲著的《人文萍乡》有记载，抄来一段：

据传，刘凤诰以侍读学士身份，随从乾隆出游泰山。入寺憩息，方丈求赐匾额御书，以耀佛门。此举正中皇帝下怀，但一时无从下手，灵机一动，故在手间虚拟几笔，伸掌与刘凤诰，“卿以为如何?”刘凤诰心领神会，频频颔首，大声吟道：“好一个‘一览无余，尽善尽美’!”词句有王者气象，正合皇帝心意，遂挥毫泼墨，不料一笔下去，“一”位置偏高，续写，后者布局有失美感，他凝神沉思，又故伎重施，将手掌伸于刘。刘沉思少许，喜于颜色，“改‘而小天下，更善更美’，更妙!”此句切合老杜的“会当凌绝顶，一览众山小”，龙心大悦。

此为传说，但我以为非空穴来风，刘凤诰位居过国子监祭酒。也就是皇家最高学府的校长，如果是当下，想必也是清华或北大之高位吧。学识当然了得。嘉庆元年，乾隆内禅大礼，就是退休大会。嘉庆命刘凤诰以顺治、康熙、雍正、乾隆、嘉庆五朝年号缀联。刘钦命而对：“顺天康民，雍然乾健嘉千古；治国熙物，正是隆恩庆万年。”天衣无缝，不失为佳话。刘凤诰擅长诗文，文才瞻雅，著有《五代史记补注》《存悔斋文集》等。

如果边吃棒冰，边抄书，也是风底流荡的。冰棒只剩下一根薄薄木片，含在嘴间，余味悠然，仿佛含着一尾羽毛——“万古云霄一羽毛”，这是刘凤诰对自己的总结。那年他受贬在山东。

一个道德的英雄，唯有受难。刘凤诰轻轻落下。卖棒冰的少年背着冰箱回家，他有些忧伤，还有半箱的棒冰没卖出，它们的前途迷惘——全烊了。

回家的路上，暮色轻晕，是初夜的风华。

虚度——华丽的梦游

一直在做一个叫作故乡的梦。

故乡是乡愿，却没有能够回去，唯有徘徊。徘徊也是奢侈的，像满月从星星白白的柚子花后升起，我羁泊的驿站在故乡的下游，流水淡去离它越来越远。每个人其实都无法在真正意义上的人归故里。梦回故乡梦回童年，仅仅是一个审美流派的哲学问题。每一个人都想梦回童年，华丽的光阴啊，关键是你回去了要干吗呀？

梦回故乡梦回童年，不过是一场虚度——华丽的梦游。

回不去了，就用回忆作画，画一画这与我素昧平生又若即若离的故土。画一幅中秋的夜色，且决心不画月亮，凭什么中秋就要有月亮？现如今，往往一说到中秋，就是明月就是故乡的，眉头都皱起来了——唐诗宋词留下些许情种，可种下的祸根也实在太多了。

月光可以隐去，月饼却是不能从生活中剔除的。月饼的名字还是很好听的：月亮做的饼。拿月亮当食物，大概只有人类和天狗这样干了。小时候，故乡流行的苏式月饼大都是扁扁硬硬的，像苏轼黄庭坚们一样瘦骨嶙峋。一层红色或者奶白色的薄纸包裹，这种纸有种怀旧意义上的做工粗糙。现今，在商店里偶尔遇见一回，会生出莫名的感动。里层还有一小张方形白纸垫在饼底，这张白纸有些来头，苏州城里的张士诚用它做过起义的暗号。苏式月饼上市不到几天，月饼的油渍就会漫过纸背，纸张如一层薄膜越发的透明。一眼看过去，月饼酥胸半露。

听到“月饼”，像听到“梁上君子”一样感觉奇妙，明明是偷盗，为什么偏偏要叫作“君子”？月华做的饼，咬一口，应该是衔住巧云含着碧水的感觉，可是这种月饼咬了很多口，口口都还是面粉的味道，寡寡淡淡，索然得似乎和月亮素昧平生，难道月亮的味道就是面粉的味道？苏式月饼馅薄皮厚，剥了好多层的面片还是不会露馅，仿佛一条隐藏很深的诡计，如此说来，吃月饼简直就是在拆穿一场骗局。

设置诡计和拆穿骗局均是才华横溢。

月饼爱不爱吃无关紧要，但却是国人生活中不可或缺的，尤其是同学们都吃的时候你也要像模像样地来几口，不吃拿着显摆显摆也行。就像身边的人个个都娶了老婆，而唯独你一个不娶就会被另眼相待了。因此，儿时每到中秋，无论是口袋还是书包里，总是要揣上一两个的，如果放上几个就很气派了，说明他们家殷实，如果装一书包来，那估计就是卖月饼的小贩了。我们班戴艳辉中秋节前一个礼拜就拿着月饼出现了，饼是上海产的五仁馅的，很惹眼。小时候不知道如何鉴别产品的质量，但对上海生产的东西有种先天的心理上的信任。因为故乡的人们家里大都会有上海的电视上海的手表上海的缝纫机上海的收音机上海的自行车，一堆的“上海制造”，反正上海的东西就是好，我们说一样东西好的话往往会说“够上海”。一个时代对一种物质品牌的绝对发烧，意味着物质的贫乏。物质贫乏有一个好处——人们的欲望不容易变得朝三暮四。

戴美女手中的“够上海月饼”一个星期都没舍得吃，差不多就连上厕所都要攥在手里。小学的秋天，戴艳辉手里的月饼一出现，我们知道，一个节日近了。有一回，偷偷趁她不注意，把她的月饼藏进了她的书包，她找不到时着急的神情记忆犹新，她是急得几乎要哭的，很长一段时间没理睬过我。

中秋的月亮早被古代的诗人说尽了，但是月华还是起来了，铺地银亮。大人们在院子里喝茶吃盐果子，孩子们边剥花生，边玩一种游戏：

乒乓球比赛，妈妈叫我买菜，买了一把烂菜，妈妈告诉爸爸，爸爸告诉同学，奶奶告诉同学，同学告诉老师，老师告诉校长，校长说是秘密，谁也不许动。

然后，我们互相对视，呆若木鸡，谁先动，就算谁输。买了一把烂菜直接汇报到了校长那，我觉得不得了。校长不就成了工商所长、税务所长或者消费者协会理事长？这样的校长是不是有点管不过来了啊。我知道周敦颐就在老家萍乡当过税务机关的领导，不知道他是否接到过买到关于烂菜的投诉？

校长管不管烂菜我不知道，但成绩好坏老师是肯定要管的。有一年中秋前夕的期中考试，我的数学只有69分，拿到试卷时，兵败如山倒之势，感觉真是大不如从前。以前每次考试结束报分时，我的表情丝毫不亚于十几年前去过十几个国家旅游回来的人。

回家的路上，在巷口遇见一只招摇过市的彩羽大公鸡，鸡冠红得像我从老师手里领试卷时的脸。我垂头丧气地回到座位，藏在抽屉里一个人翻开来看。同桌凑过头来瞟，我白了他一眼，“管你什么事啊”。我的脸更红了，恨不得把这张试卷烧出几个洞洞来。几个洞洞还是不解愁肠，干脆全烧掉。烧掉倒是一了百了了，可老师说要拿回去给家长签字，你说要不要命?

大公鸡得意扬扬地走在我的面前，它刚刚获得了一只母鸡的爱情，走起路来像跳芭蕾的男演员。我朝它踢了一脚，它扑腾着翅膀飞出去很远，惊慌失措得有些莫名其妙。

因为过节，母亲做了一桌子好菜，父亲还喝了几杯陈年老酒。他大约忘了儿子一次正常的考试。席间的我表面镇静，若无其事，其实心怀忐忑。那时候，正在看高尔基的书，老记得一句“暴风雨就要来临了”，我心里想，高尔基呀高尔基，你这不是哪壶不开提哪壶吗?“暴风雨就要来临了”确实言中了少年焦虑不安的心理，愈发的难过和不安。有些后悔借这本书看了，为借这本，我还写了一张保证书给姚丽琴同学。她们家据说和民国时期萍乡的一位史学家有亲戚关系，这位史学家在世时曾建有藏书楼，网罗了大量的经典名著。姚丽琴家是不是继承了先人的一些藏品不得而知，每次问她，她都缄默不语，反而更是神秘了。我写的保证书其实是一张纸条，每次借书，都要郑重其事地写上:“叶华借姚丽琴的书，保证不折页，不在书上乱写乱画，包括打勾画线条（不管是直线还是波浪线），不能弄脏书页。如说话不算话，永不能再借。”归还时，她会从头至尾认真检查一遍书有无污损，才肯把纸条还给我。后来我觉得写得麻烦，就一直留着这张，到借书时就涂掉原先的日期，重新再写一个日子。借的次数多了后，日期都写到纸条的背面了。

丰盛的饭菜变得索然无味，我老在想着以什么方式把卷子拿给父亲签字，可是69分离他们的目标实在相差太远，我在设想着种种场景，好让他在不怎么吃惊和生气的情况下签字，想象，像一个缺乏想象力的蹩脚导演。比如他喝醉了，拿出他的英雄钢笔，一挥而就，看也没看卷面，但父亲饮酒有度，甚少醉酒；比如他在高兴头上，乘机拿出，他或许也会签字，但这个风险系数比较大，因为周围还有母亲哥哥姐姐们，他们甚至比我还关心我的成绩，这样肯定要惹出一场激烈的批斗大会来；比如父亲在看书时，房间里只剩我和他，我态度诚恳，主动承认贪玩误学，或许会得到原谅和签字。这些想法在我脑子里排着队，鱼贯而出，又鱼贯而入，最终还是没有勇气把卷子拿出来。这个糟糕的成绩，无疑是一颗重磅炸弹。饭后，一个人躲在台灯下看书，脑子里全是吃败仗的挫折，我和那个乌江边上自刎的英雄有点相惜了。几次偷偷把卷子拿出来，又叠起，悄悄藏在书下。

屋外，月华满映长空，桂花的香气破开帘影，父亲和家人在院子里赏月言谈，他们轻松的话语声中我愈加落寞。橘黄的台灯下，巨大的影子在墙壁上出神，像一只忧伤的雕塑。少年索性放弃了思想的斗争，想象一只大雁飞过长空，可是它的翅膀之上依然绑着一纸试卷。

月光如雪，积雪在院间的黛瓦、粉墙、香樟的阴影间，如此良辰却非美景。渐渐有些困意，少年俯身在樟木书桌之上。半梦半醒之间，遇见一个青衫纶巾的古人，他面容如一卷古画，持书，看得入迷。我好奇得很，凑了头过去，锦书墨文："萍乡历代考中进士108人，举人267人，贡生477人。"我有些奇怪，是水浒故事吗？青衫古人长须飘飘，似曾相识。我问，是濂溪先生吗？他笑而不答，忽然问我，"你考第几名？"我惊出一身冷汗，就醒了。晚饭时，父亲和我说起过周敦颐在萍乡传播理学的故事，他的濂溪书院在故乡很出名，父亲恨不能穿过时代，把我送至其门下。我有些高兴，这门数学实在让我头疼，濂溪先生那肯定不开此课，哪怕让我学栽荷种莲，也比69分更有热情。

夜深了，微寒入帘，月华凝霜了。大人们已经休息，我不安地脱衣上床，一夜忐忑。

第二天早读时候，老师收卷子，同学们一个个上交。老师说还有五个同学的呢？我被点到了名字，犹疑地站起，支支吾吾。我的声音很小，比蚊子的呼吸还小。老师犹豫了一下，说，明天再拖，就叫家长来吧。话语很轻，却很有力量，我丝毫不怀疑她的落实起来的效果。“啪”，断了，我的心里咯噔一下，手中的铅笔尖断了，差点扎穿了作业本。手心全是沁汗。

下课的铃声，怅然若失。我如坐针毡。

吴军走了过来，悄悄扯扯我的衣角，示意我跟他走，吴军是我的副班长，个子是同学当中最高的，我们都觉得他哪天一定会长过穆铁柱的。他坐在最后一桌，我常常见他上着上着课忽然不见了身影，一会儿他又出现了，老师从来都没发现过课堂上的细微动作。他悄悄从后门溜了出去，上了次厕所又回来了，我们觉得他简直是来无影去无踪。他神秘地把我叫到走廊一角，伏在我耳边说了几句话，我听了后很冲动，冲动超过了哥伦布发现新大陆。我犹疑不决地把卷子拿给他，他干脆利落地在卷首签下了一个硕大无比的“阅”字，然后添上父亲的名字和日期，确实有些龙飞凤舞的样子。我有些后怕，怎么只写一个字呢？吴军有些鄙视我了，“你懂什么呀，家长签字都这样的，好几个同学都是我签的！”他很骄傲，仿佛拯救了一群水深火热的难民。

卷子交上去时，我的头埋得很低很低，比张爱玲第一次见胡兰成还低。老师推了推她鼻梁间的眼镜，端详了一会。我胸脯起伏，呼吸急促，汗水从后背冒了出来。心想这次完蛋了，肯定露馅了。老师看我的那几秒钟似乎比二十世纪还长，我听见自己的心跳像一个亢奋的诗人。老师突然问，“你爸爸说什么了？”脑子顿时一片空白，这是我始料不及的。因为我老觉得老师会问是你父亲签的吗，我一定会说，“向赖老师保证，是我爸爸签的！”这样说大概会和“向毛主席保证”一样让人信服。大汗淋漓，脱口而出“爸爸说让我向周敦颐学习”，因为我刚刚瞟到教室里贴着“向雷锋学习”的图画。老师看我的眼睛温柔了起来，她相信了，因为周敦颐在故乡实在是读书人学习的榜样。

负重在片刻之间，如一尾羽毛，轻轻卸下。我激动地把自己的两个月饼全送给了吴军，我们那时的感情肯定超过了李白和汪伦，我对他说“桃花潭水深千尺，不及吴军送我情”。

《萍乡志》有记载：“宋登科录，萍著且甚。郡邑志轶其名。”“宋熙宁二年，郡发解进士四人，萍乡居其三。”我梦中所见的一组数据“萍乡历代考中进士108人，举人267人，贡生477人”确实史出有据，父亲对此倒背如流，常常用来勉励他的儿子。宋朝是萍乡文化教育的鼎盛时期，如果是在九百多年前，一个考69分的孩子该如何孤芳自赏？

第五辑

晨光书声

晨光书声

写下这个好题目的时候，书声琅琅，琅琅书声，心里欢喜得不得了，如俯拾儿时眠歌。

绿油油的夏天的傍晚，我蹦蹦跳跳在放学的路上，常常是要拾采几枝路边的黄花的，从来不会像如今俯拾儿时眠歌那般难，我触手可及，它们是没有名字的，在无名的岸边。书包却是有名的，黄色的军用挎包是流行的书包，上边统一印着“为人民服务”。做作业时候，我有时会写成“为人‘名’服务”，班主任黄东源老师在“名”下画上一横，改为“民”，朱批：抄50遍。我敢对毛主席发誓，起码有25遍以上写得认真而工整。我用蓝色的圆珠笔在书包的背面写上大大的字：叶华之书包。字迹好看，启蒙时，读了几首古人的诗，喜欢将“的”说成“之”，这么小就开始矫情了。“之”写得春风得意，得意的是我的字总是可以贴到红旗栏里的首行。那时候，不知道行云流水，“之”字自然写不出水痕荡漾，如果真写出了碧水如蓝的样子，古人会嫉妒的，墨色如蓝，写出了另类。

同学们往往会请我为他们的书包上写字，他们也喜欢，“×××之包”，人云亦云，像每个人的脑门上贴了张标签一样。“叶华之书包”常常会因为我的贪玩而遗忘在校园的某一个去处，而我丝毫不会担心找不到它。第二天早读时候，老师就会高高扬起我的书包，说：“头还在吧？”头肯定在呀，“头无”了那还得了，萍乡人说“头无”时其实是说豆腐。

孩子不停地回头，路过印刷厂的时候，常常可以听见背后“叮当叮当叮当”的铃声，那位永远穿着墨绿制服的邮递员总是在这个时候，骑着一架高大的自行车，呼啸而过。车是墨绿的，他的笑容也是墨绿的，我可以拿来画几枚童年的青翠。我就跟着他的车跑，像追赶理想一样热情澎湃，身后拖着风声，拖着孩子的笑容。邮递员叔叔高高在上，他一边摇头摆尾地使劲踩着踏板，一边露着墨绿的笑容偏头看着小小的我。我把他的笑容压平放在我的日记本间，某年某月某日某时阳光流水般偶然抽了出来。

邮递员的牙齿很白，和母亲早上煮的阳春面上的葱头一般，瓷白或是月下白。我跑了一段后，会双手扒住自行车的后架，飞身上车，像骑上了一匹墨绿的马，墨绿的马谁见过？得意的笑零落在身后扬起很远的尘土和草丛里。我们在路上没有言语，只有刮过耳畔、额头的风声，我老想在他的背后画一双翅膀，孩子的心是在飞的。

邮递员会在一个路口停车，他要往另外一个方向走了，他一只脚点地，侧下车身，回头对我说：“到站。”我和他挥手再见，人车扬尘而去，去向一个未知的未来。

我在放学的路上经常会遇见这位叔叔，我们之间没有陌生却是如此陌生，我们总是相逢一笑，然后飞身上车，他把我载到那个熟悉的路口，默契。

有一次他轻轻地哼着歌，才觉得男人唱歌也是好听的，我小时候很少听见男人唱歌，听见时也是素不相识。

俯身再拾起时，歌声悠远而去，和他墨绿的自行车一起去了未知的未来，我仅仅是一个再也回不到故乡的人了，即使已经到站，也唯有徘徊。

一炉青汪汪的火，最先在少年的双颊上温煦开来，浑身是热热俨俨的。像我刚刚喝着的橙子味道的鱼肝油水，我喜欢这样子甜甜淡淡的味道。最不爱的就是乳状的鱼肝油，这种乳白的液体散发着浓厚的腥味，喝一口会觉得喝下了一条腥得呛鼻的鲨鱼。小时候没见过鲨鱼，以为它大如黄鱼，一条鲨鱼在我肚子里游荡，是要吐的，这是拗口的诗，怎么会不反胃？一瓶乳状鱼肝油我喝了一个冬天还是没有喝下一格，母亲生气了，盯住我喝，我捏着鼻子直接灌进喉咙，喝鱼肝油比我被人说“想婆娘了”还难过。

我在火炉边上轻轻读书，“故人西辞黄鹤楼，烟花三月下扬州。孤帆远影碧空尽，唯见长江天际流。”头摇摇，身晃晃，口朗朗。我想象着李白的样子，他的衣服肯定是黄的，他的胡子和面容都是黄的，黄过黄鹤楼，他和孟浩然有我和肖波那么好吗？但炉火实在是太温煦了，温煦赛过李太白对孟浩然的好，我昏昏欲睡，头一低接着一低，眼光迷漫，仿佛望见现在阳光流水中的我。母亲看见了会断喝一声“天黑了”，天黑是上床睡觉了的意思，我恍然若醒，伸伸舌头，赶紧正襟危坐，握卷诵读。

屋外，晨光微曦，山峦在很远的地方薄如窗纸。

如果有雪，我的心情，也如天外的云天密吻，雪意浓酣。母亲不准我出屋外读书，我只能搬张椅子坐下，在火炉边仰首，望着庐顶明瓦上的雪落，明瓦被炉火的青烟熏成喝茶人的牙齿，我只看得见蒙蒙的光亮，哪有雪落的影子？我的读书声音在这时候会很大，因为内心欢喜，我读道“姑苏—城外—寒山寺，夜半—钟声—到客船”，接下去是“山光一悦鸟性，潭影一空人心”。我心不在焉地从寒山寺直接跳到了后禅院，脚步轻盈如落雪。

听见屋外积雪压迫枝条的声音，“咔嚓，嚓——嚓嚓”，枯枝落地了，终是落地了。守过秋天，何苦还要守住冬天呢。苦水解读苏东坡词有说“他自做灯虎，我无闲心哄他猜谜；他自绕弯子，莫更怪我不陪他吃螺蛳”。苦先生没有耐性，各自为政，我也不陪苏子，我的心在外面纷纷扬扬的世界里，张继柳宗元们浑身茫茫昧昧，连胡子都是雪花，分不清是雪染白了胡须，还是胡须染白了雪花。我想象着一层甜白落在井圈上的沛沛茸茸，像无限好的年华。井水乌冻冻的，冒着白气，白气盈盈。雪花，轻盈，落入井水中，瞬间即逝，是水消失在水间。

翻页时，听见屋外踏雪的脚步，真是爽心悦目。

晨读是儿时的习惯，也是父母的要求，我总是在六点半准时开始在晨光中读书，七点吃饭，七点二十出门，七点四十到学校。整个童年基本如此，一成不变的生活，没有厌倦过。厌倦的只有苏东坡：

莫听穿林打叶声。何妨吟啸且徐行。竹杖芒鞋轻胜马。谁怕。一蓑烟雨任平生。　　料峭春风吹酒醒。微冷。山头斜照却相迎。回首向来萧瑟处。归去。也无风雨也无晴。

抄书间，苏先生愈臻自然，我以为他是倦了，倦了才会无视晴雨。“一蓑烟雨任平生”是淡定超脱，“莫听穿林打叶声。何妨吟啸且徐行”的“莫”“何妨”却是劝意顿生，劝阻别人不为己之为时，已是真厌倦了。《定风波》言定情未忘，一个老人确实累了。他一定知道真正忘却一切时，其实才是真天堂。

苏先生是倦了，而我却是醉的，文章各写一篇，我是不客气的，他自己说过天真烂漫是他的老师，老师不敢从，文章还是敢做，童年是不知道倦的——我陶陶然醉心于自己家的晨光：“白色的小花满枝满丫，银装素裹，远远看去像巨大的苗家女节日的头饰，暗香浮动，看似轻薄，却自有力量，我很是迷恋，我的童年我的早晨我的夜晚间它们的气味都会钻入我的被窝，枕在我的头下。”

我醉心于树色天光中，在柚子花香里读书，这是现实无力抹去的时光。抄自己的文章比抄别人的文章感觉要舒服得多。

学校也是要早读的，清晨到教室，一片朗朗的声音，很是好心情，我们喜欢读《从百草园到三味书屋》，老会思考，周树人先生的园子里有一百种草，多显摆啊。孩子思考，少年老成，但我知道有两个人看见了一定会笑，一个是上帝，一个是米兰·昆德拉。

晨光，飞雪，书声，少年，在衣带渐宽终不悔的回忆里。

一段若有若无的文字，坐定身体，磨一些旧墨，记下昨夜的旧梦，案间的瓶中的花香若有若无……

一点回忆，更像想象，看到些许墙内墙外的月光。许多细节浓浓淡淡，恍恍惚惚，回忆轻易将往昔信手涂抹雌黄，留下岁月中的若干静和留白。

仅存的素蕊

浑身晒热，雷雨或阵雨水有约不来，许多年前的我放学回家，沁汗在衣衫上沿着脖领湿了一圈，水淋淋的。进门，我仰着头对母亲说，好饿哦。母亲笑了，离吃饭还有许久呢。她素颜慈容，拍了拍儿子的头，走进卧室，从青花将军罐中，取出两刃片糖——有些像一块惊堂木——九品芝麻官的装备。片糖的颜色暗红，露着些疲惫的神色，县太爷下班回家了。

这兴许是一个记忆淡薄的下午，几近黄昏。

母亲的房间里存放有两只青花将军罐，童年的甜在里面搁浅，有片糖、宝塔糖、粽子糖、米糖、米糕、兰花根、猫耳朵，这些孩子们喜欢的零食似乎从中取之不尽。将军罐一只是祖母留下的，一只是母亲购置的。

祖母的一只：闻到了栀子的花香，是栀子的花香吗？些许年后的我有些怀疑，终于找到了，它还未开花，但香已经透出了黄铜弹头的苞苞，它是含笑。花间有雨轻点，空山新雨，却像隔了几个陌陌尘世。影青，青影，浮在记忆上面的江南，透着衰落和伤感的语气。祖母欧阳群，她轻轻地走开些许年了，在舍不得她的我出生前就离开了。

母亲的一只：菖蒲草色青青，在墨黑的水底，水压过梦境，几只赤鲤在梦游，菖蒲草的腰弯得厉害，像跳舞的女子的纤腰，赤鲤也是墨黑的。

将军罐被裹在回忆的雨间，祖母、母亲、含笑、菖蒲、赤鲤，被淡雨粘住，怎么剥也剥不开，却又是薄影。

在青花瓷的器壁上她们是无心的，无心所以恋恋不舍。

在夜间看见俞平伯的文字“即使是薄影子罢——只要它们在依黯的情怀里，不知怎的历历可画，我由不得动摇这没奈何的眷念”，眷恋啊，我们的生活还剩多少的恋恋难舍？眷恋也是淡漠的影青。我仿佛在浓浓花阴下听祖母讲过去，雨落了下来，弱水三千地下着，我浑然不觉。

这是我梦过的将军罐，罐上的影青漂浮，是湿润的，朴素的气息，民间的气息。

它们是纯粹的，纯粹是一种美丽的感觉。

它们是仅存的素蕊。

我的这段文字也是漂浮的，华丽的躯体，沉重的肉身，一个人在尘世像某些经济特区，唯有让精神轻盈起来。文字也是如此，如果文字会飞，就是好文字。我且当自己在飞，只要不被人误解成鸟人就好，鸟人通常都会梦见翅膀。还好，毕竟还算梦见过翅膀。

载道的文章，我是再也写不出了。

回忆中，儿时的每个孩子都是爱吃糖的，母亲的两只青花将军罐我是愿意天天抱着它们去上学的。新春，母亲会在罐底铺上一层石灰，再往石灰上垫上一层毛边纸，这样即使在浓春或是盛夏，里面的片糖宝塔糖粽子糖米糖米糕兰花根猫耳朵们都不会烊掉。片糖其实一种红砂糖，因为做成一片一片的，竹笺一般，故以姿取名，像巷口黄家孩子们的名字，男儿取名黄江、黄河、黄海，女儿叫黄湖，江河湖海，就差五大洲了，估计他父母还能生的话，名字一定会占领全世界。他们四个叠在一起，就是几刃片糖，长大后他们散落四方，片糖烊化了，汪洋一片。片糖在萍乡几乎每一家小店都有卖，而现在就鲜见了，母亲总会去到火车站附近的一家国营百货店买，在那个时候，国营的总是令人信赖的。片糖略偏药味，咬一口，含在舌尖，糖就慢慢融化，瓦解也是稠乎乎的，甜蜜蜜的感觉像在听邓丽君的《甜蜜蜜》。女人们生产后，些许人家的婆婆就会用片糖蒸鸡蛋给她们补身子，喝下去应该是甜蜜蜜的，因为婆婆对媳妇是真的好，自古婆媳难调，几块片糖轻易融化芥蒂，难怪如今难以买到。

一年级时，我迷上了体操。同学邹新竹是市少年体操队的，他中途转学来时，老师特别介绍他是在省里获过奖的。那时候一听是在省里获奖，觉得不可思议，一下就彻底折服了，在我们学校获奖已经是很轰动的事情了，省里那还得了，一所一所地比过去，那得比过多少所区里县里市里一直到省里的学校才行啊？在我们的强烈要求下，他小试了身手，数十秒间，从操场的东头开始后手翻，一直翻到了西头，像个飞快旋转的风火轮。同学们看他的眼睛瞪得比电影院里查票阿姨的手电筒打开时的光圈还大。那时候，我们会去混免费电影，电影散场后，混进人群，躲在椅子下，等到第二场的人进得差不多时候才冒出头来，有时候也会被揪出来，电影院阿姨的手电筒照到了我们露出座椅下的腿，她们的电筒亮得就跟我们看邹新竹翻筋斗那么大。邹新竹很快成为我的明星好朋友，在他教会我前手翻后的第二天一早，我问母亲要了二刃片糖，她给了我四刃，用红条格的信笺纸包好，带去给邹新竹以示感谢，母亲知道我的想法时，特意多给了两刃。如果邹新竹现在还记得，一定会觉得当时的我是“一片冰心在玉壶”，片糖就是冰心。

我一直想给“片糖”改个名字，叫“骗糖”，骗走了无数个童年，整整有两将军缸那么多，小时候觉得两个将军缸的容量几乎就是胸怀天下了。

母亲的将军缸有时也会见底的，但见底的感觉很陌生，像现在很多写文章很怕被读者看穿他师从哪家似的。见底时候，我就买粽子糖吃，这种糖让我心存矛盾，矛盾是徘徊在爱吃与不怎么爱吃之间。吃糖吃出矛盾不容易，茅盾先生听了还以为是把它给吃下去了呢，罪过。粽子糖又名“角格糖”，因为它是有棱有角的，是太有棱有角，如二十几岁的我。所以怀念它时，心生温暖，像想到自己家的人似的。这种糖源于苏州，苏州现在还保留着这种民间的手工，拾起一颗，嚼得咯咯作响，仿佛要把整个苏州给嚼烂了。这样说，苏州的才子们会不高兴的，他们不高兴不要紧，卖粽子糖的人高兴就好了。旧岁，我在苏州一次买了许多斤，带回去给朋友们。

粽子糖，一般分粉红、淡绿、嫩黄等几种，这么说像在看宋词一样。我是喜欢粉红和淡绿的，它们像俞平伯的《绯桃花下的轻阴》，好颜色惹人心动，而俞平伯的好文章也是惹人心动的，“桃花仿佛茜红的嫁衣裳，轻阴仿佛碾珠作尘的柔幂”真是好句子，回味犹长。我有时候买两颗，一分钱。一颗粉红，一颗嫩绿，一颗含在嘴里，一颗用纸包好，留着下午或晚间吃。往往到了下午，我还是舍不得吃，一直留到两三天后，才肯拨开纸包，很有成就。面对诱惑，现在大不如孩提时候了。

粽子糖有薄荷的味道，咳嗽时吃会有止咳的功效，这是孩子们自己流传的，算不得数。粽子糖还不是净色，它的中间隔着少许浅白，看起来像飘动的星条旗，但红绿黄还是主色调。几许浅白将红绿黄的艳丽软化了，使之变得柔和，柔和才好下口。这浅白不是忍受，而是宽容，宽容艳丽，像故乡的一个女人宽容一个男人的过错，像一种文化宽容另一种文化的流行。周作人在《文艺上的宽容》中说："然而宽容绝不是忍受。不滥用权威去阻遏他人的自由发展是宽容，任凭权威来阻遏自己的发展而不反抗是忍受。正当的规则是，当自己求自由发展时对于迫压的势力，不应该取忍受的态度；当自己成了已成势力之后，对于他人的自由发展，不可不取宽容的态度"，理解和承认对于文化的发展和传承无疑是重要的，周作人的话悟透了文化的发展哲学。我那时候还不懂这些文章，如果知道了，肯定是得意无疑的，吃糖吃出文化味，那多风流啊。

还有一种糖是我喜欢的，杨梅糖，一毛钱可以买十粒，学校半路的那家买十一粒，我们常常去那家买，因为他那里要多出一粒，一粒是很不得了的数目，因为其他地方都买不到的。那时候没有什么折扣之类的说法，其实就是九折，九折算什么折啊，但孩子的眼中这是很大的便宜。杨梅糖也是以状冠名，像一颗颗春末的杨梅，红的黄的绿的紫的，五颜六色，唯独没有见过黑的，我有时候会生出疑问，难道黑的很难做吗？大概是做糖的人不喜欢黑色，黑有什么不好，杨梅熟透时，不都是乌黑乌黑的吗？我偏爱桃红的那种，给伙伴们分糖时，总会给自己留几颗桃花色，小小年纪，也是食色任性的。捧在手心，是一种新生的韶华，桃花的粉霞被薄阴梳拢上来，是恰到好处的不浓不淡，还是俞铭衡笔下的茜红嫁衣。杨梅糖如杨梅甜，质硬，含在嘴里，可以吃很久。它的味道是从容的，恰当的酸和恰当的甜横溢在它融化的离合之间，孩子的表情是迷眩的。

杨梅糖现在没有一家商店有卖，它的消失让我惆怅，一种物质的消亡其实是精神消亡的开始，故乡的人们也许日子太甜，轻易就能忘却其中的一种甜。好生活时，我们常常是身在福中不知福的。

一条白色的诡计

忽然很想吃母亲做的鱼，清蒸的，或是剁椒的。鱼吃完后，剩下白色细长的骨骼，凝练，尖锐，精致，轻盈无比，像被抽出的一条白色诡计。

记忆如看着淡云，从鱼的身体间穿过，也是轻盈无比。吕布的方天戟，呼啸掷向董卓时，也是轻盈无比的，吕布是热血、可爱；董卓也是爱美人的，他们俩都是鱼肉。唯有貂蝉才是诡计，被抽出时，两败俱伤。诡计是美丽的，而貂蝉一直是精致的诡计。

吴宇森的《赤壁》在各个影院热映时，就没有太大的冲动，想象怎么可能完整地变成现实？后来买了一张光盘，看过以后感觉大抵如此，想象即使变成现实也仅仅是一个人的勉为其难，每一个人心中都有一个自己的三国，在这个程度上所以说，电影注定是要失败的。于传说流言，一个导演的三国或许可以神似，但毕竟灵云未起，三国演义依旧寻常时。我这样说吴宇森先生会不开心的。从吃鱼想到赤壁，也真难为了想象，毕竟那一处遗迹，惊涛骇浪，不知道有没有鱼，就算有，水深火热也不是它们想要的生活。

下小雪了，教室里加了木炭炉子，一根烟筒像伟人的手臂伸向窗外，吞吐淡烟，孩子们觉得暖意盎然。历史陈老师戴着厚厚的眼镜，厚得和他手上的历史课本一样了。老师正一本正经地念书，原本微佝的背显得更加佝偻了，眼睛几乎要贴着书本上了。他边念书边在教室里踱步，这是他的习惯，从一组走到了四组，又从四组走到了一组，同学们也习惯了。走过火炉时，镜片忽然全白了——他的声音就停了下来，眼前一片迷茫。这个瞬间，有个同学迅速在他中山装的背后贴了一张纸条："我是陈 × ×"，这个动作是轻盈无比的，"陈 × ×"是老师的名字。老师擦干镜片，继续边走边念，黑色衣服上的白纸条异常的鲜艳，他的背后是同学们一一凑过去看的脑袋，忍俊不禁，捂住嘴巴笑。陈老师似乎觉得有些异样，回过头，眼睛像摄像机一样从同学们有些异样的脸上一一扫过，终究什么也没有发现。

历史老师的课堂像一盘索然无味的素食，他嘴中的曹操们像挂历上的人像，我喜欢的却是那个渔色的曹操，曹操经常将部下的女人抱到自己的床上，这样的小说三国，奸雄英豪们才是有血有肉的。所以我常在陈老师的课堂看自己的小说——陈旧的课桌上，有一个小刀挖出的酒杯口大的小洞洞。我将课本竖起挡在小洞面前，留出些缝来，再将《三国演义》悄悄放入抽屉，贴着小洞，慢慢移动小说的文字，就可以看到灵云朵朵，刘关张黄马在小小的抽屉里横刀立马桃园结义在孩子的视野里，异常的广阔。陈老师端着书本从我身边走过时，我轻轻将历史课本盖住小洞，正襟危坐，一副若无其事的表情。比起交头接耳的学生，我全神贯注的安静很少吸引老师的目光。

陈老师背后的纸条是一场阴谋，而我课桌上的小洞洞无疑是一条诡计，它们都轻易迷惑了我的童年。现在看月光，悬在天空中，常常会觉得它就是儿时课桌上的那个小洞，广袤大地的苍生在抽屉间交叠上演悲欢离合。课桌是现实，月亮是现实，生活是现实，却都不及课桌间游走的文字，童年的一个小小计谋设计了芸芸众生的想象。

我逃回童年，在泛黄的山水轴头册页间，或许是更久远一点的晚清，明初，或是宋元年间。而童年放学的路边，草色青青，淡淡未名的黄花在其中笑傲江湖。儿时对于小说故事的忠诚是值得敬仰的，有一次我为了关云长的胡须和同学大吵了一场，他硬是说关的胡须只有一尺长，我说肯定超过两尺，一尺和两尺的矛盾让老师都无法调和，班主任拍着课桌说："胡闹"。对于一个孩子来说，他永远都是宁愿相信小说的每一个细节和细节衍生的想象的，这种想象气象万千，成人的想象力永远都是在落花流水无可奈何的退化，所以当有更多的影视作品在复制这个故事时，总是不以为然，他们确实难以超越和驾驭童年的想象力，这是好高骛远者的宿命。

三国的人物中，对郭嘉的喜欢，甚至超过了诸葛亮。郭嘉病死征程时，我伤心了许久。郭嘉的风雅盎然有着无法复制的完美，而他与曹操的关系，又不异乎赤胆与忠心。因为他的短暂出场，让一个孩子看到一颗异常美丽的流星。郭嘉帅气而儒雅，腹有雄兵万千，气势超过了范老爷子，他和李贺很像，都是博雅君子，英才短命，是宁可命薄也不肯才薄的风流才子。

三国一场梦，烟草疯长。郭嘉也好，李贺也好，都是凤毛麟角，审美上是竭尽全力，有悖于我们生活的理想，所以命薄。郭嘉的出场短促，像生活莫名地被忽然剪去一段，这样的出场是完美的才子的宿命——神龙不见首尾。李贺也是。这样的说法在我的记忆中出现得很晚，但在情感上还是未免遗憾，情感和情趣其实是风马牛不相及的两回事，艺术家往往是注重情趣的，工艺匠则倚重情感，情感自然维系，而情趣需要长久浸淫。

十几岁时，我像一尾白羽，轻盈地离开故土。大雨滂沱，行囊中有一套《三国演义》，自古有传言，男不读三国，女不读红楼。我始终不能理解。如果三国和红楼都成了禁书，河豚不就泛滥成灾了吗？禁书和河豚有什么关系？有个诗人说，禁书的味道就是河豚的味道，我觉得挺好。

仲夏的夜间在南湖，郁郁葱葱的树阴，月影婆娑。不知名字的花香层层开来，幻化出雾气与白露，小乔姑娘骑马而过，踏出浅浅尘土。我背过身去，为了避开这惊艳，我做了一个梦，梦见逃回童年，童年是一条铺满青石的长巷，夕阳在长满青苔的青石上拉长隐淡的身影。不去想这三国，不去想吴宇森之类。真想在这水汽氤氲的夜幕间，喝一壶余温渐散的酒，沉香不浓不淡，我喜欢“余温渐散”这个词，郭嘉李贺们就如撕开了玉版笺的一抹不即不离的毛边。我想罗贯中给我设置了一个悬念，给吴宇森设置了一个悬念，给世人设置了一个悬念：这出剧没有终结，也没有开始，这就是历史，滔滔长东之水。其实每一个中国人都逃不开《三国》的悬念——于是开始浮想联翩。何况是我？

电影终究与回忆错过，这是文学与想象终归的宿命，回忆，不过是一场人生的守株待兔——我们心中的三国，永远都不会与你我重逢，或是根本就不曾遇见。

但有件事与此无关，南湖之畔，有人问男人和女人的区别是什么，我说：男人虚伪，女人虚荣。

端午落

端午前后，雨水总是瓢泼的，像一个诗人和一个时代的积怨，积怨已深。

这样说似乎有些抢了清明的风头，有诗早云“清明时节雨纷纷，路上行人欲断魂”，却是不同，端午的雨水在故乡是快意的，积怨许久总是要发泄，一吐为快。清明的雨水则是缠绵的，缠绵只适合放慢了脚步去恋爱或是怀旧。周作人在《苦雨》中回忆故乡的雨落：

但卧在乌篷船里，静听打篷的雨声，加上欸乃的橹声，以及“靠塘来，靠下去”的呼声，却是一种梦境似的诗境。

他是喜悦的，游子的喜悦，羁泊他乡的眷恋。而我哪来的眷恋——少年的眷恋如故乡的紫竹绵绵若存？却是难得的，眷恋需要愁肠。

年少愁肠的难得如同年少的微笑。

我却是真喜欢，雨声且浓且淡或时浓时淡，“噼噼啪啪”或“滴滴答答”，“噼噼啪啪”是赶路的诗人，“滴滴答答”是散步的画者，在墨绿的香樟树梢，在乌青的黛瓦顶，在新绿的稻田间，在浑浊的池塘中，在斑驳的老巷间，在淡漠的粉墙上，风雨如晦，听见鸡鸣，它们如诗人们一般的滋润，落雨是一首水淋淋的童谣，青色的童谣，流水的童谣。

我常常搬张竹皮椅子坐在阶沿上，一个人撑着下颚看雨。雨水落在地面上溅起一层白雾水，像欢喜得开了花，一朵朵白色的凌霄，我的心里也荡起了一层的白雾水。一群躲雨的鸡蜷缩在屋檐的另一端，互相用嘴梳理了湿漉漉的羽毛。几只鸭子倒是全然不顾，伸长着脖子在水洼处吃食，呱呱地叫得欢快，它们是摇滚青年。有人披着雨衣骑着自行车过去，车轮锐利，一路劈开地上的积水，他的雨衣是水淋淋的墨色，看不见他的脸庞，他应该是个有些年纪的匆匆路过的秘密使者，他给未来送去一封初夏的信。我倒希望他撞上一块石头或是一个断埂，“啪啦”，人仰马翻，永久牌的自行车躺在雨中，车轮带着白白的水花还在转着，如释重负，它笑，少年也笑。

屋檐落下的雨线条疏朗，多想取一串挂在我心爱的女人的粉颈之上，且让她垂帘听政吧。雨水滴落在阶沿之上，态若坠珠，鱼贯而落。石穿之处有浅浅的白，溅起的水渍是活脱脱的，窈然深碧。“窈然深碧”让我幽情单绪，或许也是钟惺的情怀：“西折，纤秀长曲，所见如连环、如玦、如带、如规、如钩；色如鉴、如琅、如绿沉瓜，窈然深碧潆回城下者，皆浣花溪委也。”他写溪水，我写檐滴，一个少年与他惺惺相惜。

阶沿上有暗绿在少年的脚下蔓延，水珠们落入苔色中会变得温柔，苔色愈发的显得新鲜。听雨歌楼上，如果，在夜色温柔中，用屋檐滴落的雨水泡一杯清茶，碧螺春吧。看见新蕊云游在杯间，渐渐松开了曲卷的身体，情窦渐开，冰清玉洁的样子，如惊鸿一瞥，让人以为自己会是一个翩翩少年。用屋檐滴水泡茶，有些无端，无端也是率真的性情，少年是什么都敢爱的。端着青茶，他的双鬓也是绿的了。

水溅湿裤管时，我就搬起椅子，往后挪，雨水和我再无干系，因为水渍溅不到我的身上，抽身而退像躲避了一场可有可无的恋爱，如果是恋爱，又怎能全身而退——雨早湿了衣物。看累了时，我会仰起身体，玩起了跷跷板，竹皮椅子如一张躺椅两腿悬空，金鸡独立，我忘了竹皮椅子是四条腿，翘起一端时，应该是“金鸡双立”。把持不住时，人与椅子后倒在地上，也摔得人仰马翻，父亲买回的竹皮椅子多是被我这样坐坏的，坏了，他又买回来一把。把持不住时，往往是要跌跤的，人生把持不住，如唱歌把持不住而歌声渐断、绘画把持不住而泼墨难收，均是败笔。

雨水落，屋檐之下，新鲜的苔痕，若有所思的少年，一幅湿润的画。

落雨之时，难免屋漏——屋顶泄漏。漏雨是需要力量和时间的，雨水不大、时间不长都是天机，不会漏下的，雨水也算是天机吧。屋漏像一个艺术家需要气度和浸淫一样，轻薄是很难有成就的。雨小时，水渗透瓦片，慢慢悠悠，气息上仿若在泡一杯青茶，有水无滴，水渍渐渐染湿瓦背、房檐、墙壁，湿的阴影渐渐晕放，像染指的江山梦境，神态上是气闲意清。雨大时，滴滴答答，落入屋中，铺底很快就要湿了一片。如果有阁楼，在楼下就听得见水滴在阁楼木板上的声音，赶紧拿绿皮脸盆和白水桶去接，水滴滴入盆和桶的声音是变奏曲，叮咚叮咚，叮叮当当，清脆悠然，也是传神。要是在夜间下雨，雨漏得往往会令我们毫无知觉，起床时才发现汪洋一片，手忙脚乱，水溢的地板也是新大陆，明晃晃的。最怕的是水滴在被窝上，一点一点，如夜袭荆州，悄无声息。被子会越来越凉，在这样的被窝里睡觉，人常常会梦见游泳，越游越冷。一睁眼，被窝已经拧得出半盆的水了。

遇见雨漏得厉害时，我就拿根竹篙去推瓦。轻轻去顶，竹篙粗过我的臂膀，我踮着脚跟举起它，累得气喘吁吁。如果还是够不着时，我会站在竹皮椅子上持篙，刚顶到瓦缝处，水就顺着竹竿流了下来，流进我的袖管，流进胳膊窝，冰冰生凉，只能全然不顾，小心翼翼一门心思地把被水推开的瓦缝叠回去。雨漏戛然而止，我喘着粗气，很得意。也有意外的时候，力度把握不准，反而会撑大叠瓦之间的开口，天上之水从天落下，脸上头上衣服上裤子上全部都是，湿淋淋地浇了一身。这是一个有趣的意外，像一个才子的偶尔失手——萍乡名士文廷式殿试时候，一个笔误，将“闾阎”写成“闾面”，被光绪发现了。户部尚书翁同龢非常欣赏文廷式才华，为其辩护：古人有以“闾面”对“檐牙”的用法，“闾阎”写成“闾面”，意思是也说得过去。但君意不好违，退一步又何妨？文廷式坦言笔误，乃降一等，列为一甲二等，位居榜眼，赐进士及第，与探花失之交臂，一个意外成了一桩史记公案。文廷式是光绪时代著名的“四大公车”之一，是晚清有名的词坛大家。我扶着竹篙，一边擦着脸上的水，一边想象着文廷式在紫禁城中也漏了一脸的雨水，我也和他惺惺相惜，他是欢喜的，因为我是欢喜的，他的欢喜是我的一个想象——也如这屋漏：屋漏是雨水的另辟蹊径，不料生出了活泼。

听见屋漏是喜悦的，喜悦是美；屋漏是故土的人性。

端午，雨水漏，黛瓦之下，绿皮脸盆，白提桶，若有所思的少年，一幅湿润的画。

清水糯粽

人面桃花；

旧曲弥新，

其实均是回忆。

故乡在陈词滥调的回忆间绵绵若存，如月下如霜的杏花，杏花若有若无，故土若有若无。

故乡大概就是一个很小的回忆，每一个人回忆故土时，往往故乡就变得很小了，一枝桃红，一片青花，一曲童谣，一个蒙霜的早晨，或是一只游丝的蜘蛛，很小的回忆也是一出最好的梦。少年如玉笛一支，在杏花的自序里。我或许仅仅是一个憔悴的江南倦客。

烟雨迷蒙间，我撑着油布伞走过爬满藤蔓的石桥，这不是风雅，是下笔漫漶——每一个倦客都有这样的想象。他们确实走过，废名，朱自清，戴望舒，周作人，丰子恺，或是鲁迅，二十世纪二三十年代文人的身影如瘦长的尺牍。这些文人都有下笔漫漶的味道，他们都是散淡间的温暖，如同似水流年中微红的旧好。

他们的脚下，绿了——墨石竹在石桥边，雨后新绿，咄咄逼人。

石绿竹，娇小玲珑，一丛一丛，在故乡随处可见，我小时候叫不出它的名字，相逢又何必曾相识。竹子们均碧滴翠，爽心悦目——端午有雨，前后多会有大雨倾盆，过节那天再无雨也会落上几滴，润润这似曾相识的节气。

某一年的端午前夕，母亲带我去后院采摘箬竹叶，雨气泡在脚盆之中，一盆的碧水，水还是透明的，因为叶子沉底，就是碧色。一片片叶子圆圆润润，大如掌心，我拾起一片起来和自己的手掌比比，叶子很骄傲，它们长如“归”字的一撇，父亲说是俞樾的手笔，有福气。叶子是有福气的，它们在每一年的端午都被空前地重视，堪比屈原。

粽子种类繁多，有素粽，红豆粽，绿豆粽，肉粽，大小不一，竹叶做衣，菖蒲为袖，绑得结实，五花大绑，用清水煮。端午吃粽子，由来是纪念屈原，而我们的纪念往往是吃，端午吃粽子吃雄黄酒，中秋吃月饼饮桂花酒，冬至吃冬酿酒吃鸭子，过年煮鱼吃年糕，似乎所有的纪念都是为了吃，民以食为天，那些故去的人也不能排除在外，纪念——挂羊头卖狗肉的味道。

喜欢清水素粽，莫名地喜欢，像喜欢一个莫名的女子。那年北上时，遇见她，六七年后才说那时喜欢看她，因为对她的齐肩短发充满好感，平庸的年月里，好感也不容易。情窦初开的年岁，那个人就是齐肩短发，清清爽爽的样子，会莫名地生出感动。岁月无声，也怅然若失。我和同学在晚饭后，有时会从八里庄散步到她们学校去，记得一次，她在红庙公车站等我们，条纹T恤，蓝色的牛仔裤，球鞋很白。那是北京流火的夏末的傍晚，天空没有流云，却觉得春光婉晚。

剥开箬竹叶子，煮熟的糯米晶莹剔透，如杨贵妃褪下霓裳，露出凝脂肌肤，芙蓉梦浅。我且也当一回唐明皇。素粽蘸上几许白糖，味道是富贵清尘烟消云散的一声叹息，一场绝代风华在唇齿之间，须臾，消失……

唯剩惆怅——粽子是新知，更如旧好。

故乡也是新知，故乡也是旧好。

端午是民间一年三节的第一个大节，总觉得大人们是忙忙碌碌的，过节的感觉都是如此忙碌的，忙忙碌碌的欢快。过节像在纵欲，寻常日子就是禁欲，正当的生活在纵欲与禁欲的调和之间，故乡的人们深谙此道，像葛里斯所说的“像大自然一样活得豪华和严肃”。

一早，父亲就会在门上插上艾蒿和菖蒲，这个习惯充满仪式感，几束朴素植物，延续文明。艾蒿性苦，菖蒲也性苦，它们在门楹上若有所失，人生苦短，似乎又长了——艾蒿枝和菖蒲都是长长一条的。

午饭前，父亲要用泡好的雄黄酒，围绕着院子，房前屋后地洒上一圈，落下些许雄黄和朱砂的末屑，星星点点，散发着刺鼻的气味。五月的故乡是毒蛇出洞的季节，它们一嗅到这种气味就会退避三舍，它们毕竟是俗物，如果越过，那就是艺术了——遭遇穷途末路或是万丈深渊时，其实往往就是生机，脱壳而出就是新境地，易之武应该就是一条青蛇越过了雷池。唐宝年间，他是萍乡第一个被取为进士的人。唐廪也算一个，他的《贞观新书》一出，一时洛阳纸贵，“新书声价满皇都”，他是第一个吟诗故乡的进士，我对热爱故乡的人是心存好感的，抄他的《杨岐山寺》：

逗竹穿花越几村，还从旧路入云门。
翠微不闭楼台出，清吹频回水石喧。
天外鹤归松自老，崖间僧去塔空存。
重来白首良堪喜，朝露浮生不足言。

厚意稍逊，一点也不妨碍我的好感，我也是那个逗竹穿花而去的少年，偷偷喝一口雄黄酒，舌头都是黄黄红红的，新人旧辞情怀半开。

读一首有好感的故乡人的诗作，也是一次修行。

雌黄，一种矿石。古人校点文章之时，往往会笔浇丹砂，遇到写错之时，就用雌黄涂抹，雅称“朱黄”或“丹黄”。古人就是风流，如果可以，我总是愿意回到过去的，写写五百年后的人看的文章，或许五百年后会有人说我的文章好，这个人是我自己。我也说，“开卷有益，良友不欺”。被人说文章好是快意的，自己的文章或许如同别人的老婆，这话不是我说的，是周作人说的，他说“我也是听别人说的”，我的想象不知天高地厚。

写作如果能像与故去的不快和平庸决裂一般了，或许就是好文章了。

一场雨后。

我去傍晚的学校门口，买一份北京青年，来几斤新鲜的“玫瑰香”，一路是小贩们的叫卖，是朴素的日子。回到宿舍，永跃师兄在打坐，手上是一卷《国史大纲》，台湾旧版，字是竖排，像他打坐时歪歪斜斜的身体。我笑。他不以为然，说我年少气躁。我还是觉得他的姿势好笑，后悔没有拍张照片留给若干年后。笑完后，坐定身体，取一卷书，浅浅淡淡地读；或磨一些旧墨，写一段若有若无的文字，记下昨夜的旧梦。

而这个少年，从离开故乡的那一刻开始，灵魂确实就已经被放逐了。

第六辑

灯　花

灯　花

案间，青灯一盏，灯花耿耿，如若有若无的归期。在暮色的人家。

“遗庙丹青落，空山草木长”，灯花如诗人远去，唯剩下诗篇，我们永远无法与他重逢，诗人是物质，诗篇是精神，物质从精神中脱身而去时，美如薄薄的蝉翼。

少年时读“竹风轻动庭除冷，珠帘月上玲珑影。山枕隐浓妆，绿檀金凤凰。　　两蛾愁黛浅，故国吴宫远。春恨正关情，画楼残点声。”觉得黛浅是想象中最柔情的境，读旧诗往往会出神睡去，夜半偶尔醒来，又睡在朦胧的光景中，读温飞卿的《菩萨蛮》均感觉在这样的恍惚间。窗外，牡丹一夜经微雨，云帐之畔，竹风轻起，一灯如豆，古意盎然。

一灯如豆当然是想象，在一个浮躁的年代，能生出几许古意是有福气的，至少我如此认为。漂泊久了，总会要怀念故去久远的生活，这是旧病复发，怀念如风雨，“风雨送春归”，关键是我们还回得去吗？

古人对灯是情有独钟的。随手翻来，蒋捷的《虞美人》：“少年听雨歌搂上，红烛昏罗帐。壮年听雨客舟中，江阔云低，断雁叫西风”，这首是我喜欢的，让人会有在尘世赶路的羁泊感，言中我的品质，因为我是漂泊的游子。周作人说，在悲苦中挣扎原本就是人世的自然，其实羁泊早已埋伏在我的命里。温飞卿《更漏子》：“红烛背，绣帘垂，梦长君不知”；元稹《闻乐天授江州司马》：“残灯无焰影幢幢，此夕闻君谪九江”；尹鹗《临江仙》：“红烛半条残焰短，依稀暗背银屏”；司空曙《云阳馆与韩绅宿别》：“孤灯寒照雨”；何逊《临行与故游夜别》：“夜雨滴空阶，晓灯暗离室”；周邦彦《早梅芳近》：“隔窗夜雨，向壁孤灯弄余照”、《忆旧游》“风钗半脱云鬓，窗影烛光摇”；最出名的大约是稼轩《青玉案》：“蓦然回首，那人却在灯火阑珊处”……抄书可以抄到手腕生痛，古人的灯火均有花下离伤的感觉，即使没有也是影影绰绰地浮着紫气且吹落霜花满袖。

灯花，不过是一盏给匆匆过客搭建的布景，你，我，世间的每一个均是过客。唯灯在，灯尚在，人世却是空的。

而想象中的灯，却有别于诗人们。我的想象是故乡的柚子花初开，是清水方砖上晕开的雨渍，是暮冬湖水的青蓝，是嵌在黛瓦间的明瓦上的露华，是绣花针掉落在乌青水泥铺底上的响，均是流动的美，神清气朗，姿态悠远。我这样地想，想必诗人们不会有太大的意见，我们毕竟是有别的：他们写，我读。

我的少年时代称油灯为“灯盏”，这是好听的，故乡大多会用煤油灯。但在我的记忆中它们用的时间不长，毕竟好景总是不长的。那时，停电是经常的，无数未知的晚间，家家户户的窗间总要透出淡淡灯花，昏黄的灯火在窗纸上摇摇欲坠，我且把它们当成青灯点点，我莫名地喜欢着这样的人间——散淡而微红的暖意。

记得家中的案几之上曾经有过一盏煤油灯。遇见停电，母亲就会说，“把灯盏点燃吧”。灯盏的火苗像一根翘起的兰花手指，若明若暗，很文弱的样子，如一个面色惨白的书生。我常常把手伸到它的面前，做出各种形状，影子就会在墙壁上生动起来，如看幻灯：有一只兔子，我的手一晃，它就在跑；一只笨头笨脑的狗，因为我扮得实在笨拙所以只好委屈它；一只飞翔的大雁或更像一只候鸟，它的飞翔是轻盈的，缘于它形体的简单；一只孔雀的头；等等。一盏灯火和墙壁的影子，遥相呼应，其乐融融。故去的日子总是如此，物质苍白，生活却会是佳趣轻易地俯拾。

煤油灯的结构比较复杂，分为铁制的底座和灯身，还有提手，灯身上有一个玻璃罩子，这个罩子大腹便便，像生产过后来不及恢复身材的女人。灯一罩下去，就不用担心火苗会被风吹灭了，像20世纪七八十年代进国营单位工作后一样高枕无忧。煤油灯的气味很浓，人在灯下久了，会流眼泪鼻涕的。有一回，我在灯下练书法，写得泪花闪闪，煤油的气味实在太呛眼睛了。父亲过来看，说了一句：“一板翻原”，意思是和从前的没什么区别，一点进步也没有。我很难过，眼泪偷偷地流得更厉害，滴得毛边纸上到处都是，竟然无从下笔了。

煤油灯的烟雾很大，灯罩过几天就被熏得黑黢黢的看不见灯花，这个时候的灯光是最微弱的，像一个残年老人的呼吸。母亲会说，“去把灯罩擦了。”我很积极，开始不得要领死命用抹布擦，结果越擦越黑，像越描越黑的历史一样。母亲就会笑，“懵股，要用毛边纸擦的。”“懵股”是傻孩子的称谓。毛边纸果然是好，灯罩被我擦得晶亮，亮过领导的额头和花花公子的皮鞋。这时是往往会要被表扬的，我洋洋得意，仿佛三十年前家里买回了一台黑白电视机。洋洋得意是容易出问题的，灯罩常常被我失手打碎。一个夏天，连续打碎了十几个，巷口南货店里的灯罩都被我买光了，店里的服务员看我的眼神很异样，像现在我说文学的时候许多人看我的眼光。

也许是因为煤油灯不利于环保，渐渐退出了历史，各家各户都改用蜡烛，加上停电的日子愈来愈少，煤油灯就渐渐稀缺了，稀缺了就有了神秘感，就能轻易勾起兴趣。还有一个重要的原因，当时的文化宣传起了重要的作用。工厂学校居委会橱窗间的宣传图画，常会出现一名工人举着一盏煤油灯，发出万丈光芒的气势，下边再写上一行激动人心的“伟大的工人阶级万岁”之类的应刷体。印象最深的就是《红灯记》的海报，李铁梅粗壮的手臂擎起一盏光芒四射的煤油灯，煤油灯成了某种精神的象征。小时候不懂得象征的深刻含义，常常会无端生出纳闷，一盏煤油灯怎么可能光芒万丈了？我问过老师这个问题，老师很生气，半天都没有和我说话。

有一次我在学校无意间说起家里还有一盏煤油灯后，家里几乎就成了人民公园了，隔三差五家里会来同学要看。我很得意，得意扬扬。日子久了也会觉得厌烦，推说找不见了。副班长王晓说要去看一次，态度很诚恳，差不多和入少先队时一样诚恳了。我有些犹豫，仔细回忆着看过了的人，确定他真的没来过后，我同意了，说晚上来吧。附加了一个条件，把那套《水浒》连环画借给我，我曾经借过好几回他都不同意，也算是雪憾了，不能说是“报仇雪恨”，毕竟我们之间无“仇”可报。

整个协谈的过程中，我表情严肃，这样才更能凸显出灯的神秘和珍贵。其实我也没有装，因为八十年代中期的萍乡城里，煤油灯确实珍贵了。所以我的“装”不算得装。现代的许多人都比我装得好，有的装君子，有的装圣人，有的装学者，有的装教授，有的装专家，有的装诗人，有的装纯情，有的装淑女，装得跟真的似的，还有的更厉害——装孙子装得比真孙子还孙子，真是眼花缭乱应有尽有。不过有一种人大概没人会装：小人。这么多人的“装”都是无趣的，只有一样好玩，就是“装蒜”，如仅存的风物。

估计哪天学术横行了，哪家院校开设一下“装”专业，或许能生源火爆，门槛都要踏破的。这种场景只有当年皇帝在国子监辟雍处讲学时才能有此盛况，文武官员里三层外三层，围得水泄不通。那时没有话筒音响，全靠几名传话官，皇帝讲一句他们传一句，估计第一句传到最末的那位时，皇帝已经授课完毕起驾回宫了。这时候往往只有一个人会着急，古话早说过了嘛，“皇上不急太监急”。那些听讲的官员面色虔诚，可以揭下来做数副面具了，他们的虔诚是装的，他们都是读圣贤书出身的，说圣贤的书，皇帝还能说得过孔子孟子吗？群臣心里比皇帝还明镜高悬，趋之若鹜的虔诚是装给皇帝老爷看的。的确，装是一门手艺，装得不好就容易遗臭万年，南郭先生的命就很惨，装得好是可以横行天下的，为什么横行天下？装八只脚的螃蟹啊，八只脚的常常不仅可以横行，还可以霸道。

夜间，王晓兴高采烈地来。我把堂屋的门关了起来，然后关掉电灯，整个屋子顿时黑漆漆黑沉沉的，这是我想要的效果。在他来之前，我已经试验过好几回了。我听见王晓同学兴奋的呼吸。我划燃火柴，点着了乌黑细细的灯芯，火焰由微渐亮，发出滋滋的爆裂的声音，那是灯芯有些微潮了。王晓把脸凑得很近，起码围着灯盏转了好几圈，圆乎乎的头在灯火前摇来晃去，我让他离远一点，他不肯听，看完下来，他的眼泪模糊，脸像刚从炭棚里出来。

那晚，我把王晓送到巷口，他很感动地拍着胸脯，“看过了，看过了！”黑黑花花的脸上是很满足的表情。估计当年汪伦送李白的时候，李白也是这样的感动。

和灯盏有关的还有一个夏日的黄昏。

余晖脉脉，熏红的暮色在院子里温柔地流动，不浓不淡的暮色。

院子里飞满了蜻蜓，蜻蜓的飞翔很纤弱——隐藏在微风的抖动中。它们有时会停伫在木桩或青石头上，它们很机敏，人刚走过去，它就飞走了。但是到了傍晚，蜻蜓们的眼睛就看不清楚了，我悄悄躲在它们的身后，伸手一捏，就抓住了它的尾巴，仿佛轻易抓住了一个梦境，因为它们实在是太轻，轻到几乎没有重量，梦境也是没有重量的。然后松开手，它又振翅飞走了。我选中了一只红色的，或许再也没有比它更纯红的蜻蜓了。抓了几次，又放了它几次，乐此不疲。我对它说，蜻蜓啊蜻蜓你不能怪我啊，要怪就怪那个传说——它是灶王爷的马，神仙的马竟然是一只蜻蜓，难怪神仙们总是神龙不见首尾。其实，灶王爷让我觉得亲切，老想着他一定会有着小山一样凸起的啤酒肚，官服油光可鉴，还围着一条花花绿绿的围裙。灶王爷大概是神仙里唯一和常人走得很近的吧，柴米油盐酱醋茶，他全管了，民以食为天，天天要见面的。

神仙的坐骑被我玩弄了一通，灶工爷肯定要不高兴了，在他老人家的管辖范围里给了我小小的惩罚——晚饭时，吃出了异样，借着昏暗的灯花，一看，是只飞蛾，连忙吐口水，呸呸呸呸，我确实有些懊恼，说，“炒的什么菜啊！”

父亲一个耳光打了过来，

“混账。”

旧　巷

流光徘徊的光景是宛然的，如陈圆圆第一次遇见冒辟疆。

碧瓦朱桥，旧塔微斜，青石巷口，天空蔚蓝。

故乡当然没有陈圆圆，青石巷却比比皆是，少年说不出它们的名字，却是如此的熟悉，像一首好诗，根本不需记住它的题目，故乡的人的童年都是从巷间走过，朝花夕拾，日出晚归，从风中归来，从雨间归来，从月下归来，斑斑驳驳的青石径早已为他们准备了经年的未来。

一径的幽兰，一径的童年，一径的众生。

晨雾起来时，巷间的人与物都是影影绰绰的，人们在浓雾间穿行，要碰到对方的鼻子了才发现，相见不如偶遇，哈哈一笑，看见对方发梢和眉间的雾珠。微白的阳光从巷口进来，阳光毕竟太年轻了，穿不透这浓浓的雾，骑着自行车的人逆光穿雾而去，头发和被风吹起的衬衣都镀上了一层银光。他擦着卖豆花的人挑在肩上的木桶飞过，卖豆花的人慌忙站住了，“哎……哎……哎，差滴儿撞到了！”“差滴儿”是差点点的意思，却比“差点点”要有韵味得多。他的抱怨是无用的，骑车人早已甩下一阵笑声消失，去向一个白茫茫的未来。

卖豆花的人是最早撕开这清晨的静的，他的“要水豆腐么”的吆喝常常把少年从梦境中唤醒，故乡把豆花称作“水豆腐”，这样的称谓使豆花有了身份上的诗意，水做的豆腐是怎样的温柔啊。如是夏日，少年会推开门，把白瓷碗递给卖豆花的师傅，“来两毛钱”。他露出一口整齐的白牙，揭开木桶盖，褪下豆花上的薄浆纱布，漏出人间的春色，赛过杨玉环的肌肤。他动作麻利却轻盈，一瓢一瓢地舀进碗间，像舀起了一泓清泉。少年望见他额间细密的微汗，这会儿卖豆花的人是旁若无人的。豆花冒着白气，嫩白盈盈，一汪月光下的积雪，少年真想摸一摸它，水盈盈的肌肤，粉嫩的怀抱。

有白发的老太太提着菜篮走了过来，她低头看了看木桶中的豆花，点点了头，说“真格鲜”。卖豆花的朗声说：“婆婆儿，舀点么?”她摇摇头走了，“昨天刚喝过哦。”

巷间的人渐渐多了起来，人影晃动，浓雾渐散，仿佛即将谢幕的剧。巷间的脚步声，自行车的铃声，卖早点的叫卖声，水井旁女人吊水的声音，从阁楼上往路面倒水的声，兮兮唰唰，叮当叮当，咕咚咕咚，稀里哗啦，虽然杂乱无章，气息上却是安静的。有时还会有只白狗，它走走停停，鼻子东嗅嗅西嗅嗅，往前走了一阵，又倒了回来，一副走投无路的样子。走投无路常常是自己选择的——若干年前，他也是从这条巷间背着青伞出去，一个热血的青年早知江湖的深远，他追随李大钊、陈独秀，意气风发，击舟南湖红船，年轻的他已是革命的先驱了，然而手握重兵时，他却执意与革命决裂，命运如玄黄落下：“国破家亡，挺身立党有始却无终，已辨忠奸留史册；惊涛骇浪，分道扬镳将功难补过，莫以成败论英雄。”

他的落下与白狗无关。白狗在电线杆下徘徊了一会儿，撩起后腿，电杆上露出一团湿白。少年见了，大怒，捡起一块青石扔了过去，它仓皇而逃，像云间的一条白练。电杆的粉墙隔壁是濂溪学堂，周敦颐先生曾经讲学的地方。大师门前撒尿，比太岁头上动土更无礼，你说可不可恶？

巷间，常常还会有鸭群穿过，不知哪家的，呱呱呱呱，大摇大摆，它们是喜欢凑热闹的。少年背着书包上学时，常常会遇见它们，少年从它们的身后冲了过去，猛地一阵跺脚。鸭群惊惶失措，扑腾着笨拙的翅膀，东张西望地叫得更厉害。

双手插着裤袋走在雾间，雾水仿佛在少年的额头、鼻翼、耳畔呼吸，湿湿的，潮潮的，像一滴净水在素宣上洇化，自然的洇化，自由的呼吸，他感觉无比的舒服，比长大后心爱的女人的湿吻还要舒服。少年痴迷于这样的雾水晨光，后来读许多的古人的诗，常常会有这种似曾相识的感觉。

晨间的青石巷是忘形的，忘形而美，忘形之美是最干净的。

巷口的人家种有一架葡萄，在初夏的阳光里绿得丰满而自由，一串一串青青瑟瑟的果实垂在架下，茸茸沛沛地裹着一层淡白，这白是俗人是不能相亲的。少年总会遇见它，它安安静静坐在巷口，如一位故人在若干年后的承诺间等他。

巷间还有一位老人，巷子里的人都不知道她的年岁。一出阳光，她就搬张竹皮椅子靠在门口的阶沿上晒太阳，她显得很神秘，神秘的原因是，她居然是日本人。那场战争后她就留了下来，留下离樱花开放很远的地方，远到没有期限，因为到死她也不曾回去，也许是一个地方对她的伤害太大，害到一个人觉得完全陌生。有一年，有记者拿着报纸兴奋地去找她，上边登着一则新闻，大约是关于某国政府同意给予慰安妇赔偿之类。她没有看，好像与她毫无干系，要和故去毫无关联，其实无须决裂，只需忘情。老人继续安详地晒着太阳，记者无功而返。少年对她的好奇则在于日本人和中国人的不同到底在哪？后来，他看到一本书，说人之间的不同，大约在魂魄间。他又看书，书上说，用相机可以照出。少年喜出望外。

那天黄昏，风真大，巷间的香樟几乎都想往巷口的另一端跑，墨绿的树叶发出沙沙的声音，少年暗喜，这样的天气在枝头，有些魂不守舍。他带着傻瓜相机出发，仿佛要去发掘一个历史的秘密。老人还在座间，她的眼光凝滞，布满斑点的脸上没有表情，连瘪下去的嘴角都布满了沧桑的皱纹。少年有些心虚，远远地对着她"咔嚓""咔嚓"，昏暗间的忽然闪光，让旧巷的一角显得几分诡异，这是让少年无比兴奋的。他满怀期待地跑到照相馆，结果晒出的照片全都模糊不清，一个人的魂魄难道就是模糊不清的？少年大失所望。

照相馆的人说，照相时不要抖动。

少年喜欢走在巷间的感觉，一抬头，就望见蔚蓝的天，一点也不深不可测的天，仿佛伸手可以抚摸。天上浮着朵朵白色的丝绵，上等的丝绵，无数记忆中的蚕踏歌而去，把丝绵履平，在祖母的手间，可以做孩童的冬衣和绒被。天特别的蓝，蓝过孩童手中的《花间词》，蓝过唐伯虎画间仕女的云鬟，蓝过江南朴素的蓝印花布，蓝是一个孩子眼中几乎失传的蓝；浮云特别的白，白过古人《调和服侍器用颜色》间的白，白过春雨后稻田里浮起的水汽的白，白过清晨在竹林刚拔出的笋根的白，白过白石老人的白，白是湿润乡间素蕊仅存的白，它们是云头的花朵，在悠闲地散步。

这样的天悬空在旧巷的枝头，少年常常要看到梦见过的纯粹。

黄昏在巷口最先暗淡下来，夕阳在青石路面洒上了一层金粉朱砂，古色的青石也泛起淡淡的光芒，这种光芒是含蓄的，是温情的，是没有火气的，人走了过去，像走在泛黄的画册中。葡萄架下围了一群人，看两个老人的厮杀，一个穿着泛白的汗衫，一个穿着冒洞的背心，也是洗得泛白，两个人的衣服是少年见过的最形象——半斤对八两，难分上下。他们在石桌上的方寸之间狠斗棋子，有时候其中一个会狠拍着桌子，一只脚几乎跨到了石桌上了。围观的人也是屏住呼吸的，过了许久，忽然一片哗然，一场战斗结束。一个老者心满意足地笑，一个死命地拍着大腿，悔恨有加，早知今日何必当初啊。这两个老人是少年熟悉的，他放学回来几乎每天都会碰到。

楚河汉界间，这两个天天见面的人，有点鱼死网破的味道。人与人间其实总是难决雌雄，今日的胜或许就是明天的败。

厮杀啊，每个人的一生都是一场战争。

有一次少年伸长脖子去看，看见水漫金山，天昏地暗，其中一个老人头上已经顶了两块砖了，蹲在石头凳上，脸憋得通红，眼看着残局又要破了，少年忍不住笑了，顶石头的人狠狠地白了他一眼，“去去去，小屁孩！”少年伸了伸舌头，还是有些同情他——眼看已无退路，项羽将死。少年眼尖，看到柳暗花明的活路，想吐露天机却不敢言说，脚都顶起来了。少年心里想，借你一匹坐骑吧，直捣黄龙，杀他个干干净净片甲不留。坐骑是张逸云张相公的白龙马，当年萍乡城郊的汪公潭里有恶蛟危害四方，他骑白驹而至，挥剑除害，白驹踏蹄潭间，溅起朵朵浪花，雪白雪白的。

少年抬头望天，白龙马踏下的浮云疲倦了，只见星光点点，巷间的粉墙斜下薄薄的影子。

少年心里一惊，错过了晚饭了。拔腿就跑。

巷口的另一端，母亲在淡黄的路灯下翘首，身影拉长在青石小径，她的身后是漫天的星光。

少年常常想过一幅图画：在暮色间，一个人撑伞走在巷口，雨很大，很孤独，大得地上溅起一层白雾，他的裤管全湿了，他觉得会是走在黑白的老电影间，又觉得有些愁意从背上渐渐爬了上来，无知的愁啊。雨越大，看不清前方，唯有迷茫，迷茫如未知的前途。

但这仅仅是他的一厢情愿，他到底不曾去过，在这样的雨间。那年十六岁，他是做好准备离开了。

雨终是来临了，一径的雨意——寒蝉从青石的缝间叫出了秋意。

雨落下来时，巷间是空的，地上的青石是灵的，雨水顺着石缝流着，流向未知。

一场秋水，空流——

战火蔓延的一年，他满腔悲愤，怅然若失的锐利早已不是名利之心，阳光惨淡，和夫人于凤至牵手，出这青石巷口，这是异乡的巷，或许有一天他会把这当作自己的童年，“11月27日，昨有一现教先生告余，三侯庙有一阳兑先生，能知咎。我们步行十里至大田村的三侯庙，来访这位阳先生，知他是 斋公，在此一方，有点势力，他不在家，余等空返。”那疏黄清冷的土屋后，雀飞草间，轻鸣，泠泠不绝。他也曾叱咤风云，也曾长安城中朱雀台上指点江山，麾下千军万马，也曾看灯下美人，看风中牡丹。

终是访隐士而不遇，唯见秋水漫漶。

隐士早已留下绝句，不遇——无果，救国也好，杀敌也罢。

这是民国的往事，少帅站在风中的青石小径间出神，拭手去腰间拔剑，腰间哪还有剑，斑斑驳驳的青石上是一生的寂寞。

寂寞怅然若失……

鬼影绰绰

杏花，宛如冷霜，气若游丝地在寿山石一角，春末的常景。

亭台早已颓败，周边长满了疏黄的野草，池塘干涸，一些假山石头暮色垂垂。少年去过这处旧宅玩，母亲知道后，不准他再去，传说解放前有大户人家的小姐淹死在池塘间，阴气重。少年觉得有些兴奋。忍不住去过几次，什么也没有发现。

倚栏的小姐，轻摇着绘兰团扇，她穿着紫色银边的旗袍，腰身柔软，旗袍间绣着的芙蓉婉婉无力，如团扇下的微酽的花气色。她的脚下一池的明黄，似乎疲倦的池水，浮了几枚钱荷。熏风徐来，旗袍上的芙蓉跳出了深深的叶影，一只黑猫寒光一闪，须臾，消失。少年看不到她的脸，那应该是一张画卷上的脸啊，少年沿着池边走近，池水如镜，有亭子的倒影，仔细看却没有小姐的影子。少年心生疑窦，复看亭上，栏边空空，那把绘兰团扇还悬在空中，顿时魂飞魄散……

梦醒，满头的汗水，湿了枕头。少年一直记得这样一个与传说相遇的梦境，它是童年的白墙上投下的紫影，如一帧古卷上黯淡的风物——小姐、旗袍、腰身、团扇、芙蓉，风物——虚无，故去，或许它们均是昔日种下的情种或善根吧。

在故乡的民间，鬼是无影的，不管是在水面还是镜子中，均照不出它们缥缈的影子，这是少年甄别人与鬼的唯一证据。他那时大约在看蒲松龄的书，一本借来的旧书，扉页和底部都是暗黄，有了时间的沉浸，才有作品的经典。而那阙梦间见过的腰身，却是最美丽的，像一篇在灯火阑珊处静静等他的文章。以至于他长大后看女人，总会觉得腰身比容貌更重要。

这个少年是我。

鬼影是江南一道湿漉漉的流光，流荡着浪漫和不羁，还有什么想象能比它更飘逸？鬼影的想象，轻易抓住任何一个有故乡的人的童年。

故乡李家巷有座破败的旧庙，早已没有香火和菩萨塑身。蒲松龄蒲先生的书间经常会出现如此的旧庙，旧庙如同未知的传说或念想，充满悬念，悬念在牡丹隐约的花气间在黛瓦暗淡的雨渍间在紫藤墨绿的阴影里在灶台游丝的白烟雾里。儿时上学总要路过的，忍不住要伸过头去多看看几眼。庙间残门半开，门上的朱漆早已剥落，半掩的一扇更增加了少年迟疑的好奇，庙间忽明忽暗的，视觉越发的幽暗。旧庙里住了一位遗老，无亲无故。夏天里，他总是光着膀子摇着蒲扇坐在庙门口，脚边放着一只搪瓷茶缸，茶叶黄黄褐褐浮满缸间，喝几口之后就会露出结满茶垢的内壁，我怀疑他的缸里有一天会飘出黑黑褐褐的鬼魂来，盈盈荡荡站在庙前的香樟浓密枝叶的顶端。

老人很神秘，神秘在于晚间的他一个人怎么敢睡在阴阴沉沉的庙间？我偶尔会在庙前探头探脑，老人看见，摇摇手中裂开的蒲扇，示意孩子过来。他坐在竹皮椅子上娓娓道来，这张竹皮椅子已经发红了，断了些许根竹条。老人说见得最多的是“踩梦鬼”，他说得轻松，像自己家养了群鸡或者鸭一样轻松。这种鬼是调皮的，会骑在你的身上，在梦间摁住你的脖子，它只是会让你动弹不得，呼吸困难，却不会为难你，它的戏耍就是要踩着人们的梦境。人们很难看到它的样子，其实它一点也不凶神恶煞。老人说有时他会假装睡着，到了半夜，就会听见阁楼上密集的脚步，像一群老鼠奔来跑去，它们在玩耍呢。听到这时候，我的头发就开始打架，似乎可以听见头顶吱吱的声音。我忍不住问，后来呢？老人吃了一口冷茶，面色凝重，缓缓地说，后来听见它们下楼的声响，脚步轻盈，其中的一只如一只猴子跃上床间，伸手掐住他的喉咙。这时老人忽然睁开眼，断然喝了一声：“畜生！”鬼落荒而逃，阁楼上一阵远去的密集脚步。说到这时他的声音突然提高了八度，我吓了一跳，很着急地问，看到样子吗？老人就笑着摇头，“伸手难见五指啊。”我很失望，有些怀疑老人在故弄玄虚，他大概就想吓我一跳。我有点赌气，掉头走了。老人在身后喊话，再讲一会儿吧。我回头大声说，再晚回家就没饭吃了。

天暗了，旧庙前古樟间飞回很多归巢的乌鸦，它们的翅膀拍打着树叶，噗噗地响。暮色在树梢上微微地动，如镜子间粉墙上强颜欢笑的胭脂残红。

次日，我不再摇头晃脑地走过，老人有了新的版本，说夜间扯住了其中一只的后腿，毛毛茸茸的，估计长得像只猴子。

我将信将疑。这只猴子，其实老人心里的孤独，长满了毛茸茸的苍凉。孤独是他手中那盏寡味的冷茶。而那阁楼上密集的脚步却拓展了无数心存余悸的想象，鬼影是虚无的，虚无在雾气间，在月色里，在水汽间，在凌霄花的妖冶气间，因为触摸不到，所以它的存在游刃有余。

停电了，夜像一个黑色的庭院，庭院深深，深不可测。

哥哥端着灯盏走进卧室，给我洗了脚后，把我塞进被窝，我那时大概还很小，小到不能自己穿衣服。屋外的淡淡月华渗入，颇有几分神秘。我睁着眼睛望着头顶上阁楼的木板，灯盏的影子倒映在上面，像一个人摇摆不定地故去。脑子里忽然想起旧庙老人说的“密集的脚步”，我知道它们是虚假的，于是让它们在想象中死去，然而，它们又轻易复活，风飘飘轻飘飘而来。我有些害怕，却又不能说出自己的心事，因为哥哥会笑我是个胆小鬼，母亲常常告诫我，“男子汉大丈夫何惧有之”，每回一听，我总会仰首挺胸的。我卷了卷了脚下的被窝，说，哥哥给我讲故事吧，要好听的。哥哥问，什么算好听的。我一时语塞，答不上来，把头往被子里一埋，“哎呀，反正就是好听的。”

哥哥笑了：从前有个农夫娶了一个妻子，生了两个孩子。我暗想生孩子有什么好听的，隔壁的婶婶昨天一次就生了两个呢。有一天农夫遇见一个道士，道士说他脸上阴气很重……我恍然大悟，用手指塞住耳朵，叫了起来，“不能讲鬼！”这时，哥哥猛地吹了一口气，如豆的灯盏忽然灭了，整个房间都黑了。我只听见自己起伏的呼吸，眼前仿佛有些不可名状的物质飞来荡去，浓，淡，淡，浓，一点一点地忽远忽近，我觉得它们不怀好意，它们仿佛是从蒲松龄的书间从李家巷的旧庙里逃逸过来。我浑身都起鸡皮疙瘩，哭着尖叫了起来，明明知道自己的这些是幻觉，明明知道哥哥就在床边，因为他总是要这样逗着我耍的，可还是心里毛毛的。童年的恐惧和想象总是合拍的，在我眼间的黑暗如同恐惧，深奥莫测。

尖叫是有效果的，听见划火柴的声音，“哧”，一团火光，映出哥哥意犹未尽的笑。

哥哥端着灯盏，一脸神秘，凑到我耳边："鬼吹灯是吹不灭的"，我又恐惧，又兴奋，又尖叫了起来，"不许讲了，不许讲了。"哥哥说不讲那我走了啊，我一把抓住他的衣角，坚决不肯松开。后来我做过试验，拿盏灯给一个长得很好看的女孩吹，她是我的邻居，每次见到她都像从几枝桃花边出来，我大概觉得这个美丽的女子有些妖冶之气，只是每次她都是一口气就把灯花给吹灭了，我觉得索然无味。

我闭上了眼睛，一只手还是不肯放开哥哥的衣角，脑间仍然会冒出那个故事的场景，一个和自己同床共枕的女人竟会是一个埋伏的鬼魂。心生恐惧的同时我又很放心，因为，那个故事往往想象到最恐怖的时刻，我就可以睁开眼睛，看见哥哥，恐惧魂飞魄散了。

窗外月华渐浓，一个孩子在灯火摇摇欲坠中沉沉睡去，他的手还紧紧地拽着哥哥的衣角，多少个童年的夜晚都不肯松开。

熟睡的夜晚，我常常会莫名地醒来，四周都是陌生而似乎熟悉的黑暗，黑暗的阁楼，紧闭的窗户，格椟冰纹间的蜘蛛网，老态龙钟的挂钟，格窗边上挂着的古琴，钨丝枯槁的灯泡，这是一个隐约露出狰狞的场景。我感觉胸口被人狠狠地摁住，喉咙间仿佛被塞满了棉絮，再也无法喊出自由的声音，尽力地想挣脱，像长大后我要挣脱某种文化传统的束缚一样。无论怎么地用力，也是徒然。我想睁开眼睛去看摁住自己的人，这时我是无比恐惧的，因为听见风吹落叶的声音，听见哀哀的猿啼，仿佛看见云帐内有团白雾间坐着那一个弹着弦子的"踩梦鬼"，它也是一团弥漫的白气。"踩梦鬼"为什么会弹弦子，这个我也觉得奇怪。但那刻我是绝望的，因为到底逃不开这恐惧的力量。这时，忽然醒来，汗沁透衣被，凉凉如冷泉。

阁楼上一阵密集的脚步声跑过，是一群觅食的老鼠，我全身的毫毛都立了起来，迅速地打开台灯，一有了光亮，心里的恐惧淡淡，不知何时又沉沉睡去。

次日，起床，昨夜的梦境游丝仅存，恐惧不过如此。幼时，我体虚，常常会在夜间出虚汗，汗如豆滴，母亲请道士在我的腕间系了一根红绳，说，辟邪压惊。

巷口，曾经饿死一个叫花子。听说他死时，身上站了一群的乌鸦。

夜晚，我看完电影回来，一个人走在巷间，仅有的一盏路灯散发着黄黄的光晕，照着冷冷清清的青石，一群飞蛾在环绕。我一边走着，看到影子晃动在粉墙脚下的合欢树上，合欢花早谢了，叶子脸色惨白地叠加在一起，风一吹过，肆无忌惮地交织得更响了。我哼着壮胆的歌曲，加快着脚步。

粉墙顶上的黛瓦间，一只白猫在无声地移动，月光下它的毛发越发的瘆人。我知道这个时候不能跑，为什么，因为跑的话，厉鬼会跟着你的脚后跟跑，一直跑到你跑不动为止。我有点仇视这只白猫了，猫是无情的动物，它的孩子往往都不知道父亲是谁。传说猫的眼睛里可以看到鬼魂，我曾经长久地注视着一只猫的眼睛，确实看到了不同——我自己的眼睛——人世间的鬼魂，均来自人的内心。尽管如此，我还是觉得它是很妖气的。

快到巷底时，白猫纵身越过我的头顶，窜进粉墙之外深深的夜色中。我的心被揪得几乎悬到了嗓子处，感觉脑后有淡淡的风。这时会想到一种鬼，它在深夜跟踪在人的背后，像老朋友一样拍拍他的肩膀，人一回头，就会看到青面獠牙的凶煞，一回头它就将你的灵魂带走了。我心里像打拨浪鼓，我向毛主席保证，肯定要比拨浪鼓还打得更快，牙咬住嘴唇，步子迈得更快。

终于望见家里的灯光时，我的心才卸下石块，嘴唇已经咬麻了。放下心回头望了一眼身后，什么也没有见到，一盏路灯在巷子的另一头露着隔夜老茶的颜色，孤零零的颜色。

一条旧巷的恐惧顷刻间烟消云散。

幼时，望见旧折扇，屏风，佛珠，枯藤，草堂，远山，炊烟，妙龄女子，枯槁老人，都可以轻易生出想象，蠢蠢欲动的神鬼的想象，如青瓷片上漫漶起浅浅绛色或淡淡青绿，漫漶得气韵生动，雨痕透逦；如春夜间，少女微微醉后，脸色酡红，眼色迷离地看月色在碧绿的香樟树上飞白；如雪夜，听见微微融雪的声音，一行脚印轻轻印过。月色留影的想象不可捉摸，不可捉摸的活活脱脱，是青青绿绿的美，是湿漉漉的美，是处女独坐春夜的美，美过古琴的神韵。浓，淡，淡，浓，不浓不淡，且浓且淡，时浓时淡，忽浓忽淡，鬼魂们在干净的素卷间，晕染，幻化，浓在淡间，淡在浓中，擦着萧萧的风声和心驰神往的飞白……鬼影的美，美在幻华，幻华却一点也不空洞。幻华是幕高高兴兴活活泼泼的旧电影，映出孩子的烂漫和不羁。

不高兴的时候也会生生冒出。一年，故乡的电视台播放香港电视连续剧《钟馗捉鬼》。香港的电视剧可是个新鲜事物，消息一放出，吃过晚饭后，家家户户的人都挤到了居委会的会议室里，实在挤不下了，居委会主任就把电视搬到了屋外。那时14英寸的黑白电视机是个奢侈物，赛过现在的“宝马奔驰”。主任有点不高兴，嘟囔着“平时开会没到这么齐过”！电视机前的人围得里三层外三层，有的打着毛衣，有的嗑着瓜子，有的来不及放下饭碗就跑来了，端着饭碗脖子长长，像一只迷路的企鹅，盛况肯定超过现在任何一部大片的首映。

八点准时开始，像倒了几十篓青蛙的现场顿时鸦雀无声，居委会主任清清嗓子，“马上开始了，肃静！电视开始前，先说个通知。”有人起哄了，一阵喧哗，人们不耐烦了。主任只好打开电视，他的身后粘满着无数双直直的眼珠子。电视屏幕上出现的是一片雪白，像隆冬里迷茫的毛雪，主任左拍右拍，一片雪白；右拍左拍，还是一片雪白。线路故障，钟馗先生在故障中 。人们面有愠色在吵吵闹闹间散开，剩下几个心存不甘的孩子，眼勾勾地望着主任最后把电视锁进会议室，“咔咔”，套锁的声音很响。主任对我们挥挥手，像对一个时代挥挥手，他说，“回去吧”。

回家的路上，是夜的落寞，风是穿过老树的风。

这次错过的电视剧，大人们倒无所谓，第二天就不再说了，像没有发生。我却耿耿于怀，耿耿于怀的是一场错过的欢愉。鬼影是童年最无心的敬畏，宛如一位热血青年对艺术最无心的敬畏，一位如花少女对时间最无心的敬畏，所以生出了无比的迷恋。

童年，你才是鬼影唯一的故知啊。童年，操缦的钟子期；鬼影，听琴的俞伯牙。

鬼影如一阙梦境，没有天真，没有浪漫的心性是不会有鬼影的飘逸的，鬼影的美如海棠无香，如操琴者无心，鬼影美在无形。成人世界的生活太现实，早把这个梦做破了，一个现实的现世是不会云遮雾罩、深不可测的。成年就是和故去不断地割裂，不断地丧失，最后柳絮迎风色色空。

童年还有一次遗憾，为了练胆，一个人在暗夜走过坟场——子虚乌有的童年，隐约在旧故，在水波脉脉的风华间。

第七辑

一个人的江西后花园

老　桑

最近，常念老桑，老屋背后的那一株。它老态龙钟地俯身在黛瓦屋顶的一角，倾斜得厉害，晨曦暮气间，独自入画，翠色沧桑。沧桑是需要浸淫年月的，浮华尽洗，匠气毫无，它确实很像一个多年前离开的老人，她喜欢在春日间在树下坐着，绿荫婆娑，那株大概就是这一株老桑了。

祖母姓欧阳名群，以至于成年后我对欧姓人充满好感，祖母在我出生前一年去世，我由此记得这个年份。我没有见过祖母，却时常会心疼她。她像老桑脱尽了最后的枝叶，在冬天里隐去了，被人渐渐忽略。对于一个逝去的老人，她遗留在我和父亲的眉宇之间，关于她的故事零零星星。

今年春天回家，老屋依旧，桑树也在，越发的暮气，暮有古色。它确实很老了，连父亲也不知它的年岁，有零星的嫩绿吐露，绿是新柳绿，像刚刚被调出的嫩绿。老树新芽，愈发入画，只是身躯更倾斜了，似乎要倒入屋顶的那一片黛色之中。心里舒服极了，一段逝去很久的岁月重拾。岁月不再，回忆却可以，回忆是最好的画师。关于祖母可用水墨轻点，在宣纸上散步，素处以默，机妙其微，“素默”二字，最好最贴切。而这个春天桑树的新芽却是祖母醒来，这就是情趣，情趣是画中真正的大师。

儿时，常期待春归，老桑在这个季节里是枝繁叶茂、生机勃勃的。孩子的目光往往放大缩小，事物变得高大或简单，抓大放小又会精乎其微，正是为官为人之道，而容易满足也是孩提时代的标识，只是悟到时已经堕了恶道。真正吸引目光的是那些乌的黛的黑的红的粉的青的大的小的嫩的饱满的密密麻麻的桑椹，附近的孩子都会在桑树下期待着春天的味道。胆大的可以一展敏捷身手，攀上树间一饱口福，只要愿意，谁都可以采摘，我从未把树作为私有，在这个时候最得意，有坐拥百城的得意。

春雨一夜，落英缤纷，树下是一地熟透的果实。春风化雨，它们是来客，乌紫紫的桑椹散落在雨痕逶迤的草地间格外凝练，沾满了一粒粒晶莹剔透的露珠，起得早的话，随意就可以捡上大半盆，吊桶井水清洗，过水就好，舌头就在享福。二哥喜欢在我吃的时候讲笑话，我忍不住，总会“血口喷人”，“血”是乌紫紫的，嘴是乌紫紫，牙是乌紫紫的，舌是乌紫紫，整个童年都有乌紫紫的早晨。我从不敢攀上老树去摘桑椹，自幼胆大包天，在老桑面前就是不敢。儿时从未把老桑和祖母发生联系，却还是胆怯，也许就是暗喻，让一位故去的亲人一样可以遇见后人的尊敬。

父亲常说起祖母吃鱼鳃的事，那个年代很少可以吃到鱼鲜，一到家里开荤时，祖母总是拣着鱼鳃吃。她对她的孩子们说她喜欢。鱼鳃是要扔掉不能吃的，她把鱼肉让给孩子们，一个温情的谎言让自己品尝的是最苦最涩的那部分，柔软美味则给了孩子们的一生。父亲在前年给祖母写的祭文中，我敬重地抄录一段：

风度自然，脸露笑容，身材不高，小脚女人；
菩萨心肠，和蔼母亲，远亲近邻，磊落光明；
是非曲直，泾渭分明，不拘小节，不徇私情；
婆媳融洽，姑嫂同心，父兄姐妹，义重情深；
勤劳节俭，手巧心灵，纺纱织布，针线手工；
夜深人静，独坐灯前，缝补衣袜，装点儿身；
……

祖母在父亲的心中是完美的。充满遗憾的是我，我与祖母血脉相连，时间却令我们错过，我只能用回忆作画，觉得好，卖给自己的前世今生。

黛 瓦

老屋是瓦顶，瓦是黛色，层层叠叠，层层叠叠，如数不清的拓片，又像帧帧画卷，逶迤而去在江南的画派里，远看近观都是各自味道。黛瓦好看，却需要抬头，看来我还是年轻，做人做事不能老是头颅高昂的。20世纪70年代初在老家有这样的屋场无疑是气派的。80年代家里搬迁新居，父亲却一直住在老屋，他不愿意搬出，说自在，哥哥姐姐们做了许多工作也不通。

瓦屋在南方常见，江南更是这样，但在萍乡城里却少之又少，前些年回家倒不觉得，近年来越发的稀奇。2003年除夕，我站在新房的楼顶看夜色里的老屋，这座并不起眼的老房子竟大有吉祥古意。晴蓝的夜幕火树银花，周遭的新建筑火气十足，有火气说明太浮躁，老屋却安安静静，像一张斑驳古琴，没有一丝的火气，心情顿好，新岁添好情趣，喜上加喜。

老屋有阁楼，杉木造。杉木在老家用作房梁和家具，俗语有云：“水泡千年松，风吹万年杉”，杉木经得起年岁。快半个世纪过去，老屋里的杉木依然可以拆来做家具。这些杉木据说是父亲一根一根用木作独轮车从白竺山里买回来，老家管这种车叫“土车子”。

五六岁练字时，兴趣盎然，恨不得到处题字作赋，作品还出现在那驾木作车上，题“叶相良之车”之类，好不张扬，父亲看见时脸含怒色，可能是字写得还算顺眼，竟未发作，童年的雅兴一直遗留在车上，多年后还依稀可辨，尘灰覆盖下的是潜伏的童年。白竺山里，离萍乡市步行大约是一天的路程，晨曦薄雾中，父亲推着“土车子”出发，山峦起伏的视线里，盛藏了他对家的未来。我常想象着蜿蜒山路间，那个星光做伴的父亲挥汗如雨。山在路上，路在山间，影影绰绰，两旁的竹林紫气氤氲。有雨时，顶上斗笠，卷起裤腿，在树下歇会儿，抹去脸上密密汗珠，听雨林中，云低天阔。说远了，幸好也不算太远。

据传，战国时期的越国开始制瓦，明清时期形成规模，到清代几乎接近现代。瓦分瓦当和瓦片，瓦当又有上下瓦当之说，瓦片有许多种，比如天沟水落瓦，天沟盖瓦，福字瓦，天字瓦等等。而故乡黛瓦的制作，需要特殊的泥，老家管这种带有浅青灰色的泥土叫“瓦泥”，类似于观音土。制作的工序不算复杂，但讲究工艺，踩泥，定形，晒干，进窑。手艺好的瓦匠师傅讲究原材料的质地，好的瓦泥，色泽纯粹，质地柔软，软如油墨。和泥不是简单的力气活，需要时间、脚力、给水的恰到好处，瓦片晒干时才不会开裂，保持着原有的弧线。进窑是要相当火候的，窑烧就像闺中少女的亲事，幸福与否关键在此。我总觉得窑烧是充满仪式感的，这个过程聚集了金木水火土五行的力量，仿佛一部民间的哲学史。瓦出窑后，一沓沓垒在空旷处晾晒些许时日，直至火气渐散。

老屋的瓦顶间嵌有玻璃，顺着椽势，斜斜而置，这是天窗。堂屋有，卧室有，厨房有，火庐有，乌乌青青的一片瓦色中，明晃晃的一格一格，像暮色中乌冻冻的湖面上的月，月亮是圆的，这些却是长方形的，谁见过长方形的月亮？我有些得意了。老家管天窗叫“明瓦”，简简单单，自在传神。计成谓天窗为“仰尘”，多好听的名字啊，很是风流。老百姓家中设天窗主要为了采光，有豁达大度的意味，屋里的一切俗事都天地良心，大可敞开给老天爷看。我喜欢天窗，下雨时雨水落在上面，变成渍花，腾起一团团水雾，汇成涓流又顺这凹处下去。有落叶会成为来客，留下一团团阴影印在屋里的水泥地板上，影印大小不一，仿佛一方方年代许久的闲章，雅气。大雨之时可以看见天公留下的痕迹，风卷着尘土树叶树枝匆匆忙忙过去，老天爷想必很忙，天下都这么大了，何况天上，他的脚步必须来去匆匆。雪来时，天窗不会被盖住，它有屋里人的气息，有俗世间热气腾腾的饭菜香，屋里其乐融融，天窗也“其落融融”，是雪落下来就融化了，天窗上形成一个鸡蛋圆，周遭布满了冰裂纹，也是冰清玉洁，想必计成就是看到雪里的天窗才想出如此传神的名字。这样的冬日里，祖母要在，一定会把我搂进怀里。晴天时，一束束好天光从屋顶泻下，光束里有微尘轻扬，老天爷的恩赐，人觉得安详，觉得自己也是一颗微尘，要飞的感觉。奇怪的是，看到光束我总会想起小学的文章《多收了三五斗》，叶圣陶的作品。天窗上也常有不速之客，青鸟的雪泥鸿爪，和闪电一起划过灰暗的天幕，也会有野猫踮着脚在上头试探，它怕一脚踩空跌了下来，透明给了它错觉，鼻子红得醒目的它神秘莫测地在屋顶张望，确实跌了下来，跌落在我的童年里，记忆里一直都有它的存在，一只红鼻子的大白猫。

梅雨来时，屋顶越发的乌青，沉沉黛色有了水性。春天的感觉，像打碎了一壶乌墨的溪水在上面薄薄地流淌着。条条涓流顺着瓦槽落下屋檐，雨稍大时是千丝万缕，雨小些时是大珠小珠落玉盘，盘会被滴穿的，屋檐下墨黑的阶沿石穿了，留下凼迹。忽然有衣着朴素的妇人用衣袖遮着头从雨幕中跑进画里，一只青鸟飞进云端，是母亲跑了回来收衣服了。

我现在知道了父亲长住老屋的理由，文徵明的弟子周公瑕曾在一张紫檀木椅背后刻上："无事此静坐，一日如两日。若活七十年，便是百四十"，他喜欢的仅仅是一把檀木椅子，而父亲却把老屋当成了一把大大的太师椅，他在其间早就安静地坐过了一百四十年，古代的诗人羡慕不已，周公瑕又怎能比。

油布洋伞

雨是萍乡常客，骤雨忽落，有伞的手忙脚乱，没伞的碎步跑开避雨。路上的尘土却是愉快的，尘嚣飞，脚步飞，凌乱匆促也是好场景。有雨就得有伞，小时候家里用油布伞，骨竹篾，面大，桐油伞面金黄油亮，颜色像白蛇娘娘喝了雄黄酒原形毕露。小时候怕蛇，看《白蛇传》后，老觉得身边的漂亮女子均有妖气，撑开油布伞或许就高枕无忧了，却不敢当着她们的面撑开，生怕洞识了我内心的恐惧感，故作镇定，小孩子故作镇定是件很好玩的事情。放学的路边黄了，是夏天的第一季青瓜的花开了，黄色的小花开得含蓄，一点也不张扬，还是令人眼花。这是众蛇出洞的季节，身上的衣衫轻薄了。

萍乡管这种油布伞叫“洋伞”，我觉得一点也不洋气，也许是年代很久前它洋气过，故名之。洋伞已经流传了很多年，据说伞是鲁班妻子发明的，起初的功能却不是用来遮雨，而是防晒，看来护肤美容源远流长，想必鲁班夫人肤色一定很白，脸蛋如刚刚剥开的鸡蛋。我对这个传说充满怀疑，我觉得伞还是鲁班做的，点子或许是夫人的，为了体现爱夫人，把制造专利无私出让。如此看来，伞的发明和爱情有关，也是风流黛痕。尽管伞发明的出处已无从考证，但可以肯定，从制作的样式和取材来看，从古到今，变化不大，像一只养了多年的紫砂壶，茶叶换了无数，壶还是原迹。我常幻想自己怀抱着四大金刚之北方多闻天王手中的那把，一撑开，变成一朵巨大的莲花，可吞吐世间万物。儿时想象力肆无忌惮，真是羡慕。这位天王还有个好玩的名字，叫“施财天”，给钱的大爷有，给钱的老天爷倒没听说过。我老念成“施添财”，神仙先生请原谅了！他的确是财神，不过是古印度的，他为咱中国人出过力，帮助唐明皇打败了入侵的藩军，由此获得了中国的永久性签证，也就是绿卡吧，那时候要得大唐的绿卡，可比现在的美国绿卡要难得多，可见金贵。现在国内寺庙基本都有他的神位或神像。我在上海学习时有个福建的同学叫“朱添财”，他叫我人才，每叫一次我就回应喊他“天才”或“小朱，小猪猪”，好过瘾。

电影《徐霞客》和《倩女幽魂》，主人公都是背着洋伞云游天下，洋伞在那个年代肯定是时尚的标志，和现代人腕上的名牌手表、珠光宝气的项链首饰、眼花缭乱的手机一样流行。要不那些公子、侠客们老背着它干吗？想象着满大街都是青衫纶巾，人人都背把洋伞是何等的气势。

尽管《白蛇传》百看不厌，也知道洋伞是那个时代的时尚，可还是不愿意出门带伞，缘由简单：懒惰。它太沉了，年少的心是不堪重负的，只想着去飞翔，箭一样飞射出去，母亲“天墨暗的，会落雨，记得带伞”的叮嘱落在身后很远，是缥缈于黛瓦上的轻烟。五年级的一天，乌云压境，大雨倾盆。我在昏暗的教室里忐忑不安，挂钟在墙壁上走得昏昏沉沉，母亲重病，肯定不会像往常一样来送伞了。下课时，我颇为沮丧地走到校门口，忽然发现母亲在雨幕中，身影纤弱，雨像一盆盆水倒下，风尘仆仆，石火电光般地飞溅在桐黄伞面上，变成少年的眼泪顺着伞骨滴落。那把洋伞不知在哪一年不翼而飞，寻不着它的踪迹，想必追寻我那年遭遇的大雨去了。我觉得它像帖，可以做年代的插图，在故去的清风里，孤独，像米芾的点，也像王献之的《鸭头丸帖》，更像琴家虞山派。

母亲手中的那把洋伞，它确实清微、淡远去了。

雨幕盛大，母亲牵着我的手走在噼啪作响的雨缝之中，眼前雨雾迷漫，脚下踩开一朵朵白莲花。人生白驹过隙，我是过客，是布景，人们都是，而大雨还在，哪朝哪代都在。

香　樟

香樟南北皆有，印象中南方的要遒劲苍莽一些，纯粹个人的臆断。老家菜园一角曾经有一株参天古樟，冠入云霄，身躯大概六七个人环抱还很勉强。据说是明朝时期祖上种植，虽年代久远，但还是枝繁叶茂，生机盎然。

古樟是鸟虫的天堂，儿时，常看见各种五颜六色的鸟在其间跳跃，而居多的则是乌鸦，我有时候嫌它们太吵闹了，聒噪什么时候都让人生厌。现在的人们不太喜欢乌鸦了，但在宋朝以前它们却是吉祥鸟。《枫桥夜泊》众所周知，不必引用，张籍《乌夜啼引》有云："少妇起听夜啼乌，知是官家有赦书，下床心喜不重寐，未明上堂贺舅姑"，就是报喜例证。春天里，天破晓前就会有群鸟叫晨，它们是黎明的春光信使，叽叽喳喳、咕噜咕噜个不停，常常吵醒我的美梦。夜幕降临，百鸟归巢，它们栖息在樟树间，想必也会梦见飞翔，这是困扰我童年的问题，它们睡觉会做怎样的梦？

樟树有暗香，故名香樟，特殊的好气味还可以驱蚊虫，儿时我就常用点燃的樟树叶熏蚊子。樟木箱中的衣物更不用担心发霉生虫，还会留有余香，比香料熏衣好得多。大姐出嫁时，家里嫁妆就有樟木箱，漆为木纹状，那个年代要漆出这种效果需要很高的技艺。大姐学过漆艺，她师傅给徒弟的嫁妆上色是格外用心的。这只柜子留了快三十年，早被姐姐淘汰了，今年春天我结婚时把它找了出来，完好如初，光泽照人。我想用它做茶几，铺上素净之布，格外逸气，封筝很喜欢。她朴实，素净，少有物欲，我敬重她的淡逸之雅，就从桂林娶她过门，觉得骄傲，像整个桂林城嫁给了自己。

老家民间传说，古樟是有灵气的，想必长年吸收日月精华，有灵气也属常理。古樟之下多有蛇，巨蛇。一年，萍乡西门桥头一棵古樟在雷雨夜被闪电劈裂，树下发现了一条花蛇，躯大如碗。老人们说是孽障，要成气候时便遭天谴，以免遗患人间。世间的一切恶与邪总是难逃老天的法眼，所以老话总会说，自作孽不可恕也。由此，幼时，我对古樟心存畏惧，从不敢单独在树下玩耍。我期待遇见巨蛇，却又害怕它们。我家古樟下确实有条大蛇，据说是条乌蛇，我没见过，哥哥姐姐们也没见过，爹爹妈妈也没见过，倒是邻居家婆娘见过。一日早上，它像一团乌黑的雾气一样盘在树下，妇人魂飞魄散。乌蛇大有祥意，我觉得它一直在我的梦里，不经意便可窥见一斑，神龙不见首尾。乌蛇是老百姓的想象，民间的想象是篇好小说，一想就坠入云雾之间。

在萍乡，古樟不能随意砍伐，神灵在人们的心底潜伏，有至高无上的庄重。据说随意伐之会遭天谴，所以哪家要砍时，就会请道行高的法师先做一番法事。法师是人与神的翻译，他把人们的意愿告诉神灵，也就是请示汇报了。说砍树充满仪式感倒不如说是老百姓心怀坦荡，什么事都要做得光明磊落，心安理得自然相安无事。现在想来，先祖们其实早有环保意识，或许他们不愿树木遭伐，想出一出传说，好让古树遗存至今。

家中的那棵古树在十多年前的一天轰然倒下，倒下的情景我未曾见到，却有种从未有过的惆怅，仿佛眼睁睁看着恋人离去却无能为力。有人要在那里盖私宅了。昨天夜里，它再次吐芽，一吐，吐成了一栋灰灰绿绿水沙墙面的楼房，里边的鸟们却很臃肿，还会说话。楼顶瓦砾的阴影处露出一团乌色，上边的网状鳞片在暗处一闪一闪。

柚子花

午后，搬张椅子在院里晒太阳，沏茶，铁观音，倒是清淡，春天不太适合喝流行的普洱了，太浓了，会抢了春色。眯着眼睛看园里的柚子树抱住微风懒散地摇曳，树叶沙沙私语。谷雨即至，柚子花期到了，它们在枝叶间调皮地探着头。这是我在故乡的快乐日子，矫情，但确实是。

儿时，春末夏初时常在晨光间读书，搬张椅子在堂屋门口，朗朗上口。后院奶白的柚子花就在诗间开放，魂萦梦牵。诗其实是念给大人们听的，好要他们知道我在用功。

柚子花是我家常客，现在回家还可遇到。小时候，老屋后有柚子园，我只把它当成菜园，父亲闲暇之余在这里种些小菜，春天种辣椒茄子豆角西红柿冬瓜南瓜苦瓜丝瓜，秋天种地瓜萝卜马蔺卷心包菜大头菜白菜莴苣等等，我们常可以提前吃到市场上还买不到的新鲜。印象中少种黄瓜，黄瓜吃水重需强光，园中柚子树根盛荫重，故不宜种。黄瓜花期娇嫩，芸芸众生中举步维艰的生活它们会不适应的。柚子树与庄稼们性合，次第领骚，互成风景，相安无事。

菜园的春色不是玉兰，皆为柚子花，乳白色的小花满枝满丫，银装素点，远远看去像苗家女的头饰，暗香浮动，我的童年我的早晨我的夜晚间花香都会钻入被窝，枕在头下，何其清越。群鸟在花间跳跃，叽叽喳喳欢快觅食，它们偷走了春光的一角。有一年，柚子树间有雀筑巢，我每天都会去看看它的工作进度，它一点都没有偷懒，我很想找个方式表扬表扬它。

如今回家甚少，遇见柚子花开时，倒是像偶读闲书，读到心情素净，握住一段古琴遗韵，有管平湖的味道，自是好福气。管先生是琴中大家，有吴门虞派之称。想必，翻书时，后园已一地的香白。

雨来时常常没有征兆,一夜春风谷雨，万觖银花碾作灰，一地银白。花落了反而更是洗练，更像杜牧的俊逸。诗云“早知三日都狼藉，何不留将次第开?”是惜桂，我也犹叹柚子花落。

花瓣落了，蕊见星星点点的油绿探出了头，柚子也有如此可爱的时候。此时，已至白玉兰花期，老太太们捡两朵穿在线上，卖一元钱。女人们多喜欢挂一枚在胸前，清香有加。

广西有一种黑茶名曰“六堡”，和湖南的黑茶、云南的熟普齐名，普洱还没流行的很久以前，“六堡”熟茶就卖得很好，特别在东南亚一带有固定的客源，茶叶老板们一点也不用操心销售。“茶之道”的陆军送了我一些十年珍藏，初喝时有霉干菜的膻味，众人喝不惯。秋天回萍乡时拿出来，有个从不喝茶的朋友喝了一杯，说，淡而不薄，虚其内心。顿时刮目相看。很多年后，才知道“六堡”分生茶、熟茶，喝到好的生茶，也是好福气。

喝“六堡”时，柚子熟了，一只只乳房在绿枝叶间傲然。

番薯糖

落日熔金，夕阳在故土撒了层微薄的金粉，孩子们放学的路在地上规规矩矩地拐着弯。

要看母亲做番薯糖，所以我在路上横冲直撞，跳动的书包后面是劈劈啪啪的脚步声。路上有群鹅追着我跑，少年，肥鹅，嬉笑，尖叫，好图画。它们有翅膀，我没有，肯定跑不过它们，腿上被戳了几口，又疼又痒。我在放学的路上经常会遭遇它们的攻击。鹅们嘎嘎地叫嚣，脖子伸得更长，我边跑边笑，再伸就赶上“姚莉琴”喽。姚莉琴是我的同学，脖子很长，我坐在她身后吃尽苦头，抄黑板上的笔记总是要跟着伸长脖子左摇右晃才看得清楚。小学几年，我上课时大部分时间眼睛里都是那长长的脖颈，以至于她的面容早已模糊，希望她不会由此而生气。

推着单车的剃头小王师傅在一边幸灾乐祸地笑，我会边跑边回敬他：“笑死哦。”小王师傅腿跛，人瘦弱得像一根符号，童年里，老远老远就听得见他“有脑剃么”的吆喝。脑袋剃了那还了得？其实是理发。老家的方言有时会让人一惊一乍。说吆喝是不合适的，小王师傅的声音比吆喝要温软，好听。他骑着单车摇摇晃晃，往返在乡间的小路上，是飘在故乡的一片落叶。周遭的荷塘，枯败着残荷。

在故乡，老的少的男的女的头发都是小王师傅剪，好次不均。老人大人他一丝不苟，从不怠慢；孩子们就是他的试验田，往往会剪出意外。一剪滑过了头，山水失色，小王师傅若有所失，对门的小林娶新媳妇了。他的失手如“撩乱春愁如柳絮，依依梦里无寻处”，撩乱的却是冬天的忧愁，小王师傅门前的荷塘荒芜了。

他一生未娶……

番薯在秋天收，挖破皮的蒸来吃，不吃的剁碎了喂牲畜，没破皮的一堆一堆窖藏过冬，一个冬天都可以吃，次年春天还能做种子。窖藏的番薯常用来酿酒，味道淡甜，轻轻薄薄，甘洌也淡淡然，是寻常百姓家的味道。没有窖藏的人家多会选些上好的连藤绑成一串，吊在房梁上风干。番薯过秋的最好，经霜后的番薯徐娘半老，起了皱纹，秋高气节天将番薯内敛的甘甜激活，它们在房梁上魂不守舍。取几只削皮，甚是脆甜，也可切成丁熬粥，还可切丝混在米饭里蒸，叫番薯丝饭。缺粮年代这是人们的主粮，如今在饭店却价格不菲，吃客络绎不绝。番薯丝饭当年吃得想吐，现在却成佳肴。大姐常青常叹：“这日子真是不知道怎么了哦！”番薯丝饭倒有些雷同文人的宿命，“贱日岂殊众，贵来方悟稀。”

番薯熟时，大人忙收粮，孩子们忙着摸瓜。我们常在风高月夜里潜入农家菜园，地瓜、番薯、甜瓜、凉薯，见什么偷什么，绝不会空手而归。次日早晨去上学，常能听见大人们在遭窃的田间叫骂，忍住笑心虚虚地走过。一次夜间，同学说发现了一块长势甚好的凉薯，一群孩子就蹿了进去，大肆蹂躏，确实甜得惊人。第二天，同学病蔫蔫地来上学，满脸都是霜打的茄子，问他是不是吃坏肚子了，他说不是，早上他妈说，“昨夜里，不知是哪些个天杀的毛孩们把家里种的凉薯偷了个大半!”

小廖妈妈说话时头发都竖了起来。

番薯糖可用来做米糖，老家叫“零生米糖”“冻米糖”。米糖是家家户户的御用年货。过年前的一个月，就会有做爆米花的安徽师傅在大街小巷招揽生意，爆过的米花就叫“零生米”。来做爆米花的人多，排着长队，母亲常叫我先去排队，等到差不多时她就提着新米出现。安徽师傅的爆米炉简直是个不解之谜，它让我一直保持着鲜活想象力。炉火吐着青舌，爆米炉在火焰上翻滚，通体红彤时，在炉口套上大麻袋，铁锤一敲，“嘭”的一声巨响，香喷喷的米花喷了满袋。孩子们发出一阵一阵咋舌的惊叫。孩子们对过年的期盼在一响响爆炸声中越来越近。

安徽师傅的手艺熟稔，少有手生的时候，偶尔将米爆成半生或焦黄，便会很抱歉地说不好意思浪费了粮食，后边的工钱都不收了，他们的收费是按炮数收，一炮大约两毛钱，和小王师傅理一次发同价，为此我们常叨念他乱收费。

爆米花打好后的当晚，父母一般都会架起大锅，烧红锅底后倒入番薯糖，凝固的糖渐渐融化开来，香味腻人，像做了个美梦后翻过慵懒的身子。黄晕晕的灯光里，父母的身影，影影绰绰，糖香氤氲，一部黑白老电影，我在一旁看得兴致勃勃。糖溶到沸腾时，倒入爆米花，搅拌均匀，铲起置入四方方的木架中，再拿竹作米桶来回滚动，压实，父亲臂力沉稳，动作甚有美感。米糖做好后，晾一晚，勾走了火气，再密封进糖缸，一个春节都有牙祭打。做得富裕时，次年夏初还有得吃。米糖做好后，只能晾一晚，时间长了就会烊化，烊了就是散沙一盘。

做米糕的前后几天，母亲会叫我去剃头，剃过过年头，吉利。我一般都挨到天摸黑时才去，头发在头上怅然若失。再摸着黑回家时，妈妈会生气，“这个王跛子肯定又想婆娘了，剃得像狗啃了一样。”

坛子菜

胖嘟嘟的大头菜很可爱，一棵一棵长势妩媚，颇有唐代遗风。“娉娉袅袅十三余，豆蔻梢头二月初。春风十里扬州路，卷上珠帘总不如。”我眼里的大头菜就是杜牧笔下的那位少女，明艳之春事。

春天老了。

大头菜也叫菜脑菜，肉质淡如缅玉。旺火，浇油，净炒，洒酒，翻炒到略有生翠色时，加上几段青葱，几滴香油，起锅就是百姓家的好味道了。也有切成丝状和里脊肉丝油炒，撒上干辣椒面，红红点点，寸寸柔肠，盈盈粉泪，吃客仿佛已在春山之外。想必此道料理也是六一居士桌上常侍，欧阳修也是江西人。

谷雨时节萍乡城里的饭馆都有这道小炒，我知道做得地道的有三家——“萍水相逢”“嫂子”和常青大姐家。“萍水相逢”的名字讨人喜欢，像拾起了一段轻梦。饭店设在秋收起义广场的西面，环城河从阶前流过。秋收起义广场落成时王光美来剪的彩，她对萍乡有深厚的感情，她的先生在这里开始了革命的壮举。有语云：“革命者其实是在革自己的命”，觉得很有道理，所以才能义无反顾。不知当年少奇先生是不是也喜欢这道家常小炒？

“嫂子”是间小饭馆，实在名字，实在价钱，实在味道，它在城市不起眼的边界，却并不妨碍它的好生意。饭馆没有菜谱，吃客们一来就直奔厨房，里面有一张十尺大方桌，说十尺太短了，上边盛满菜肴，腊味、时令、河鲜、禽类，琳琅满目，应有尽有。随意现点，想吃什么就点什么。第一回去吃时，刚刚点完菜回到包厢，还没落座，菜就热气腾腾地上了。吃客吃得畅快淋漓，店家忙得不亦乐乎，自然好味道不怕巷子深，来尝鲜的络绎不绝。

常青大姐家的菜脑菜是小家碧玉，又不失大家闺秀风姿，涉左及右，是不可多得的好境地，人不可能真正做到的中庸，她家的素炒菜脑做到了。菜并不是大姐炒的，有大师傅在，她是不敢进厨房的，大师傅就是绍华姐夫。他是我见过的最好的男人，乐观豁达，少有物欲，随遇而安，乐在其中。说他无忧无虑倒不如说是心怀坦荡，姐夫和父亲是同类人，心性坦荡，是更高的境地。难怪退休后的父亲开始写诗，文思泉涌，生活琐碎全是他的题材，现在我知道了只有具备更好的胸襟才能更好地写作。父亲七十有三，身体健捷，简食少欲之外，更得益于他的胸怀气度。

绍华姐夫厨艺精湛，胃口常被他吊得足足的，一想到他的饭菜就心旷神怡。附近邻里家有红白喜事多请他去帮忙掌厨，而过年过节兄弟姐妹在家请客吃饭也总是请他出山。所以大家都羡慕常青大姐的好福气，嫁给了这样的好男人，无疑是嫁给了饭店老板、饭店大厨、饭店服务员，加上心宽体胖的姐夫节俭性温，就等于同时嫁给了储蓄所和鸭绒被，以一赚五，看大姐的眼睛红成一片。

说炒菜脑，说到了千里之外，幸好和菜还藕断丝连着，不能说跑题。菜脑菜叶也是道好菜，洗净放入锅中，加入冷水，旺火，待水冒热气，捞起，挤出水分，切碎，油炒，油要够份额，如果是腊肉油更好，火要足，反复翻炒。香味弥漫，鲜质粼粼，这是“捞菜”，此菜好下饭，我总能吃两海碗白米。

菜脑菜还可以腌制。制作过程简单，洗净后撒盐，放在盆中反复揉搓，待盐分渗进去后，晒上几日，复用盐搓之，再放入瓷坛腌制。故乡人用的瓷坛多是黄褐色，我们家就有只一直放在堂屋的茶几下。盖上坛盖，在盛口处加上一勺水，这样就能保证密封。腌菜讲究的是密不透风，质地才地道，跑了气的腌菜是吃不得的。母亲隔三岔五会让我去看坛盖间的水是否蒸发，快没了时就加上一勺，气泡汩汩地往外冒，它们厌烦了坛中的日子。我老想会不会哪天冒出个魔鬼，它也允许我实现三个心愿，我第一个心愿就是长大，第二第三就经常换，记得太清楚。腌菜一般腌上一个月就可食用了，腌的时间越长就越好味道。腌菜炒腊肉、炒青椒、炒肉末，或与瘦肉丁压在油而不腻的扣肉碗底，那味道可以忘却一切山珍海味，现在外边吃饭，总觉得不及一碟青椒腌菜津津有味。

今年过年，在大姐家吃饭，些许年不曾回来的堂哥青松也来了，四特酒喝得畅快，醉了的青松连吃了四碗米饭，满头大汗。这些年他满世界跑却没吃过这么地道的青椒腌菜，绍华姐夫的一道小炒炒出了一家老小的陈年旧味。苏轼《水龙吟》的池中杨花是“春色三分，二分尘土，一分流水”，似花非花，绍华姐夫的青椒腌菜，菜已非菜，在我和青松的眼里，乡愿三分，二分童年，一分精致，我们的日子正在人间炉火纯青着。

芙 蕖

我对莲藕的认知大抵始于“绿杨烟外晓云轻，红杏枝头春意闹”时，江南的春天是热闹的，《东京梦华录》有记载，抄书一段：

次第春容满野，暖律暄晴，万花争出粉墙，细柳斜笼绮陌。香轮暖辗，芳草如茵，骏骑骄嘶，杏花如绣。莺啼芳树，燕舞晴空，红妆按乐于宝榭层楼，白面行歌近画桥流水，举目则秋千巧笑，触处则蹴鞠疏狂。寻芳选胜，花絮时坠，金樽折翠簪红，蜂蝶暗随归骑，于是相继清明节矣。

风光移花接木到了故土，儿时的故乡春光亦是如此，当然骑马踢球的没见过。我走在田间小径间，偶尔惊起一只潜伏的野鸟，笨笨地飞过荷塘，稀里哗啦地响。荷塘稀稀疏疏有荷尖冒出水面，晴空蔚蓝在浅浅的水面。农夫正在塘间撒着化肥，头上的草帽也是蔚蓝的。他反复地唱着：“砍断磊桥三块石，剪去出字两重天——”是萍乡的春锣彩调。田径边的水渠也会有荷尖冒出，我兴致好时会卷起袖子顺着荷茎往下挖，挖渠中的莲藕是不会被庄稼人骂的，老家管这叫“搂藕”，好听吧，像搂住春光秋月，搂住少女的细腰。搂可不是轻易的事，但每次我都大有所获。得藕三两支回家请母亲熬汤，莲藕炖沙骨。儿时，从我家穿过铁路就可以看见农家的田野，抓鱼，捕虾，搂藕，采艾，均是童年的部分，而现今这里早已荒废往事遍布楼市了。

夏天来时，荷叶茂盛。一支支云伞簇拥田间，绿云韵律，投影婆娑，荷花出淤泥，粉嫩嫩，煞是好看。孩子们常会趁主人不注意时，偷摘两枝莲花，插在衣领间，也是翩翩少年。2002年夏天在北京工作时，朋友邀我同去圆明园拍荷花。我们租一小船，穿行在昔日的皇家荷间。一杆撑过去，碧波荡漾，画家的一笔下去了，水墨在宣纸上自由呼吸自在地洇化，这个大城市的喧嚣在这里湮灭，我依稀摆渡江南——绿荷叶，粉荷花，翠莲蓬，惊惶水鸟，蝉鸣，点水蜻蜓，孤舟，水响，波纹，白云，艳阳，浓浓淡淡都是故乡的味道。到了湖心的小岛上，有人在喝啤酒，兴趣盎然邀我们入席。欣然而坐，酒是燕京牌瓶装，感觉却是上上乘，《陶庵梦忆》有同样的境遇：

到亭上，有两人铺毡对坐，一童子烧酒，炉正沸。见余大喜曰：“湖中焉得更有此人？”拉余同饮，余强饮三大白而别。问其姓氏，是金陵人，客此。及下船，舟子喃喃曰：“莫说相公痴，更有痴者似相公者。”

我不胜酒，归来时天旋地转，忘记了对方的姓氏。

《诗经》有云，莲，称荷，名芙蕖。周敦颐很喜欢它，他在我的故乡做官时建的濂溪学堂，周边种满荷花。《爱莲说》大家太熟悉不复抄，晚年他曾在庐山的莲花峰下傍山而居，号濂溪书堂，可见他对荷的喜爱程度。

莲可食用，亦可入药，还适观赏，既阳春白雪，又是下里巴人。莲藕中通外直，是出世，又是入世的。

近些年在广西工作，听说广西大学里种植了不少新荷，有一晚朋友约去荷边喝茶。荷叶茂盛，却有污浊之气，死水几潭怎能生养芳香？之后就没再去过。我常念起儿时的荷塘和那次圆明园的境遇，“月色苍凉，东方将白，客方散去。吾辈纵舟，酣睡于十里荷花之中，香气拘人，清梦甚惬”。如此真是风流，张宗子是我，我是张宗子。

茶饼草莓小笋糖罐子

茶饼、草莓、糖罐子、小笋在立轴画间，画纸暗黄，如乌龙茶茶渍。打开画轴，它们水灵灵地跳了出来，像少女从河里起来，头发，脸庞，水淋淋的。春雨正弥漫，一派翠色，柳烟里忽地飞出一只翠鸟，我欣喜若狂。

茶饼、草莓、小笋如新妇，娇艳欲滴，江南孩子的春天到了。

四五岁时的一个早晨，我尾随一个陌生的人上山。他上山打猎，我上山则猎。一路走去露水湿了裤管，竟不知身在何处了。数小时后未见我踪影的母亲急得满头渗汗，她怕儿子出意外，四处寻找却一无所获。而我已在群山之中乐不思蜀了，一个小人走在青绿山间，春风拂面，说不出的舒服，视线里千里目穷，浮出连绵远山，气象俊朗。我记不起猎人手起枪落是不是百步穿杨还是大失水准，却记住了什么是茶饼，粉嫩嫩地生在叶端，仿佛云头的花朵跌落下来。茶树在做另外一个梦，就有了异类—春意盎然中，茶树不甘寂寞，茶花开在秋天，急不来就开出了茶饼，勉强也算开了吧。茶饼味道清甜，水分丰富，一口咬下去像咬住一片白云。

晌午时分我用衣服兜了一堆的茶饼回来，家里快急成一锅沸腾的粥了。母亲喃喃而语，回来了，回来了就好。

草莓在萍乡有俗名："禾棘泡"，老家的方言有时让人觉得莫测高深，像一个木鱼，悟道万千，杭州灵隐有位大师法名就叫木鱼，名字大有佛心。禾棘泡属于灌木果实，像一粒粒小灯泡挂在枝叶间，红红黄黄，煞是好看。红的熟透，宛如少妇，黄的半熟，待在闺间，各有味道。禾棘泡生在野外，采摘时需小心翼翼，否则会被划伤。采摘时注意力全在吃上，就顾不得其他了，过后才觉疼痛，看来追逐美好总是要付出代价的。童年在山水间没有疲倦，只有兴致勃勃，意外的惊喜往往不期而遇，少年们则可大饱口福。印象最深的是早晨，一睁开眼，窗外早春日和煦，晨光散尽。姐姐们提着满篮子的新笋回来了，汗珠沁在她们光滑的额头，脸上红潮如飞霞落雁。她们在天光未竟时就上山了，晨露浮在草木之间，噼噼啪走过，裤管湿湿漉漉，沾满了青草的翠色。一阵兴奋，她们在竹林中发现了新鲜——小笋。新笋不大，一场春雨后，破土而出，它们像小说里的意外，也是节外生枝。每次摘笋回来，姐姐们总会给我带回一盆的禾棘泡，泡在清水里。禾棘泡好吃时，寂寞了两季的田间开始热闹，插秧了，天空蔚蓝，白云花朵散漫，像茶饼朵朵。

有一年，拔笋，拔着拔着，忽然发现脚下一团麻云，一条麻黑的蛇盘成饼一动不动，顿时魂飞魄散，一溜烟地逃跑，身后的童年洋洋洒洒。

糖罐子也是灌木果实，却在秋末成熟，浑身生刺，像刺猬一样让人无从下手。红红褐褐的颜色，仿佛秋天的绝症，却甜得惊人，所以叫糖罐子，藏了一罐子的糖，老实巴交的名字。摘下几粒，踩在脚底，在丛草中轻蹭，刺棘磨尽，洗净，从中剖开，挖去毛茸茸的囊籽，嚼在嘴中，斑斑驳驳满嘴秋色。糖罐子还能泡酒，记不清是哪个亲戚喜欢，但记得泡酒的颜色，红得惊人，秋天的影响力在玻璃酒坛中无可奈何地落花流水去。

第八辑

月光抽屉

人间烟火

已是子时，院里一地的夜色在眉目之间，眉心稍移，如淡墨在宣纸上洇开。

离开故土多年，即使回到，也很少能在自家院间，挑灯夜读。此时是惬意的，佳期莫负，用追芳躅。挑灯夜读，倚窗剪灯花，如雪冷江深无梦客自锄明月种梅花般的舒服。其实“挑”已不实际，喜欢“挑”字，个人矫情。看张岱的《夜航船》，书名像是二三十年代风格，如郁达夫沈从文。灯火引来了生物，一只小虫落在了书页之上，想起几年前写的小诗：

打开月光抽屉
你的手
离很软的美好很近
是让人涓然想起秀丽的样子
一条小虫在一生的回忆中频频回首
……

诗为一个素不相识的人写的，几天前路经北京西单图书大厦，虽时隔几年却不愿见了。远远望见书店门前的铜塑染上了不少青锈。

落在纸间的是诗里的那只吗？

《夜航船》是浙江古籍出版社出版，一九八七年的版本，刘耀林先生校注。这个版本鲜见，如断桥残雪，但见孤芳风韵。这些年来读了些江南文人的书，觉得瑶葩洒雪，玉树迷烟，碧水盈盈。书纸泛黄，是经年的颜色，净素。握在手中，洁韵如一泓碧幽幽的秋水。

小虫的翅膀是透明而轻薄的，且透且薄真好，意味深长，仿若王维诗间画意。它在纸上的停伫有些肆无忌惮，翡翠绿的身体下泄漏点点月光，碎如残雪。它来去轻盈，虫也是有情之物，想是寻找儿时的天真烂漫去了。它振翅去时，我已双袖露花。许多时日没有遇见故乡的露花了，喜欢得不得了，大有“胜于金玉”的惬意。想起几日前在京城，夜里两三点寻去西单的胡同宵夜。残月，暗巷，秋风渐寒。好不容易寻到一家破败的串铺，宝贝似的，烧烤的人说他是新疆人，却地道京腔。他 本正经的脸上戴了一顶回族的小帽，样子滑稽可爱起来。我们在怀疑之中，竟然发觉味美之极，就上酒，“伙计来瓶二锅头吧！”上的却是“新疆二锅头”，新疆也产二锅头？应该是“二过头”。心想，此刻萍乡的南门桥头夜市正是人如流水马如龙，各类小吃应有尽有，声色犬马的俗世，畅快淋漓，哪里像这老皇城如此难寻一处解馋小地？世俗在不同的地域里泾渭分明，一边谢幕，一边粉墨登场。这么多年了，还是偏好南方的生活，小情轻调，快活惬意，所以一直不成大器。南门桥头夜市这些年越来越有名气了，看一些旅游电视节目，这里简直就是美味的天堂。夜市处处烟熏弥漫，随意一家小小炒粉店前过了零点还排着长长的红男绿女。炉火熠熠，炭烧映红了商贩们的满脸油渍。

而烧烤却从没吃过今日这般好吃的，这是真实的感觉。

烧烤摊的斜对面竟是北平女子师范的旧址，不知道那些年那里的女生们闻过这等的人间烟火没？次日经过，才发现已经改作中学了，朱门紧闭，能听见上课的铃声，琅琅书声被灰色庭院深锁了，少年们的日子我看不见点星。原先本想进去看看，现在没有了兴致，不喜欢这样的藏风得水，造作。皇城是故弄玄虚的大师。

北京就是这样，随意一处总能轻易碰出历史来，但还是不能亲近。四年前的雪天，离开得义无反顾。我和河北的程军上火车就开啤酒，窗外，京城的旧事离我们越来越远。我在西三环的宿舍留了两罐蓝带啤酒给武汉的刘云，他现在还记得，据他说至今还感动。他这个人有时很冷漠，有时又感性得让人费解，这也是我没办法的事。印象里少年老成的他，感动之事过于矫情似乎难以启齿。他固执，我们在一间宿舍里常为见地大相径庭而争执到面红耳赤，却丝毫不影响交情。他有句话，我很同意：“你之固执不亚于我之固执。”

这个世界，要改变一个人的观念，多不容易。

青　花

和二哥去散步，步行街头摆满了瓷器。粉彩，青花，冰片，窑变，钨金釉，釉中彩，红釉，宝石蓝，仿古瓷，现代陶，色彩斑斓蜿蜒了近二里路，景德镇在买家的眼里了。有个初中时喜欢的人擦肩而过，像陷入时间的水滴，浮云一别，流水十年。

我喜欢青花，青花文气飘逸，孤独而高傲。小时候，见的青花常是饭碗和将军罐，打碎了就留几块残片，用来刨瓜皮。我最烦刨南瓜，费劲得很，常舍瓷片而改用刀削，结果一只偌大南瓜凡经我手后瘦得像条丝瓜，惨不忍睹。一片青花，渗出几许童年的暮云谷雨，湿漉漉地染指梦境。

那个擦肩故人如一片青花，是小桥下的一弯流水，我也是。

青花，反过来说便是花青，是江南著名的姜思序堂生产的传统国画颜料。

我不懂瓷，就看热闹。摊主是一对年轻的夫妇，热情地告诉我鉴别的方法，看釉面看色彩看画功看造型看参差看山看水看花看雾，言语间女主人满脸秀气，我觉得她站在上好的青花瓷边，是一幅暗香流动的画，幽姿悠远。她说，萍乡这里生意清淡，他们这一趟获利单薄。我是萍乡人，就不好意思起来，我老想着他们老远从景德镇把这么多瓶瓶缸缸罐罐搬来挺不易。《晋书·陶侃》中的陶侃一有闲暇，就把百十来个大缸搬到屋外，日落时又搬回去，他说人不能太闲着，否则会不胜人事。“大禹圣者，乃惜寸阴，至于众人，当惜分阴，岂可逸游荒醉，生无益于时，死无闻于后，是自弃也”是他的著言，他的精神很入世，郑板桥很推崇，还写了副对联附和：“曾三颜四，禹寸陶分”，只是挂在苏州的园林里很是挂错了地方。

年轻夫妇说过两天他们要回景德镇了，我说请他们喝茶，他们有些惊讶。同样是搬器件，陶侃饭后练身，他们则是为吃饭。“淡红深碧挂长竿”，记得应该是范成大说的，本是说染坊间的衣物，我却在萍乡的街上想起，这些瓷器，在此处就像一些花花绿绿挂在巷间的衣服。范成大是个好官人，性情淡远风流，现今的大官比他那时候多得多，性情淡远的却少之又少。

范成大著有《梅谱》，记录了十多种梅花，我见梅花极少，大多数的人都如此，蜡梅倒是见过，在小学的校园里，我还亲自种过一株。雪后开颜，星星点点，芳芬清香。蜡梅原本不是梅，与梅相近，世人讹其蜡梅为腊梅了，因为它的花期在腊月。在《梅谱》中记载，蜡梅俗名狗蝇梅，一提起，我就觉得胸口堵得慌。

秋 声

一

秋雨来时梦犹未醒

雨来时梦犹未醒，秋雨漫漶，烟云渐起，薄如蝉翼，淡于昨夜的胭红。过龙隐路上解放桥时，豁然开朗，半城山水叠然，烟雨笼锁。城在烟里，山在烟中，水在烟中，远山近水皆在漓江画卷中，心生欢喜，放慢了去车站的速度。

雨从云中脱身而入人间为秋水，秋水泠泠。李渔李老师说，美皆在“态”上，他在性情上是审美的大家，从他身上，我看到了一个远去的流派和一个已经遗失的精微时代。烟雨桂林的美也在态上，随性而至，泄漏春光，不经意的淡雨，让山水名城更添韵律，别样风情，正如李渔的文字，往往是即兴而作，才直指经典。

回程的火车开了，穿过雨幕，怅然若失的锐利。铁路边的马路上，有农民披着蓑衣骑着自行车在雨中穿行，车后拖着两筐刚刚摘下的葡萄，蓑衣在雨中愈发的乌黑，他身后的风，拖着墨色的雨渍，拖着秋声。

我喜欢此处的初秋，流水干净，空气湿润，草木青春，翠意延绵，没有丝毫的寒衰之意，大别于江南和北方的秋。秋天是中国文化里的大成，中国自古是农业大国，讲究天人合一，收获便是大成。秋天却多为文人之害，尤其是宋人，但我知道还有人和我一样喜欢，陶渊明就喜欢，“采菊东篱下，悠然见南山。”有秋意徐徐而来；刘禹锡也喜欢，他的七绝：“自古逢秋悲寂寥，我言秋日胜春朝。晴空一鹤排云上，便引诗情到碧霄。”神清气爽，如秋日里高得无法预测的蓝天晴空。

窗外，远山延绵，电线杆一根接着一根在绿油油的稻田里生根。目光掠过，感觉像在翻金性尧先生编注的《宋诗三百首》，看旅途风景如品书间妙谈，远近高低各不同。金先生的这本，大学时也曾翻过，当时感觉不到他的深。现在重拾才惊叹不已，真是玉宇琼楼，山高水长，仿若宋家马远的《水图》，碧水盈天，幽蓝悠然，远观波澜不惊，实为深不可测；又犹如范宽意中的《雪景寒林》，万壑松涛，雪霁霏霏。昨日清晨去爬七星岩，在半山腰的“逍遥楼”，看见颜真卿的书法，入石三分，金先生的古文造诣犹如这“逍遥楼”石刻温文尔雅地刻入了这个世道，他又仿佛轻盈地走在前朝，一路都是唐伯虎的《山路松声》，往事悠悠而来。读金先生的注解，像个孩子被他牵着手，不知不觉到了瑶池境地，回味之际，身后山高水远，烟波浩渺。

从七星岩下山时，人在微黄阳光中，山上桂树颇显老态，深绿的叶也叩秋，桂花要开了。念及“鸳鸯可羡头俱白，飞去飞来烟雨秋”，顿时有此情绵绵的感触，似乎看见断桥上的积雪，往昔遥远。李商隐的诗于情趣、于审美、于艺术成就都精致到完美，后人望尘莫及。看现在的诗人们写诗，感觉是瘦弱的人搬着石头吃力赶路，步态蹒跚；读古诗，诗人们均在秋蝉的薄翼上散步。诗歌的没落，大有无力回天之感。

火车继续潜心前行，雨渐渐停了，太阳时不时露些脸出来，雨后阳光清新。窗外依旧可以看见电线杆，电线杆们在近在咫尺的山顶，身躯稳打稳扎，较之前面看见的那些少了愣头愣脑的可爱，有些不堪重负，像人到中年。目光忽然开阔，有一垄一垄的桑树在风里摇曳着绿油油的身体，似乎寂寞。我在这条路上往返多次，第一次见到茂盛的桑林，兴趣盎然。桑林边上有农民挑着一袋一袋白花花的蚕茧在和小贩讨价还价。一袋一袋的茧啊，有多少春蚕蜕变成了秋蝉？蚕一定感觉自己的身体仿佛遥远往昔，梦见飞翔，飞回它们的宿命。

我曾在半夜里爬起床，在盒子边上听蚕吃桑叶的声音，沙沙沙，沙沙沙，如今的感觉就像在狮子林的“听雨楼”上，喝着西湖的龙井，听春雨呢喃，味道滋长兮兮。我总是这样不可救药、心甘情愿地落入苏州园林布下的陷阱，无法自拔。记得幼时第一次养蚕是同桌姚娜教我的。那个春日融融的早读课间，姚娜把她的铅笔盒漏出一条缝缝，一脸神秘地叫我看。小时候管文具盒叫“铅笔盒”，我觉得这个名字简约纯粹，纯粹是难以形容的好境地。姚娜的铅笔盒就像马尔克斯的《百年孤独》，常会变换出魔幻来：半片蓝纸上，布满了密密麻麻的小黑点。姚娜说，过两天这些小黑点就会变成蚕宝宝！出于对同桌面子的尊重，姚娜慷慨撕了一个小角的纸片给我，约定看谁的蚕宝宝长得快。我当时毫不怀疑地认定，这个世界上对我最好的朋友一定是姚娜了。我用一个装蜂王浆的盒子小心翼翼把蚕卵装好，几乎每隔一会儿就要看看动静，连睡觉都将它放置床头，生怕错过蚕宝宝出世的那刻。儿时觉得目睹一个生命的出世简直就是发掘一个伟大的奇迹。但还是错过了，蚕宝宝在我熟睡的时候，破卵而出，我懊悔不已。那些小黑点点一一被咬破，蚕宝宝们拖着嫩白的身体破黑而出，以黑求白。以黑求白是画技中一法，蚕介乎黑与白之间，是神来之笔，画过春秋，最后入梦庄周，时间在沙沙间，历史在沙沙间。

车过龙州站时是傍晚，天边有绯红的晚霞，淡漠。车站外的路灯先亮了，徐娘半老，流韵昏然，有晚唐的味道。

二

流水阳光之昨夜吟红

清晨起来去看月牙池，八年前有人在水边笑靥如画，画如九曲屏风，嵌在月华满映长空的记忆，一张旧照片大雁斜飞，耳后是初秋的风声。这个周末来桂林之前就想好了要去看月牙池，我想在桂树下作花下醉。

月牙池在靖江王城遗址内，和春涛、白龙、圣母同为桂林四大名池，其余三处未曾去过，且让它在心里留些空处。月牙，牙月，新月？残钩？九曲桥边的榆树在昨夜吟红，如果是在初春。如果是在初春，水边兴许该有杏花，杏花是春日烂漫，照片中的笑颜依旧。

我去的时候，池水微漾，像古人额上的皱纹，额上荒草荒疏。有黄色的小鸟飞过水面，像梦里的飞白，秋意几许，内心有淡淡的雨雾。秋风干净，在明朗的阳光里不露声色，抖落叶黄，在池中涟漪轻微，如水晕墨章。“水晕墨章”的名字多好呀，“吹云弹雪”也好，舍不得写下，如初恋的那个纤尘不染的少女，舍不得低头去吻。上五年级那年参加书法比赛，坐在我身边的一个女孩正襟危坐，落笔吟春，有一行白鹭斜斜飞过素净长空，一时间看呆了，竟忘了在宣白上写字。回到家后，高烧，只觉得那只素手下，阳光明媚如白雪如秋后的巧云。父亲给我备在案间的羊毫墨迹干枯了。后来看《少年报》，那个女孩竟和我同名，父亲初还以为是我，少年时第一次感觉对不起父亲。

独秀峰下丹桂漫漶，崖石之上碑刻斑驳，诗人们在岁月中如同蝉蜕，留下若有若无的消息脱身而去。王正功的“桂林山水甲天下，玉碧罗青意可参”让桂林山水从烟雾中醒来，而靖江王府正在前朝往事中。

我喜欢独秀峰脚下的香樟，节眼嵌空，虬枝交错，古意盎然。风一来，碧影娑娑。读书岩下有青石凳，岩下静坐，丹桂暗香浮动，花未盛放，仲秋已在眉梢。青石凳岩色青青，像邻家素有教养的少女。

承运殿前空空阔阔。有株古树，据说有三百年或许更长，名曰“厚壳树”，第一次见识这样的署名。树势若蛟龙，身去复回，跌荡纵横。它的存在和承运殿前的空旷互为烘托，建筑师的匠心可见一斑。承运殿是实，空阔是虚，厚壳树则是虚处之沧海之一粟，因为树的存在，虚瀚愈显，这处风景便气象万千，真得“大抵实处之妙，皆因虚处而生”之妙。走在树阴里，凉意袭袭，如往时间深处走，“何处一声长笛起？隔帘催月上花梢。”那个靖江王王妃滕氏可曾见过这一片阴凉？这处景我看了许久，有惜墨如金的感觉，笔少意多，气象清旷，如看南宋梁楷之《李白行吟图》，淡淡几笔，墨色仙风，太白的诗风道骨跃然纸上。

承运殿前有“带刀侍卫”和“宫女”在用桂林话闲聊，我的出现打扰了他们的雅兴，如果他们是在用上班时间顺便谈恋爱的话，我的罪过大了。侍卫忙站回门前的岗位问我要门票，他的腰间挎刀上有字：“中华武术花刀”，来头不小。穿宫服的女孩不以为然，眼睛瞟瞟，如无旁人地跷着二郎腿，腿露在外边，上边汗毛发达，我倒吸了一口凉气，古代的美女的腿都是这样吗？那把“中华武术花刀”倒可派上用场了。

靖江王府遗址现在是广西师范大学的校址，真是嫉妒这些学子的福气。有历史的耳闻目睹，又有春花秋月的浸淫，近水楼台先得月，这样的得天独厚会让学子们自觉地往艺术的深处走。

王城中有画室，作品标价不菲，多属漓江画派。一眼看去像看漓江的四季。正好遇见有老师在讲座，是给一个国外的团介绍国画，说者口若悬河，听众聚精会神，津津有味。我在最后一排坐下，远远看讲台上的笔墨纸砚，人墨俱淡，漓江两岸的紫箫绵绵若存，风雨桥上爬满了藤蔓，像春天的屋顶，悄悄绿了。

我有些恍惚，江南的故乡也在烟雨中，我喜欢在这样的光景里做梦。画室的窗外有株枣树，果实如江南的淡黄秋色，江南在这一刻很小，故乡更小。我就从雕花的窗中过去——秋天给了我一个纸条——枣子熟了。秋日洵丽，趁主人午睡，我爬上了他家的枣树，淡黄的枣子是秋天的消息，如囊中取物。满载而下时，魂飞魄散，枣树的主人在不远处的香樟树下怒目圆睁。一个惊慌失措的少年拔腿狂奔。他的身后，尘土、鸡毛，此起彼伏。淡黄的枣子无辜地在尘漫中跳跃。

这是20个世纪80年代初的一个秋日，我在2007年9月15日的流水阳光中与它相遇，仿若昨昔。

三

动观流水静观山

秋水干净，干净如素宣，在苔色青青的壑石间流年光景般流淌，有此情绵绵的感觉。流水曲幽的尽头，阔野在望。诗人说："平明闾巷扫花开，薄暮渔樵乘水入。"如能回到初唐，或许我也是那暮色薄稀中的渔樵乘水人；如是晚唐，也学韩退之的"当流赤足踏涧石，水声激激风吹衣"。人生如此当然自可乐，我觉得韩先生的那句"人生如此自可乐"倒有些多余，不过大白话有大白话的可爱之处。想到这时，午末的阳光正透过云层，在旷野山峦竹林间泼洒金尘。

溪水边上有三株古槐杨，秦王丹的五婶说，丹丹的太姥姥都说不出它们的年岁。树躯倾斜，多枝少叶，节眼嵌空，荡跌纵横，苍苍郁郁。它们在幽幽碧水中的倒影老逸而舒畅，仿佛前尘往事，大有禅意。在南方，这样的槐杨是很少见的。看古树如看古画卷，往事沧桑，愈发的深。

水边有人家，涉水而居，秦王丹的叔叔婶婶们就住在这里，卖竹而生，晓耕翻露草，夜榜响溪石，远离城市喧嚣，怡然自乐。我们这些自谓精英的凡夫野子和他们相比，真是贻笑大方，这里是桂林资源的深山，我们来深山老林里洗洗铅华。阳光被风吹淡，紫色夕暮渐近，我在溪水边上的巨石上看书看风景，动观流水静观山，同行的朋友们在对岸秦王丹五婶家的院前打纸牌，我们互不相干地享用这假日的好时光。诗人有云："言入黄花川，每逐清溪水。随山将万转，趣途无百里。声喧乱石中，色静深松里。漾漾泛菱荇，澄澄映葭苇。我心素已闲，清川澹如此。请留磐石上，垂钓将已矣。"

真是好兴致！如果我们相遇，一定与他在如此好花好天中击掌喝酒。

流水阳光的孩子，在紫暮夕色里做着前朝的梦。

“斜阳照墟落，穷巷牛羊归。”山间的小径上，有牧牛的孩童走过没踝的草丛，草色淡黄，牧童和牛群的背后拖着秋天的画卷，一池残荷可放眼。一群芦花鸡扑腾着翅膀在草丛中觅食，领头的白色大公鸡气色汹汹，鸡冠鲜红。如果杜牧看见这样的情境，或许会忘了那愁雨纷然中的村落，杏花村中，竹叶青酒酒色青青为谁言？我比诗人要幸福。内心愉悦，愉悦滋情，听见童谣：

月亮妈妈

踩着瓦碴

一跤跌倒

怪我打她

我没打着她

回去告诉妈妈

妈妈不在屋

躲到门背哭

……

许多年不曾听见乡间的童谣了。

夜间无事，搬个木炭火炉在屋外烤肉。周遭的群山在夜色中沉没，星光依稀，只有溪水声音清澈，流水萧萧。“啪”，听见河鱼跃出水面，发出叹息的声音，槐杨的树叶落了，叶落长空。山里的雨说下就下，幸好是蒙蒙细雨，如恋人的唇吻。雨打竹林，竹叶沙沙，流水，秋风，丝雨，竹啸，山间空大，夜色空大，雨幕空大。我们在木炭火边忘情地烤着牛肉，一条叫作“花花”的狗在一边垂涎欲滴。大家轮流说着神怪故事，牛鬼蛇神在此刻也是可爱的。

长空夜雨，凋落残荷和无边夜色。

远处有灯火如豆，那是深山里的人家。灯火昏花，应该是黄炽灯吧，可能是“10支光”吧。“支光”这个词汇尘封许久，忽然想起，犹如故去好时光中截取到一束，温情备至。黄炽灯的衰落让一段单一符号的俗事生活远逝了，虽有惆怅，还是觉得温暖。小时候家里的灯泡全是黄炽灯，昏黄昏黄，像褪色照片中那个年代的颜色。母亲经常会在我去买灯泡时叮嘱：“记得是买40支光，不要买成60支光了。”60支光比40支光要耗电，我怕记错，用支圆珠笔记在手板心里。到了商店，翻开掌心念给那些售货员听。印象中的售货员都是梳短发，穿蓝色长褂的工作服，对待顾客寡言少语，却动作麻利。家里有客人吃饭或有喜事时，父亲往往会把客厅的灯泡换成100支光的，真是光亮刺眼。100支光在孩子的心里是一个极限的标注，有时候和伙伴们顶牛急了，就会冒出：“我们家厕所的灯都是100支光的。”好不得意。

夜幕的故土，一盏一盏的黄炽灯透过无数人家的窗户，仿佛隔着千山万水般的昏亮着，温暖的，人间的。我常常在这样的夜晚放学回家，心怀忐忑，因为贪玩我错过了晚饭的时刻。若有若无的黄炽灯下，桌上的菜渐凉，母亲眺望屋外的目光焦急……

四

夜来轻梦绕西城

在桂林的好几个晚上都有去桂湖的宝贤桥，感觉在和一个高贵的女子约会，不经意地往洵美的境地里走。宝贤桥桥身用名贵石料而作，落落大方，有名门风范。桥面用方砖铺地，砖是水磨方砖，像几近失传的清水方砖，我钟情于这样的清清淡淡，有江南的味道，如果是有雨轻点，菱花就开了，当窗理云鬓，对镜帖花黄，干干净净，莫名地感动。如果是春雨延绵，铺地的缝隙间，苔色轻曼，怀春点点。故人说："我行过许多地方的桥，看过许多次数的云，喝过许多种类的酒，却只爱过一个正当最好年龄的人。"我也是那个看云的人。秋雨悄然而至，梦见那个正当最好年龄的齐肩短发的人，如一块无瑕的璟。她是杜牧眼中的豆蔻年华，我手足无措，怅然若失，不知道情窦已初开。屋外秋雨漫漶，一院的柚子花，早在初春凋落，欠下债务——柚子熟了，黄澄澄如乳房画在枝叶间。

坐在桥栏之上，秋风淡淡，看桥上人来人往，看桥下水纹泠泠，"烟光山色淡溟濛，千尺浮图兀倚空。湖上画船归欲尽，孤峰犹带夕阳红。"是良辰美景奈何天的感觉。就做梦吧，往最好的梦里做——懵懂年岁，总是幻想着这样的情景：骑着老式的自行车，背后坐着衣着朴素的女孩，从青石巷口飞出，在夕阳溶金中，风吹衣袖，无声骑过这样的桥，桥下水痕普蓝，花开的笑容……那时觉得恋爱像这样就是最美的境地。

魂不守舍的旧时味道，快淡忘了吧。

昨夜再去，是从榕湖往桂湖走的，感觉在两江四湖中梦游，看见有辆挂着“东京 ××××”的摩托车，车身收得很紧，有弹丸之气，心生些诧异，觉得滑稽。

阳桥之下，水色荡漾，生动，这个词用来形容这里的水，很蕴藉的感觉。桂林城有很多的桥，丽泽桥，西清桥，花桥，信义桥，古榕双桥，迎宾桥，玻璃桥等等，在名字的取法上，一半古味，一半直白，雅俗共赏，很像桂林的生活。我喜欢阳桥的暮气，气息沉静，略带沧桑，令人心生温暖。现在的阳桥是近年重修的，桥下有些代表桂林人文历史的汉白玉石刻，如“刘克庄咏诗古榕阁”“宣成书院”“黄庭坚系舟处”等等，一路看过去，感觉随一只青鸟从唐、宋、元、明、清的屋檐上飞过，只是石刻刻工稍逊，不免遗憾。“黄庭坚系舟榕湖”这一幅倒是道骨仙风，诗人的面容瘦硬，“百战百胜，不如一忍。万言万当，不如一默”的晚年悟道，可谓烛泪斑斑。黄庭坚是苏门四子之首，和苏轼并称苏黄，又是江西诗派的鼻祖，诗文影响深远，不过这些都已是“贵来方悟稀”的身后事，一生坎坷羁泊的他是古往天下才俊“贱日岂殊众，贵来方悟稀”的典型代表。徽宗即位不久，他又被奸臣迫害，流放到广西宜州，客死异乡，去世的时候仅仅有一友在旁，那座上雨旁风的戍楼之上，一代文豪凄惨离去。黄诗豪放雄浑却有病气，蚌病成珠，黄先生在高处孤独地抱住清风，他是诗性的贵族。他是我的老乡，因而感觉亲近，我更喜欢他的书法，明代的江南才子们很多都取法于他，文徵明就是一个，只是奇崛瘦硬被写软了，软就是圆通于世，所以他们的园林生活很是滋润。

再看夜幕中的榕湖“黄庭坚系舟处”，觉得湖风淡淡，船上纸窗的灯影昏昏黄黄，那些灯影仿佛随诗人的衣袖在走动，月下伏波山时，有疲倦的鹅鸣。灯影若有若无。

阳桥的旁边是桂林日报社，我军校毕业在桂林实习时曾给它们的副刊写过稿子，记得有一篇目叫《忘记你像忘记我》，我现在很少取这样的文题了。副刊“花桥”的名字很让我痴迷，当初写稿子就是冲着这个琳琅满目的名字去的。有一个姓毛的老编辑，很认真很负责的一位先生，许多年未曾联络，不知道身体可好？我从报社的门前经过，感觉是看花桥初春的薄雪，清清冽冽。

沿着湖边往前走，一路灯火璀璨，像是在夜幕的天空放了一场盛大的烟火，五颜六色的灯把桂林的两江四湖装点成人间仙境，湖光山色璀璨。我和她走在上桥时，灯一下全暗了，湖色卸下浓妆，安静间素面朝天，返璞归真的感觉也是梦境呵。夜风在耳畔散步，是初恋情人的素手轻轻抚过。她说，读艺校时最讨厌这座，因为每天晨练都要长跑，跑过这时，总是累得不行，而今却和她深爱的人在此处闲庭漫步。

我们在桥上说着话，回忆和快乐，青青绿绿。对面的一侧有一对中年夫妇也在聊着天。她认出是她的校长。读书时，为了能做钢琴伴奏，她非常努力地练习，毕业汇报演出时，她如愿以偿，校长和她合作四手联弹。结束时，校长特意过来和她握手，说是他合作得最好的学生。她面若飞霞，受宠若惊。

桥对面的人早已忘记了他早年的学生，她与他面前的短短几步，却是锦瑟年华与谁度？华发已生，两鬓星星，听雨僧庐下。他点了一支烟，风起了，烟在空阔的暮色里飞散。

散淡的温暖。温暖的惆怅。

我对她说，我想秉烛夜游，留下耿耿炭火。

有一对恋人手拉手走过。

男的说：“8号要交房款了，过两天去银行把它交了，没必要挨到那一天。”

女的说：“你定吧。”

男的说；“还是你定。”

女的声音提了些，有些高兴：“那当然，我是一家之主！”

男的说：“是是是，你是一家之煮，煮饭的主。”

两人笑声小声，却清脆。这样的生活，我真喜欢。

夜有些深了，桥上行人渐少，没有时间的伤感，青春在另一头更好。

五

平明闾巷桃花开

宝贤桥头的马灯亮了，灯光清静，像褪下了红尘或尘土，是昔日的情种或善根吧。只是这灯火淡于融融月光，看淡了风月，如一阕挽歌。桥下轮渡轻过，是一船惊奇的目光，他们是来客，来客看山看水，船头波光如练，桥上善男信女行色各异，我喜欢坐在桥头看过往一切，丹桂盈香，风淡薄而过，我们不断流失的并不仅仅是流水的时间。

桥的两岸灯火灿烂，犹如野火在天空燃烧，烧出璀璨，与祭红，华贵的祭红。我此刻的心灵只有他和她。1953年，江南乡村，杨梅塘。月上蕉窗，并坐水窗，仰首苍穹星光，碧海青天夜夜心，侧耳蛙虫长鸣，风泉满清听。一轴长长画卷，随手一抖，轴转画开，水点桃花，镂花萧萧，如果是那个燕赵客，永远都抽不出那柄藏在卷尾的宝剑，宝剑何用？我又不是始皇帝。永远抽不出宝剑是因为这轴画卷至今还在轴转，没有尾声，儿女情长怎会有尾声？画卷是一个少年梦里的青花束束……

江南乡村，杨梅塘畔，禾苗青青遍野。熏风撼柴扉，院落中的柚子树和他一样意气风发，柚子花开满枝，层层花瓣白得凝练，落瓣如小令。他带着竹尺出门了，朝晖如虹，紫花满径，满田满野的菖蒲花，淡紫淡紫的花朵像盛放出来的消息，这是一篇烂漫的小说。邻里人家都叫他“叶书记员”，在土改工作中他担任书记员的职务，手中的那把竹尺，把土地一尺一尺精准地分给乡民。

菖蒲花花色浪漫，微风吹兰杜，她花丛中读着他的来信，这是她生命中的第一封信。确切地说是听人读信，念信的姐妹兴奋不已，听者含额不语，窘迫双颊，她看到了叶家院中的桃花盛放。一缕情丝从尘土或红尘中轻轻跃起，她甚至记不清他的模样，思念一个人常常是如此。

锦书是三月，阳春三月。她所在的“桐园合作社业余剧团”正在演出。台上她唱着“打马进城”，玉珠落耳，如卓文君听到了司马相如的琴声，一匹枣红的马闯进了他的心怀，红红的眼睛，仿佛画卷中的朝霞。他从此看她的眼神如三月春雪，那一缕情愫摇人魂魄。他遣春天捎给了她一纸飞鸿。

“叶相良”是她除自己名字之外最熟悉的字，仿佛熟识很多年。她还知道他曾在青山镇上当过扫盲老师。个子不高，书生意气。她在心里常常会默写着他的名字，一笔一画，如西子湖畔白色的绣球花，一层一层地开，暗香在金色的稻田，或在荷塘月色里。

她听见了脚步声，是一位叫“刘淑兰”的长辈，他托长者来做说客，“革命青年呢！小叶人上进善良，踏实，踏实就可靠！你觉得中意的话，这个媒人就算我的了！”长辈的笑声爽朗，爽朗如万里晴空。她心怀砰砰作跳，眼前化雾成烟，听不见余文。那匹枣红的马在阳春三月奔进了那片桃林。

1953年的七一，他和她完婚大喜。他是组织的人，好日子就选在党的生日。头巾既揭，相视嫣然。他们用花生红枣招待满堂客人，丝毫不觉得寒酸。1953年，江南乡村，杨梅塘。他和她共同开始的年份里，晃动着粉红和巧云。

二十三年后他们最小的儿子出生，现在，他正在打开那轴长长画卷。

斗转星移，弹指间，他和她快要金婚了。如花似玉的年龄不知在哪遗落了——她在黄炽灯下踩着缝纫机，他骑着自行车从夕暮中下班回家，一家人围着火炉其乐融融地烤火，孩子们无忧无虑嬉闹，温情的饭菜香……旧物一一在风声中，有散淡而温暖的忧伤。

风淡薄而过，打开画轴的小儿子在故土的记忆里拾起一片青花瓷片，放在还在轴转翻动的那轴画间，青花束束，浮生如清梦。

我们不断流失的并不仅仅是流水的时间。

每一个人都和丢失的自己若即若离

手机电池不见了，明明就在斗室之间，却就是找不见，觉得沮丧。无意间，翻出入伍之初的书信，厚厚的一叠，年少的喜乐或忧愁就在其间，仿佛明月前身，它们被描在泛黄的信笺上。岁月在手中轻如旧笺，满纸的烟云“只是当时已惘然”，故去的落霞若即若离，在手指间散淡，淡淡地晕化开去，如鸡叫头遍时，窗外的一角平白，或是素宣上淡漠的水痕。

竟是惆怅了。

时间在指缝间遗失，又是什么时候我遗失了自己的少年、与战友肩并肩在雨缝间青春正步、躲在被窝里一遍一遍读着父亲来信的冬夜？或是训练场上被夕阳拉长的身影和第一次上哨时忐忑不安的年岁？

大约是五年前读到一本书，在上海集训时的秋夜，夜凉漫漶。书中有杭州作家的一篇短文随笔，数百行间，墨迹淡漠，是“相见亦无事，不来常思君”的淡，却是安详，仿佛可以被它牵着手，梦见飞翔。反复读了多遍，到了鸡叫头遍，还恋恋不舍，同室的战友被我读到有了精神，也读，也放不下，他也喜欢文学啊，天就在窗的一角白了。一直记得这样一场碧玉般的夜读时间。只是这本书却遗失了，再也寻不见，那个战友也一别至今。两年前的夏天，重读的愿望愈发迫切，恍惚一场长梦，梦见那些牵挂的人、文字和秋水，因为那个同室的战友要过生日了。试着给天津百花社的刘洁打电话，记得那文章是她编辑的，尽管我们素未谋面。她的吃惊间有些感动，每年编辑的文章无数，还是有人清晰地记得几年前的一纸小文。她费了很大的劲去找，千里迢迢地邮来，我把它寄给那位战友，他来短信说，收到书时，如故人来此看花。

母亲问我中秋节回家吗？父亲没说，他心里是想的，知父莫若子。离开故乡些许年了，每一年几乎都要回去小住一段时日，往来之间，故乡倒仿佛成了驿站，我常常想，自己又何苦自作多情地把故乡当作故土呢？每次离开时，母亲会不经意地说，“你回部队后，很长一段时间都不习惯，老觉得你还在家里。”我欲说还休，神色黯然。小学三年级时，偷偷地和伙伴们去楚萍河的铁桥下学游泳，差一点点就没有走上岸来。我失魂落魄地在暮色苍茫中回家，远远地望见家里橘色的灯火，觉得温暖无比。我没有告诉家人经历的惊险，默然地吃饭、洗漱，安静地入睡。危险在醒来后淡薄得像对梦幻的依稀记忆。至今父母对这一天依旧一无所知。我在想，如果那一天我没能再回到岸上，父亲母亲的日子会怎样？

一年情人节，托人捎了两盒“美点”的饼给封筝。她在寒冷的夜里去车站接，风很大，呵气成霜。饼盒上印着丁香花瓣，淡淡的印痕间，被牵挂的人和牵挂着她的人若隐若现。旧岁，常常去看她，往返的路上就写些零零散散的文章，听《雨的印痕》，沿途是空蒙的风景，是大片大片粉蓝的天空。每次回到时多是夕暮，若丰子恺笔下的紫暮，或是风雨之中。有一次是夜间回到，滂沱大雨，快到家时，才发现家门的钥匙忘记拿了，就在街边等雨停，雨湿了鞋和裤管，没有忐忑，却觉得是见过的洵美的雨。

同事也是两地分居，他说，每一年最快乐的时间，就是去看妻子和孩子，每一年最痛苦的时候，也是看妻子和孩子，他说，想着这些时，总是不安，对不住她们啊。那次爱人从湖南老家来看他，就着五一有三天假，单位领导知道她的难，私下多给她两天，她半夜坐长途汽车来，因为比火车要快四个小时，第二天早上五点多到南宁。他却于当天因为突发情况下部队了。我接站时，她形神疲惫，穿着厚厚的毛衣，湖南的四月还是阴冷的，南宁已是半空的夏味了。我有些抱歉，说，他……她微微笑了，结婚十八年了，早习惯了，语气间还是有淡淡的遗憾。不由地想象着她心急切切地上车时的夜色，毕竟她是来见自己的先生的。吃早饭间，她说，不习惯也要习惯，两个人长期不在一起，有时候孩子不听话，就打孩子，打着打着自己就抱着孩子哭，现在孩子比自己高出了两个头，再不能打他了。“撑不住时，总是想着他的好，十八年了，一直都这样想。”还有好些苦，她说已经不记得了。

我默默无语。

早上出门，院落中的凤凰树落了一地的黄叶，有人将它们扫成一堆。恍惚间，春天和夏天都走了，一院的雨意——秋蝉从石缝间叫出了秋声。虽然它们还会回来，却不是原来的。尘世遗失的并不仅仅是时光流水。生活如此，生命亦如此，就像一场集会，在教堂里的低唱声中，人们一波一波地进来又一波一波地离去。生命的精妙之处或许就在于淡忘，淡忘是流连忘返，是追忆逝水年华。

因为，每一个人都在和遗失的自己若即若离。

淡墨青花

一

独酌无期与散文

初夏，早晨风大，清凉尤佳，这样的况味容易错觉，秋天吗？那是喜欢的，却明明在初夏。不由嫉妒起上海人了，尽管他们黑压压急匆匆赶在蛛网般的路上，贴脸贴屁股挤在浑浊的地铁中。这里的人群缺少闲气，闲情更是梦境，匆忙赶路的人群是少有梦境的，唯剩目的和欲望。匆忙是这个城市的宿命。在上海近十日了，一提笔却欲语还休，我也被这个城市的浮躁传染了，心境不闲定是写不了文章的。《江西后花园》，从旧岁开始，一直未完待续着，我试着将自己置身过去，虽大有落花流水去之感，但还是喜欢，喜欢如云头的花朵。活在回忆里也是幸福的，世人常语喜欢回忆往往是性情老了，我倒不觉自己老成，况且年少老成并不是件多好的事。

闲时少，闲气少，闲情更是珍物。

写作是一盏正老去的茶。

很多当代人是不屑于散文的，我却觉得是福气。散文属梦里青花，仅拾一枝，似水年华就在梦间水落石出。一枝青花淡墨轻点，影影绰绰地浮着紫气，我在影影绰绰的前生今世里散步，身体愈发的轻，仿若白居易笔端的一滴淡墨，或是张岱的，或是袁子才的。我甘愿做他们笔端的那一“微芥”，也清微淡远，也行云流水，水是一泓清水，在未名桥下不留痕迹地流过，云是一枚流云，浮在湛蓝天空。这样说太矫情了。

写散文无疑是修来的福分。

二

铁观音、供春壶、观音铁、梅子酒与李渔

早上无事翻读《闲情偶寄》，李渔有云：“善养生者，不可不交有道之士。”我赞成，有道之士可以理解为才情可嘉性情相习之友，所谓益友良师，相得益彰，鱼与水的关系。又好比好茶和供春壶，茶是上好铁观音，壶是绝品紫砂壶。安溪铁观音名字取得气魄非凡。南方有种植物叫作观音铁，置在厅中，滴碧泼翠，气宇轩昂，碧是云天碧水的碧，翠是凝住盛夏的翠。有人送了两株给我，我让士兵们抬到天台，秋末时分，天空熏红，翠色苍茫。我和封筝与来广西看我们的父母聊着家常，家长里短摇曳在翠影之间，也是心身何其愉悦。供春壶大有来头，传说书童龚春，陪主人在古刹参禅读书时，偷闲治壶，做成了艺术，名声大噪，民间有“供春之壶，胜于金玉”之说。

我总觉得上品的茶在苏州园林里泡更具意味。天入暮色，在松

林里拾些树枝，吊初涉夜色的井水，烧水煮茗，茶香肆意。古时候是要有些身价的人家才喝得起茶的，而茶又大多与文化联系在一起，如雨后春笋，如琴瑟和鸣，如云想衣裳花想容。好茶的人多属文人墨客，闲情而寄，写意生活。而井在园林中却大有用意，并不单单止于饮用，许多井是因风水而生。拙政园中（好像是，记不太清楚了）有口古井，名曰“天眼”，这个名字可见主人的文化修养和大气魄，明明是地上的眼睛，却硬是要叫作“天眼”，一泓碧幽幽的井水滋养着前朝轻梦，井圈栏上有岁月无言的斑斑驳驳，少许残梦犹寻。苏州闹市至今保留着许多口古井，这些井的圈栏上模模糊糊地留着“×××、××× 义捐”的石刻，古人积善报德往往挖口井恩泽四方邻里。井的选址挖掘大有讲究，从风水的角度有“压患”“镇邪”之云，顾震涛的《吴门表隐》有详细的介绍。

我去苏州园林却不想喝茶，最想在沧浪亭中一醉方休，也如汤显祖一般“一梦至今，临风怅伫”，兴起之时，或许在面水轩处，脱去衣物跃入水中畅游一番。沧浪亭是苏州保存得最好最古老的园林，面积不大，却包罗万象，深不可测。这些天，我力劝同学去沧浪亭中喝酒，赏园，赏石，赏竹，赏文人，无人响应。花间一壶酒，独酌无相亲，真是遗憾。李渔在《闲情偶寄》中说：“愁是何物，而可摸乎?”悲无从言，憾愁倒是有，有些强言，愁怎不可摸？宋词中触目而及，比比皆是。随意摘录，《木兰花》：“城上风光莺语乱，城下烟波春拍岸。绿杨芳草几时休？泪眼愁肠先已断。”范仲淹有词：“黯乡魂，追旅思，夜夜除非，好梦留人睡。明月楼高休独倚。酒入愁肠，化作相思泪。”又有《御街行》之“愁肠未断无由醉，酒未到，先成泪。残灯明灭枕头攲，谙尽孤眠滋味。”看来范先生是喜欢借酒浇愁的。张三影的《千秋岁》：“天不老，情难绝，心似双丝网，中有千千结。夜过也，东窗未白孤灯灭。”这首词被后人改得面目全非，“心有千千结”众人皆云，你说尴不尴尬？更有名的还是他的《天仙子》：“水调数声持酒听，午醉醒来愁未醒。送春春去几时回？临晚镜，伤流景，往事后期空记省。沙上并禽池上瞑，云破月来花弄影。重重帘幕密遮灯，风不定，人初静，明日落红应满径。”看宋词就像看江南梅雨，漫天皆愁，不喜欢，不再抄书。愁在哪朝哪代都可以摸得到的，贺铸就有名句：“试问闲愁都几许？一川烟草，满城风絮，梅子黄时雨。”

这阕我喜欢，虽然都是说愁，李贺比众多宋词要烂漫，烂漫是一种好境地。李贺是有才情的诗人，却命薄。在艺术探究的路上，真正的艺术家是宁愿命薄也不肯才薄的。

说到梅子黄时，云南大理的梅子酒令我垂涎三尺。上好的米酒，加入滴汁的梅子，勾走酒的烈性，黄稠稠的好颜色，刚烈的酒变得妩媚了。让性情从刚烈过渡到妩媚柔情是不容易的，但梅子做到了。一般加入梅子后，密封三个月就可以饮用，密封时日越久越醇香。去岁五一，在云南朋友，他把珍藏多年的梅子酒贡献出来，那种醇香，未开瓶就芬芳肆意了，大理的风情弥漫。好酒好在浓郁，美在厚上，喝到一杯好酒，是有福气的。我们在浓郁中神志迷糊，还没睡意就开始做梦了，就打电话祝贺初为人父的河北程军，给北京的佐民，我想念我们在鲁院的日子了。程军刚喜得千金，电话的一端喜悦不言而喻，他的幸福被我扯了一角。

说到梅子酒，画家朋友佐民肯定也是喜欢的。我在京工作时住他的楼上，我们经常在冬夜里一起喝酒。酒过三巡，就纵横天下，纵横天下并不一定是理想放大，开心就可以了，管他有没有梦想。他喝酒时，总念念不忘他落难的经历，他一个人无助地走在大雨滂沱的长安街，前程犹如悬崖，这时接到电话，朋友轻描淡写地告诉他，已帮他渡过难关。这个生命中的刹那，是他的城南旧事，他倔强地执意在其中无法自拔。我和湖北的刘云，还有广西的文良，还有北外的朋友往往听得入迷，像看西湖的春雪，百看不厌，百听不厌。酒意阑珊，老去的故事一而再，再而三，依旧意犹未尽。屋外天寒地冻，夜色深邃；屋内如沐春风，其乐融融。有时候我们也喝啤酒，罐装的燕京，每喝一罐就把空罐垒在身后，往往垒过人高，甚为壮观。有时候喝高了，就跑到佐民的画室去撒野，在净素宣纸上乱画一通。军报的海明酒后写过一幅“真水无香”，我带回了广西，搬了好多次家，一直留存。

佐民还说过一个故事，有一回他从外省出差回来，北京城大雪迷漫，他突然就想去京郊的黄叶村喝酒看雪，黄叶村是曹雪芹故居。正想着红楼往事，三个挚友不约而同来电说“黄叶村”！他讲这个故事时，在时间的衔接上有小说家的笔法，一个画家有小说家的笔法肯定会妙笔生花。黄叶村成了性情相知相益的代名词，有这样的知己，才滋养出佐民的浪漫。不过说到滋养人生，还是李渔深谙此道。

三

沧浪亭

从网师园出来，寻沧浪亭，一是就近，二是它的名字让我觉得很有风尘的意味。一路走去，天变了脸，小雨淅沥，小桥下的水面起了泡泡，一个连着一个。迎面走进，天色混黑，园林有了苍莽之气。没有带伞，就在面水轩坐，雨点湖面，涟漪四起。湖边有绿衣女子撑伞而过，雨甚浓。

走过闻妙香室，身后的高跟鞋太响了！闻妙香室取意杜甫的“灯影照无睡，心清闻妙香”，我坐在门槛之上，暗香浮动。

天井有竹林，学名：黄竿乌哺鸡竹，名字有些好笑。雨打竹叶，滴翠纷然。沧浪亭中有竹多种，红基竹，叶色嫩绿，竹身青翠；绿槽钢竹，竹如其名节气似钢，现在南方人家多有种植；湘妃竹，瘦弱不堪，病气其间；石绿竹，葱葱茏茏，故乡漫山遍野，却从来不知它的名字这般好听；金镶玉竹，叶茂细长，远远看去，犹如一丛丛开在云端的嫩黄花；箬竹，记得邻居后院有无数，端午时，总会摘一些来包粽子，糯香幽兰；长叶苦竹，叶子长也是错吗？何苦有之？紫竹，亭亭玉立，紫气黯然；黄竿京竹，在阳光下韵姿流动；单枝竹，竿细如丝，叶子却稍大；寿竹，像俞樾的字，富贵之气，俞樾的字很多有关苏州的书中都有，很出名的就是寒山寺前的碑刻“枫桥夜泊”。我比较喜欢金镶玉竹，有金玉之气。看竹时，雨甚大，我独自在竹林中，雨淋了一身，浑然不觉。

园主人苏舜钦性情刚强，敢于痛陈时弊，他的上疏，直指仁宗深宫燕乐无节，敢骂皇帝的人毕竟还是不多的。他在文学艺术上同样敢与时先，反对当时流行的西昆体，欧阳修称他是“为于举世不为之时”，苏舜钦对宋诗的发展起到了很大的推动作用。由此观之，便不难理解他在沧浪亭中遍种的竹了。苏舜钦在沧浪亭住的时间并不长，区区几年的光景，我觉得他与鱼水同乐仅仅是出于对世道的无奈，他在《过苏州》中仿佛看到了自己的未来：“无穷好景无缘住，旅棹区区暮亦行。”官复湖州太守那年岁末他却病逝了，范成大叹息：“富贵功名皆由命，何必区区仆仆。”苏舜钦背负着他的理想在暮色中隐去了。我则喜欢“有兴则泛小舟出盘阊，吟啸览古于江山之间”时的他，不太喜欢《过苏州》时的他，尽管《过苏州》中的“近水远山皆有情”很出名，但心境已是大不同了。

“瑶华境界”里有黄梨木作屏风，上刻有园主人苏舜钦的“沧浪亭记”，我看得认真，以至出来时，手碰到了门，心中一惊，生怕惊到了时间深处的苏先生。

“清香馆”的匾是南宋绍兴韩世忠的手迹，钢骨铮铮，秋来时，清香馆前漏窗粉黛，丹桂吐蕊，清香四溢，取意“殷勤莫使清香透，牢合金鱼锁桂丛”，李商隐看到了韩世忠的宿命。

去寻“五百名贤祠”，又回到“瑶华境界”，童心甚起，坐在紫檀官帽椅上写下这段文字。忽然发现雨停了，雨后初晴，云蔚炫目。雨、阴、晴，三色境界，心中色彩斑斓。

在“翠玲珑”处再看竹林，别有风味，苏子美有诗云：“秋色入林红黯淡，日光穿竹翠玲珑”。湿漉漉的粉墙，竹影晃动，万竿摇摆，滴翠匀碧，故曰“翠玲珑”。

不敢在“五百名贤祠”里放肆，心怀敬畏，就坐在门槛上记笔记，抬头黛瓦之上有新梨青青涩涩，漏窗深处竹影婆娑。忽然湿了，早上从上海带来的铁观音茶漏了出来。眼前竹影碧色一片，心中淡然，大有古意。

品园，其实是心清去处，明澄自在。

听见院子里有雨滴落泥土的声音，真是好。

些许年前，有印书冲动，现在想来真是浅薄至极，自娱自乐冠名以“引静书坊”的名义策划一集，取名就源自网师园中的引静桥，就从名字而言，现在也觉得蛮好。去网师园时，跨过一座小桥，上有石刻，花色模糊，年代久远，觉得好看，这就是味道。在旁边坐了一会儿，有位父亲领着孩子在桥上拍照片，神情专注。桥边，紫藤苍苍莽莽在粉墙上，花期已过。

当时未曾在意，回来翻书，才发现竟是引静桥。

四

在苏州梦游

第三次去苏州，摸着梦境过去。在平四街问当地人怡园、艺圃怎么走，眼光异样，他们觉得我挺奇怪的，放着拙政园、狮子林不去，偏要去这样的小园林，地图上的怡园和艺圃毗邻咫尺，我却不着边际。租辆黄包车去就近的耦园。

黄包车摇摇晃晃穿过几条狭窄的小弄，像穿过几个朝代的时光，把我送到了耦园，边上小桥流水，桥下的流水有世俗的混浊。从侧门进入园中，有破败之气，人甚少，空气冷清。世俗也是嫌贫爱富的。穿过东亭，听到导游大声喊话，我仿佛从前朝走了出来，回到了今生。游人在后花园中照相，旁边有一丛紫竹翠意正浓，像少妇的风姿。没有人注意它，人世万物，冷落总在无知间。

走着累了，在“山水间”坐下，苏轼的诗句太有名，不想再抄。亭前有曲桥潭影，假山林立，看客纷纷在拍照。假山上有一株槐杨树冠盛大，密密匝匝的叶间，抖落了许多阳光碎金。听到有人在笑，笑声清脆，像青鸟飞过云幕，忽然想起一天前在西湖，走到断桥时，有小鸟擦着我的肩飞过，恍若寻梦。游客来来往往，觉得自己在看人世的风景。

曲桥忽然不想过去了，人太多了，耦园原本就小，怎容得那么多的吵闹？有时候，人世的嘈杂比痛苦还难承受。

听着耳机，记些笔记。听《你是我的幸福吗》，怀念2005年冬末故乡的时光，走在雪籽落着的路上，两边是落叶纷纷的香樟，落叶像一只只铜锈的眼睛，我去接二哥的孩子放学。那也是良辰美景。

正午的阳光落在潭中，金光恍然，忽然觉得到了自己的家了。周遭的人都是来客，我是主人，看风月无数，看流云无数。坐在我面前拍照的小女孩也面若流云，一株紫藤在风里摇曳，阳光如碧玉泼洒。山水间人也多了起来，就躲到云石静处看竹子，园中竹多，竹而有节，想必原先的主人也注重气节。竹林边上的小厅的冰纹窗很好看，看了许久。

吾爱亭很小，取意陶渊明“吾亦爱吾庐”，没看出爱的感觉，看来主人有些自恋的矫情，觉得闷热。“还砚斋”里有刘镛的楹联：“闲中觅伴书为上，身外无求睡最安”，无事翻书，安然入睡，真是好福气。还砚斋的砚台丢过，为了纪念失而复得故取名，遗失其实是永远的，不管是精神还是物质，永远都不可能失而复得。

“无俗韵轩”里的几个窗口甚有风情，倒是觉得名字取得俗了，让我老想起苏州火车站里售票窗口，人头攒动，拥挤不堪，你说气愤不气愤。

“耦园住佳偶，城曲筑诗城”是园主夫人严永华的诗作，才气碧蓝。夫妻俩琴瑟和鸣，逍遥人间，令人羡慕。现今他们抚琴棋画处，倒是从漏窗处遗漏几处春光，只是后花园新建的厕所，一进门就看得见，煞了“无俗韵轩”的风情。

五

再遇狮子林

十一点多了，慢慢走在苏州的路上，原想去看丝绸厂，太热了，就去狮子林。

入园，清凉，清净迎面而来。燕誉堂前摆了四株杜鹃，太浅薄的招摇，不合适禅的氛围。坐在阶沿上看对面的电视介绍，有对年轻夫妻也坐了下来，女人挺着肚子，满脸幸福。

狮子林的建筑因禅而生，是现在苏州园林中唯一的佛家园林。造园是艺术成就很高的建筑，主要包括四个部分：叠山，引水，建筑，植物。山水与当代文明于一体，让人身在城市，疑在山中。狮子林以石趣为胜，乾隆帝曾六游此，留下诗作和御笔不少。而赏石就在似与不似之间。林中假山林立，假山中有林立的洞，洞洞相连，出其不意，不得法之人会迷失方向，不知所以，我故意乱走一气，期望冥冥中有天意指点迷津，一番蜿蜒曲折之后竟然发现身在洞外。到了“辑峰指柏轩”，暗香浮动，大有禅意。庭前古柏苍翠，直指云霄，“人来问不应，笑指庭前柏”，当年“赵州指柏”想必就是这株了。楼上是“听雨楼”，已改作茶楼，喜欢它的名字。《虞美人》：“少年听雨歌楼上，红烛昏罗帐。壮年听雨舟中，江阔云低，雁断叫西风。而今听雨僧庐下，鬓已星星也。悲欢离合总无晴，一任阶前、点滴到天明。”人世流转，唯剩庭前柏树在，苍翠无言。觉得有些累了，就坐在轩前的石阶上，眯着眼睛看游人如织。

桂馥廊的漏窗好看，窗外石榴青青。

五松堂后院其实是个天井，功能综合，剑戟状的铺地有特点，还有梅花瓣的，刀剑、梅花、寒光，一地的刀剑笑。“梅熟了”，却是马祖云禅了，马祖是高僧，闻法常修禅，便遣人问之：“从前，我心我佛，而今非心非佛，这是怎么了？”法常笑曰，这老头在卖迷糊药了，不去管它，我心还是我佛。马祖闻之，赞叹不已，法常修行坚定。园里有纪念此公案，建“问梅阁”，冷冷清清在偏僻一角，鲜有人去，去了也匆匆，公案归公案，建筑归建筑，人之常情分得清楚。梅花阁里大有梅意，梅花窗纹，屏上有梅，铺地有梅，窗外也植有梅，有些人云亦云的意味，反倒不是禅宗。

看园里的碑廊像在翻书，随意而过，看见文天祥的手迹。对面回廊，紫藤凝翠华，花期过了，依旧风情万种。对面不知何亭，亭边有我喜欢的金镶玉竹，滴碧匀翠。

六

往桂林

从上海离开时是一周前，在小雨中赶地铁，觉得像离开一个喧闹的小镇。上海南站像一个巨大的鸟笼。摸着故乡的温度回家。在萍乡的停泊觉得自己是来客，这样的感觉不好，被生生剥离出来的感觉。原计划昨日去桂林，家人及好友为我设宴送行，就开啤酒。我说，来冰镇的多好！叶勇有些惋惜，光顾着说话，早应该镇在井中了。我家院里的泉井清凉有加，一泓清泉，静默。平生如一泓清泉，期待如此宿命，那是福气。啤酒喝得痛快，谈起一件事，看见姐姐的泪花闪闪，我眼前的酒花也闪闪，竟不能释怀。释不释怀是自己的事，别人劝不来的，就决定不走，推迟一日吧。

太热，确实是酷暑。

正值暑期高峰，车上人满为患，餐车都满了，我没买好票，等着车长腾铺。窗外乌黑，列车一头扎进前途迷漫的夜色里。餐车里有人喝高了，要打起来的样子，嗓门最大的那位，拍着桌子摇摇晃晃地站起来指着另外一个的鼻子说“我说你心态要好些”。我远远地看着他们吵吵闹闹，觉得有些趣味，又觉得无聊，车上确实没什么可以看，何况窗外漆黑一团。

出门时，母亲跟在身后轻声叮嘱着，在外十几年了，每回离开家都是这样的场景，儿行千里母担忧，我看不清夜色里母亲的面容，不由神情黯然。

车过株洲了，窗外有灯火渐行渐远，这些俗世的灯火在视线里明明灭灭，觉得虚无，虚无是没有目的的旅行。

七

KFC 的微笑

微笑堂楼下的肯德基餐厅人声沸腾，恍惚欲睡，午后困倦丛生。街上太热了就在这坐会儿。对面有人拿着桂林经典景点旅游图研究，表情充满新鲜。

回头看见了梅花，桂林少有梅林，梅花鲜见，其实是一位奶奶怀里的孩子，露着肉乎乎的屁股，上边全是颤颤巍巍的梅花朵，真想拧上一把。这是温情图画，最是那一低头的温柔应该在奶奶的胸膛吧。

在八桂大厦遇见一对隐藏恋情的朋友，我的出现把他们吓了一跳，脸红红的不知所云，善哉善哉，罪过了，我告诉他们我侧目而过。看见有一个丑女人牵着一只很丑很丑的狗招摇过市。

刀锋书店滨江而生，进去时看见《国史大纲》《国事新论》，觉得这个小书店不俗，看到《桃花坞年画》更是惊讶，江南年俗眼前浮现，年俗滋养着我的童年，很知足。桃花坞上个月去了三回，尘土飞扬，丝毫看不出传统来，我对木刻没有兴趣，我更喜欢园林，当时没在意。《江南画本》是我订买的，江南是老朽，画本却是少妻，老夫少妻倒是风情。去上海书城找这本时，发动了整层楼的导购，找不着边际。在刀锋找到真是有淘到宝的感觉。刀锋的名字用在书店，有些冒险，在桂林山水间锋芒毕露不容易。我想，我有闲有钱的时候就买下它，变成书吧，每个月推出一个创意，主题是书，分地域，分国家，分流派，分风格，分作者等等，首推江西作家吧，我是江西人不能忘本，顺便卖庐山的云雾茶，卖苏州作家的书时，一定要等到夏初，因为杨梅上市了，茶就借龙井，苏杭一家，想必杭州意见不大。这样说来的创意反而坠了恶道了。

江滨路上香樟冠盛叶繁，大有古意，漓江在路的一边碎金粼粼，我往左看，树影婆娑，八年前我曾来这里寻梦，向右看，一江春水，深锁旖旎，风光无尽，恍惚入梦，又恍惚入世，梦境，俗世，身心何其愉悦。

江中有人游泳，今天是周日更是人多，这是悠然，悠然是上品。有人背着游泳圈上岸，从眼皮底下走过，大腹，感觉是两个游泳圈在移动。

八

桂湖

早上送封筝上班，路过桂湖湖畔，远远地看见蜿蜒起伏的西清桥俯身在碧水之上。桥是木作，海棠红，朱槿红，有种不愿醒来的慵懒，慵懒是需要底气的，从容生淡定。桂林山水滋养着这样的性情。桂湖不大，仅是市中一泓碧水，碧水丹心，这座城市的丹心。爬上叠彩山峰，看桂湖如漓江画派中的水晕，水晕是画中仙子，是诗人，是桂花香。据说米能仁来过，无从考证，米家父子的淡墨远山，飘逸仙境，我觉得他们是来过这的，他们的作品里有桂林山水，有远山淡墨的灵感。当代的漓江画派善用淡墨，烟雨旖旎，荡胸生云。请徐悲鸿来画这里，神韵有，但会少闲情。在苏州博物馆看过徐悲鸿画展，有幅桂林山水写生，感觉就是这样，毕竟过客和本土者是有区别的；请黄鸿宾来画，太肃穆，太浓郁了，黄鸿宾是吴中骄傲，许多文人墨客喜欢他，苏杭一带的更是喜欢。我在西湖边上看过他的画展。当时要闭馆了，我在暮色中进入，墨色浓得化不开，来者要目光如刃，或许可以切开黄先生的世界。远远看去就是焦墨，他是焦墨法作画的先锋大帅，觉得厚重，厚重得心生敬意，厚重对于年轻毕竟是奢侈的，只能远远地静默。

忽然兴起，脱了鞋袜，将脚放入湖水，有小鱼群动而来，这些城市的生灵对我的到来丝毫没有惊疑。“远看山有色，近听水无声。春去花还在，人来鸟不惊”，这是桂林的得天独厚。湖心有许多人在游泳，我去过许多旅游点，一般风景区的湖是不能下水的，桂林不一样，只要你愿意，随时可以纵情山水，这就是气度了。

湖边有拂柳，瘦弱，新种不几年，缺乏年岁的滋养是长不出风情的，周边的细叶榕和桂花树倒是郁郁葱葱，如风韵少妇临渊。拂柳面色黄黄，八九岁的少女，也怀心事。

生气与缠绵悱恻

生气一旦发泄，往往是不可一世的，甚至是一世纵横。

这话很有意思，在生活中生气，勃勃生气，会有万人不可挡之气，吴三桂一生气，不仅仅把帽子冲得像神九飞天一样，还让一个朝代落花流水去，当然是一怒纵横。张国焘也是一怒而去，功难补过，且不以成败论英雄，他们也是不可一世的。张国焘是老家一中的学生，成绩优异，现在的学生知道的已经不多了。在艺术上生气，焕然生机，诉诸笔墨，发泄出来，更是不可一世，黄宾虹晚年的山水画就是如此。生气是畅快淋漓，是化去心机俗虑的出神入化，一个成熟的艺术家总会寻着生气往更深阔的境地走，艺术上的境界就是深与阔的区别，越往深里走，越是锋芒不露，越是灵光不显，大隐隐于笔下。这么说似乎把生气这个看似锋芒必争的词说得面目全非了，生气＝不浓不淡，生气＝不争不强，生气＝不温不火，生气＝不偏不倚，生气＝不亢不卑，一气之下，面目全非。凡·高就是一个面目全非的人，画作也面目全非，世人喜欢的恰恰是他的面目全非。达·芬奇的生气诉诸笔墨，生气反而可以微笑了。一笑气象万千,一笑倾国倾城。我还是喜欢他小时候画鸡蛋的故事，鸡蛋如圈圈有什么好画的？这就是大师和凡夫俗子的区别了，当不了大师不要紧，大师曲高和寡，我吃些鸡蛋，轻易就感觉得到人间温暖。

鸡蛋百吃不厌，桂花蛋首当其冲。油冒青烟时，敲蛋入锅，青红蛋白激起一窝的愤怒。稍许翻炒，待到鸡蛋半生不熟时候，加入作料，滴上谷酒，再撒些青白葱段和辣椒面，青青红尘漫滤入金黄，盛在盘间，蛋花如丹桂盛开，青葱是碧玉晶莹，自是好看，不仅是好看，更是好吃。桂花蛋贵在质嫩，又不能太嫩，太嫩就是儿歌，更不能过火，过火则是苏东坡黄庭坚。所有的饮食在于火候，不偏不倚，才是膳食正道。

范成大《眼儿媚·萍乡道中乍晴》：

酣酣日脚紫烟浮，妍暖试轻裘。困人天色，醉人花气，午梦扶头。 春慵恰似春塘水，一片縠纹愁。溶溶泄泄，东风无力，欲皱还休。

吃桂花蛋就是这种感觉，在桂花间醉，范成大在萍乡时确实是醉了，醉在舌尖，就有生气盈发。

回到饮食生活，真是好，民以食为天，头上一片蓝蓝的天，几许卷边的云在散步，多好。

欣然早晨，有些冷清，兴许有杏花。母亲要我去菜园摘些葱回来，她蒸的芙蓉蛋要熟了。芙蓉蛋确实如出水芙蓉，是一碰就要破的少女脸蛋，芙蓉上撒些青葱碎末，国色天香。芙蓉蛋有个很好的名字“八仙过海”，八个人凑一桌，各持汤勺一尾，各显神通去。

有一种炒鸡蛋，我不喜欢，像不喜欢一种人一样。韭菜炒鸡蛋，青青黄黄，颜色还好。微雨吐蕊的新韭在田间的颜色很嫩，是新叩出来的颜色，昨夜韭菜一阵猛叩，破土而出。在冬末，韭菜们被从根部齐齐割断，一刀两断的韭菜叶子们躺在地上愈发的老气横秋，老气横秋不讨人喜欢。父亲用沤过一个冬天的煤渣灰盖在上面，最好有些鸡粪鸭粪鹅粪掺和在灰中，煤渣灰和鸡粪鸭粪鹅粪们一块儿怄气一定是很好玩的事。肥土厚厚地铺了几层，像盖上了一层棉被，足足有十五斤重。冬至前夕的夜晚，母亲会给我加盖一床被子，就足足有十五斤重，我被压在下面动弹不得。一场春雨过后，韭菜们努力工作，当春乃发生，新绿们在雨露之间做笺注。“夜雨剪春韭，新炊间黄粱”，老杜先生做了不合格的媒人，韭菜炒鸡蛋的气味很酽，这种味道让我老觉得是把两个不合适的人放在了一起，他们各自克制着生活，杜甫啊杜甫，你写你的天下文章，你当什么媒人啊？

韭菜炒鸡蛋，我不喜欢关系不大，喜欢的人大有人在，现在的各个饭馆里几乎都有此菜，一些人一吃至今，场面也悱恻。婚姻不是爱情，没有爱情的婚姻，日子也能过得下去，也能在别人的眼间缠绵悱恻，所以这道菜一直都有人点就不足为奇了。

谷雨过后，故乡的人们往往要腌一些黄泥蛋，因为端午快到了。端午那天，家家户户都要准备些，不管吃还是不吃，这种习俗一直延续至今。也有些人家用五线绳给孩子们挂个咸鸭蛋在脖间，有压邪的意思，现在这些风俗鲜见了。黄泥蛋到处都有卖，不用自己家做，就不新奇了。腌蛋要用稻草灰，人们烧上一大堆的稻草灰，用脸盆装上，一盆的黑黑灰灰，想必是“茶褐”。更准确一些的说法，那是古人用土黄、漆绿、烟墨、槐花调和而出。

“茶褐”是一味药引，我得了一种叫作“故乡”的病。

稻草灰加上黄泥用水和成粥状，加上吴盐八角桂皮粉等，然后再将泥抹在蛋的表皮，放进搪瓷罐，密封，置于阴凉处，不出一月就可以吃了。一个咸蛋，切成两瓣，或是四瓣，红心白泥，滴几点火辣辣的辣椒油，盛在白瓷小碟中，如一阕小令，下酒、吃饭都是津津有味。儿时，一个黄泥蛋，孩子们能吃一顿美美的饭。上小学时，遇上学校加课，就会带饭，母亲常会给我煮个黄泥蛋，埋在饭下，我心满意足，一想到中午有蛋吃就满口生津。吃饭时候，在蛋壳上敲一瓶嘴小洞，露出月白，挑一小块，味道实实在在，比诗歌的味道还好，肯定超过了一首绝句，我在其间越陷越深。吃毕，剩下空空的蛋壳。车胤用它装萤火虫看书，萤囊映雪，多有趣啊。夏天来时，我也做过一只，吊在云帐间，我在朦胧的银光下读书，偷偷地读书，看《查特莱夫人的情人》，被母亲没收了，这本是我好不容易从同学吴建维那借来的，她要我在书皮包上一层报纸，说好一定不能折页。我一晚上都没睡好。萤囊映雪，映出少年几重心事。

鸡蛋还有许多种做法，煎蛋煮蛋蒸蛋炒蛋腌蛋冲蛋，葱花蛋韭菜蛋辣椒蛋芙蓉蛋番茄蛋牛奶蛋姜汁蛋红枣蛋银耳蛋莲子蛋，似乎什么都可以相佐，真是蛋如文人，文人也是如此啊，文人与女人与茶与酒与剑与琴与戏等等，几乎和谁都可以扯上关系，文人与女人，就是才子佳人，就是冒辟疆与陈圆圆沈三白与芸娘，文人与茶就是茶韵黯然，是陆羽与《茶经》；文人与酒，就是把酒言欢举杯问青天，就是白居易与新丰酒杜牧与杏花村；文人与剑，剑胆文心，就是辛弃疾挑灯看剑文天祥过零丁洋；文人与琴，就是搔首问天逝水年华，就是管平湖古琴遗韵吴景泰《墨子悲丝》，文人与戏，就是梅兰芳《霸王别姬》、汤显祖《桃花扇》。一堆的蛋，一堆的文人，一堆的好吃，一堆的好看，吃它个荡气回肠，看它个缠绵悱恻，荡气回肠和缠绵悱恻都是俗世情怀，所以一俗至今，还是生气勃勃。

说到生气似乎我们总是看现代人在生，其实古人也生，古人生气有时是更有趣的。袁枚在《子不语》中记载了江苏无锡人杨潮观的一则小故事：杨在河南时，有一次入场充乡试同考官，梦见一姣好少妇，说："拜托使君，'桂花香'一卷，千万留心相助。"后来在落卷中有"杏花时节桂花香"句，因荐之，取中八十三名。添榜时为商丘侯朝宗之后、老贡生侯元标，因悟梦中女子为李香君。《子不语》付梓后，死要面子的杨老见之大为恼火，写信给小袁兴师问罪，袁枚在他眼里当然是个毛头小子了。袁枚针锋相对，正论与讥嘲调侃同出。

杨老强调："仆非不好色，特不好妓女之色耳。"

小袁不仅一点面子不给："此言有。试问不好妓女之色，更好何人之色乎？好妓女之色，其罪小；好良家妇女之色，其罪大。夫色犹酒也，天性不饮者有之，一石不乱者有之。人心不同，各如其面，好色不必讳，不好色犹不必讳。人品之高下，岂在好色与不好色哉！"

还得理不饶人，"闻足下庆七十时，与老夫人重行合卺之礼。子妇扶入洞房，坐床撒帐。足下自称好色，或借此自雄耶？"

和装正经的八十老学究说性生活，而且说他本人的性生活，这话换谁都有点别扭，杨老先生更受不了，一气之下连写了三封信骂过去，那时也没电话、没网络，骂个人也只能这个办法了，估计老爷子提笔痛骂时，相当郁闷。每每看到袁枚回信时，心情就愈发郁闷了，又无言以对，气得头发竖起来帽子掉了，头发竖起来其实不奇怪，成语早说过了，关键是杨老先生连胡子也竖起来了。

这个故事好玩，可是我的生日却过了，我不记得没责任，母亲不记得我就有些伤心，母亲说那就补偿三个蛋吧，平常我过生日母亲就煮两个鸡蛋。这下我不生气了。

艾草（一缕婉约的弦外之音）

仄平平仄，平平仄仄。

平平仄仄，仄平平仄。

一场清明雨，密密蒙蒙，柳絮沾泥，落红成阵，艾草在田间、在山坡、在池塘边、在老去的水井旁长势如古人填词作赋，随意一处，都是小品或辞赋，从从容容，自成气候和格调。

雨后却斜阳，清新蔚然，是晚春了。

会有人影晃动，在故乡的田埂间山坡上池塘边水井旁，雨后的晴晖，气旷神怡，人们在露水间采摘艾草。艾草绿绿油油，锯齿的叶尖滴着晶莹的水滴，茎脚是稀松的泥土，偶尔会有条蚯蚓在泥土间露出一点点头，拨开艾草，就缩了回去。

萍乡有俗语“三月三，吃地菜”。清明和谷雨之间，天回春暖，人们会在农历三月三这天，到田间山间去采集地菜和艾草。地菜是一种草，长得像灌木一样，我叫不出它的学名，想必是“地上长出来的菜”，有点此地无银的联想。真是想象的衰老，这段时间里我老是会说“我其实早已经放弃了想象”，想象是一个诗人的命，幸好我不是诗人，其实也是无奈。地菜长势像古代仕女头顶长长的玉簪，茎长叶疏，大多会长过膝盖，顶部分枝，叶子细碎，但绿，是“柏绿”，古人画师的专业术语是“用条枝绿入漆绿合”，我与绘画调色无缘，借王绎《调和服饰器颜色》里的话来说事，调色我不会，调情也不在行，调皮还算不错，调动就是经常的事情了。

地菜花期就在清明，淡淡的黄花，像切开了橙子的肉，露出了晶莹的点点星星。这花要比橙子心要淡，淡得温和，淡得默默无闻，花香也是气若游丝，一缕弦外之音，不静下心是不记得它的味道的。“弦外之音”是此花的艺术，是境界。

地菜扬花，春风荡漾，是它最好的年华，过了这个时间它就老了，草本沧桑不合适，也不讨人喜欢，只有树木沧桑才对路，高大的事物才需要沧桑涵养，如古柏劲松，如人到中年。这个时候，人们把它们连根拔起，敲干净根部带起的泥土，在田间流水哗哗的小渠间荡荡，流水也荡荡。春日里的田间小渠是生动的，会有莫名的感动。一场春雨后，水漫田埂，躲在阴处的鱼儿虾子就出来觅食了，渠间的菖蒲在水底柔弱如同杨柳腰。我们会取下在墙头挂了一个冬季的小捞网，去捕捞鱼虾。一只捞网堵住小渠的下游，一只从上游赶了下来，受了惊吓的小毛鱼虾子就会纷纷窜入下游的网中，两网相会时候，朱毛会师井冈山。起网，鱼虾们在网底惊恐万分，窜动得以为它们都是运动员。我们有时候会堵住一段小渠的两边，淘尽积水，鱼儿们就在泥间死命地摇着身躯，浅浅淤泥中漏着青青的背脊，再也无处可藏。有时候还会有鳝鱼出现，鳝鱼很滑，比和珅还滑头，滑头是可爱的，奸诈就不好了。孩子的手是抓不住它们的，明明抓紧了它又从你的指缝间轻易溜走，像无从把握的流水光阴和命运，无可奈何。它掉入田埂上草丛中时，弹跳着褐黄的身体，孩子们扑了过去，溅起泥水无数，脸上、身上到处都是，松开手一看，只有一丛断草，它逃得无影无踪，像一个记忆淡薄在故乡躲进被窝间的无名的冬夜。

地菜拿回家，和鸡蛋鸭蛋一起放入砂锅，水漫过枝叶约七八分合适，盖上盖子，锅底下文火微微，淡淡的药香就渐渐弥散，让人记起，快要到杨絮和蠓虫齐飞的初夏。三月三，吃地菜煮蛋，吃艾草米粑是故乡的风俗，我问过母亲，似乎也说不出具体的来由，反正是去毒压邪的习俗。民间的习俗总有朴素而旺盛的生命力，你不需要怀疑它的真伪和可信度，因为这些习俗早已经过了生活的论证。地菜是一种草药，有祛风去毒之功效，和蛋一起煮，蛋吸收其中精华，药入其味，效果更好。母亲会让她的孩子们各吃一个鸡蛋和一个鸭蛋，鸡蛋属阳，鸭蛋属阴，阴阳中和，我是这么想的，不管它有没有道理，孩子是无理依然可以走遍天下的。地菜煮过的蛋我很难分得清楚哪个是鸡蛋哪个是鸭蛋，因为它们都是墨绿墨绿的，一颗颗蛋大的雨花石，墨绿墨绿的颜色很生动。母亲嘱咐我这样的吃法，在故乡吃了许多年了，至少也有一百年了，在孩子的眼里，一百年好长好长。这种吃法充满神秘感，仿佛一种祭司的仪式，吃东西变得小心翼翼，不敢闪失。有时候我偏不理，偏吃了两个鸡蛋，然后跑去告诉哥哥，“我吃的全是鸡蛋！”得意得很。

地菜煮过的水，母亲会用来给我们洗澡，带着药味的水一勺一勺，从头慢慢淋下，很是舒服，如果是在院子间洗澡，尽管有阳光融融，但还是会有些许的阴冷，光天化日之下，我会有些不好意思，不肯脱下小裤头，大人见了，就会笑，“呵呵，鬼蛤蟆还知道怕丑？”“鬼蛤蟆”是萍乡人对小孩子的一种亲昵的叫法。孩子洗过以后，一年都不会长痱子和痦子，即使是臭虫爬过皮肤也不会过敏，确实似乎是具有神效，儿时我就很少长痱子长疮什么的，清清爽爽的童年。地菜是一剂萍乡人自己发明的免疫疫苗，种植在故乡每个人的身体里，无论他走得再远也不会忘记。

相比地菜的样子，艾草的长相就要文文静静了。像邻家有女初长成，采摘过去像在抄《花间集》，内心是舒服的，管他洛阳城里春光好不好，我现在在故乡绿油油的田埂间晒太阳就好。洛阳的才子们都老了，谁说的？韦端己说的，“洛阳城里春光好，洛阳才子他乡老”，洛阳才子有什么好稀奇的，他们像一张张河南大饼。

艾草的名字总会让我心生感动，仿佛才子爱上了平民女子，抛开了世俗，风流蕴藉，张生年少春衫薄，骑马倚斜桥，但见江南青楼间无数的红袖招摇，他的眼睛如一朵流云，里面只有皓腕凝霜的崔莺莺。艾草本身就是爱情故事，天真烂漫。天真烂漫得胸无城府，有城府的是苏东坡，他喜欢说“天真烂漫是我师”。

一年春天，我采艾草时，遇见一条碧绿的小蛇，它咬中了我的食指，我觉得它是冒辟疆，他把我当成吴三桂了。但是艾草不是陈圆圆，陈圆圆沉鱼落雁不会轻易遗漏民间的田间的，弄错的是冒辟疆，他把我和陈圆圆都认错了。那尾小蛇，让我第一次体味了生命的可爱，可爱在于脆弱。那个懒洋洋的下午，如果不是母亲，或许我会安详地睡眠，梦见故乡的旧巷。

艾草采回去后，清水漂洗，切碎，和粘米粉一起揉合，做艾米粑粑。三月三吃艾，也是风俗，却没有太多的仪式感，像夏天吃西瓜、冬天吃鲜橙一样，是时蔬。三月的艾草成为家常，透着乡土间人情世故的淡微暖意，像一个故人目送你远行时的微笑，这是有魅力的，让你很难忘怀。

艾草，味道清清淡淡，略有苦味，在舌尖上的感觉是很婉约的，像丰子恺的散文，散散淡淡中但见温暖。艾草是从文先生逝世后的张兆和，还是一个未曾唤醒的孩子。我在鲁迅文学院读书时候，认识一位胡枚先生，七十多岁的留苏博士，她退休后，在现代文学博物馆当义工。我去时候，是没钱的学生，她用她的工作证把我和同学悄悄领进去。先生语气轻淡，面容慈祥，像古人的一幅花卉图，下笔细细，明洁，平淡。六七年过去，我一直留着她的名片在书桌，电话，如今却越来越不敢打了。

母亲把艾米粑粑一个一个放在饭甑里，杉木做的饭甑些许年没见过了。以前蒸饭都是用这种器具，生米要下锅先焯过一道，等水开了马上要打起，用簸箕漏去米汤，再放到饭甑里蒸。蒸出来的米饭，不紧不松，粒粒皆甘。漏下的米汤，敞在空气里晾一会儿，会变得黏稠，上边还会结出一层如霜面皮，用手可以拈得起来。米汤淡白微清，却甚有风味，我常常先要吃掉那层霜状皮，吃得津津有味，再喝一碗米汤，也是可以忘却鱼肉荤腥的好。白米清汤好养人，不是无缘无故的。蒸饭时，饭甑里边会隔上一层漏板，漏板上有细细的孔或缝缝，疏疏漏漏，蒸米饭时候可以落下水分，米就容易熟了。这是民间的智慧，暗藏不漏，细微之处深蕴大义。漏板上垫上一层洗得干干净净的纱布，这样粑粑放在上边就不会变形，蒸熟后撕开，漏板清清白白，艾米粑粑一个一个躺在上边，像一对对孪生兄弟。

艾米粑粑要出笼时，热气腾腾，一股药芹的味道扑鼻而来，轻淡而不轻薄，是劈面撞见、刚刚被发明的气味。有气泡泡从青绿的粑粑上冒了出来，像有小鱼在里面不停地在水面吐着气泡，发出嘁嘁的声音。艾米粑粑个个鲜绿，应该是鲜青绿，是往青绿里再添一点墨的绿色，真是小家碧玉，舍不得吃。

白糖白如雪，艾米粑粑如果蘸些许白糖吃，咬一口在嘴里，绵绵芳草，寸接天涯。

珠算前身

人在回忆童谣的时候内心是愉悦的，童谣是愉悦的替身，轻轻拾起，它们在舌尖上慢慢地舒卷着，舒卷着，听见怀间的琵琶轻弹，日子浅浅如浮云。

一　一上一　一下五去四　一去九进一
二　二上二　二下五去三　二去八进一
三　三上三　三下五去二　三去七进一
四　四上四　四下五去一　四去六进一
五　五上五　五去五进一
六　六上六　六去四进一　六上一去五进一
七　七上七　七去三进一　七上二去五进一
八　八上八　八去二进一　八上三去五进一
九　九上九　九去一进一　九上四去五进一
……

口诀童谣，从算珠间整齐地跳跃出来，像一群愣头愣脑的孩子。

放学的少年喜欢拿着手间的算盘，向空中一扬，洒脱的样子。“咔嚓咔嚓”，算珠们像训练好的士兵在方寸之间游走，碰到算框的壁后又齐刷刷地弹回，它们是规规矩矩的孩子，一点也不像我。碰壁南墙基本上都是灰头土脸的，小时候听过撞南墙的故事，当时觉得很奇怪，好好的一定去撞南边的墙干吗，东南西北墙哪边不行啊，偏偏要去撞南边的，真是“肯去死”。“肯去死”是还不如去死的意思，故乡骂一个人笨的时候，常常会这么说。笨和死原本是两回事，扯到一起就有趣了，像猪狗鸡们，原本互无干系，放在一起就是“猪狗不如”“鸡犬不宁”“鸡飞狗跳”“鸡鸣狗盗”；柳如是陈子龙陈圆圆冒辟疆，原本素不相识，放在一起，好戏就鸣锣开场了。算珠们碰壁碰出神清气朗，似乎还越挫越勇，我觉得好玩，像抱了些许个蒲松龄。蒲先生就是碰壁碰出神清气朗的人，少年成名的他，热衷功名，从十几岁参加科举应试一直考到白发苍苍还在坚持不懈，屡屡落第依旧神清气朗，一点也不酸迂。他一生大概主要就做两件事情：赶赶考，写写小说。赶考是上，回家了写小说是下，一上一下也在人生算盘的方寸之间。方寸之间一点也不局促难安捉襟见肘，也能大有出息流芳千古——他写的故事我就很喜欢，看得一知半解看得心惊肉跳还是说他好，抱着书被扇了耳光子还不肯丢下，故乡说“扇着耳光子也不肯丢下”是形容对一件事物的喜欢程度。

第一次阅读《聊斋》时，从罗荣同学家偷偷摸摸地借来，很得意，得意的是别人借不到时我却借得到，他们家的樟木书柜上白纸黑字：“书不外借，免开尊口。”我这一借成功仿佛自己成了内部的，有点像现在的人们弄到了内贡茅台内贡中华内贡大红袍一样。借来的书用报纸包上书皮，包书皮是巧立名目掩人耳目的，晚饭没吃完就在台灯下故作用功了，堂而皇之地铺在书桌上看，好不过瘾。看到盲僧闻过余杭生的狗屁文章“咳逆数声”时忘乎所以哈哈大笑起来，这一笑就露了馅，看书看到哈哈大笑是十分可疑的。母亲过来，我的头上吃了一颗响亮的“爆栗子”，她说，“又是一个掩耳盗铃的主，你混鬼啊！”“混鬼”是蒙鬼的意思，基本上就是骗术平平小儿科。我有点纳闷，能把鬼给骗了，还是小儿科？被识穿的结果是蒲松龄先生连同他的花妖鬼怪们统统被没收。我挠着微微发麻的头，忐忑难安，司文朗贾奉雉这帮穷书生考不考得上关系不大了，关系大的是我拿什么去还啊？

算盘间的珠子们肚子圆圆，一个个像吃得很饱的样子，且清且腴，且清且腴是清晨起来在玉兰树下喝新鲜的“碧螺春”的感觉，我很喜欢。少年抱着算盘在怀间，走在上学的小径，他的身后是一垄一垄望不到边的油菜花开。场景是有点翩翩少年配个白须老朽的味道，孺子老朽，如明人小品，神清气远。尽管少年远远还没到二八，算盘也还没长出过白白的胡须，长出胡须是诗歌，诗歌往往是个意外，诗人就是一个时代的意外。我觉得算珠像荸荠，一盘的荸荠整整齐齐。荸荠在故乡叫“瓷股子”“马蹄”，咬一口，清词丽句，像在吃杜牧的感觉，杜牧风华流美也是清词丽句的。我常常幻想，一场蒙蒙弱雨后，珠子们会长出碧碧幽幽的芽来，碧是淡淡的，幽也是淡淡的，它们是刚刚醒来的嫩春，嫩过“娉娉袅袅十三余，豆蔻梢头二月初”，少年可以在碧绿的草径间放擎一线才气俊爽的风筝。

珠算草的味道咬在舌尖，大约像在吃梦吧，吃一口清清白白的梦。

这是我发明的草，我很得意，常常想象种它一园子，拿去和周树人的百草园比一比。你想一想，等哪天上珠算课，每个学生端了一算盘碧碧幽幽的草在课堂间，何等舒服？估计这样的课堂很快就会改成饭堂，一丛一丛的碧绿青丝在油锅里穿行，老师们放下教鞭，油光满面地拿起锅铲，爆出一团团的白气，炒出来的均是一阕一阕的小令。后来看汪曾祺先生回忆沈从文的文章“沈先生家有一盆虎耳草，种在一个椭圆形的小小钧窑盆里。很多人不认识这种草。这就是《边城》里翠翠在梦里采摘的那种草，沈先生喜欢的。”怅然若失，心里有点像犯错的内疚，不敢再想把课堂改成饭堂的事了。

传说，算盘和算数是黄帝手下一名叫隶首的人发明创造的。黄帝统一部落后，先民们整天打鱼狩猎，制衣冠，造舟车，生产蒸蒸日上。物质越来越多，算账、管账成为每家每户每个人经常碰到的事。在此之前人们用结绳计算，比如生了十只小猪，就打十个结，生了二十头就打二十个结，依次类推，倒也简单。这种计算方法适合平民百姓，可是到了黄帝家就麻烦了。你想想率土之滨莫非王土，计算全国有多少人得打结，计算全国有多少斤粮食得打结，计算全国一年生了多少头猪狗羊猫鸡鸭鹅等等等等均要打结，那得准备多少的绳子啊？整个皇宫还不成了绳子的博物馆，堆满了打结的绳子，皇宫里的大小官员大概什么活也不用干，光打结就够他们受了。想一想黄帝先生早朝时从如山的绳堆中爬过去，满头大汗气喘吁吁的样子，多好玩。所以隶首立下了汗马功劳，黄帝家的一日之间把所有的绳子都给烧了，皇宫里空空荡荡清清爽爽了。中国人从繁复的计算中脱身而出，轻松是轻松了，但对于初学珠算的孩子可是件头疼的大事。

夜间，灯火遥遥，遥遥如远去的日子，姐姐在灯下低眉信手，面色澄静，纤长的手指在算盘上如飞，“画明金冉冉，筝语玉纤纤”，指尖之下，荸荠紫的算珠如“大弦嘈嘈如急雨，小弦切切如私语”，也是“大珠小珠落玉盘”的凝绝。算珠的紫色，是经年的紫，如一片温柔夜色般在流淌。这幅不浓不淡的旧卷中，少女如画中青青绿绿间轻点的胭脂，我觉得灯影间的姐姐很好看，她的手指点在粼粼波光间，指尖晃动的影子在白色墙壁上显得沉静，沉静是安详的睡眠，许多依稀回忆都是沉静的，沉静是回忆的品质。

姐姐的这把算盘有些来历，据说是爷爷当年在湖南经商时用过的，我没见过爷爷，回忆他的样子总是在铺间伏案，短褂长衫，很疏远又很亲切。我对算盘的好奇大概受姐姐的影响，她高中毕业后在一家南货公司上班，那个年代在南货公司工作是件很体面的事，她大约兼做着财务，经常可以在晚间见到她用算盘计算的情景。有天夜晚轮到姐姐和工友值班，两个贪玩的女孩在门上挂把铜头锁就跑出去看电影了。结果小偷光临，这位如传说中的盗贼揭开了南货店顶的黛瓦，盗走了几匹上等“的确良”布，顺便把姐姐的算盘也一并拎走了。事后，姐姐一连哭了好几天，公司领导来劝了好几回都没用，她是真的伤心了，我看着心里也跟着下毛毛雨。现在想来，江南令人眷恋不是没有由来的，连它的小偷在气息上也是如此文雅，想必他也是位珠算高手啊！我一直记得他的风雅，想象着有一天要在文章中要写一写他。

这天下课很早，老师宣布：“明天开始上珠算课，请各位同学记得带算盘来。”那一刻我是激动的，如果换成现在，那就是比期待神舟飞船升天还激动，差不多就赶上北京奥运会了。回家第一件事就仰着头告诉姐姐，“明天学珠算！”脸上满是得意的表情，好像是我早就已经弹指如飞，可以和姐姐的算术一决高低了。

实事常常与期待相去甚远，珠算并不是想象中的那么简单，单单是口诀就让孩子们头疼，而口诀背答如流时，手下常又是一筹莫展，像诗人们空有抱负。空有抱负的诗人我最喜欢陈子昂，他的空是含蓄的，是蕴藉的，而许多失意的诗人的空却是慷慨激昂质木枯燥的。记得，我们还背过一组古口诀：

一求，隔位六二五；
二求，退位一二五；
三求，一八七五记；
四求，改曰二十五；
五求，三一二五是；
六求，两价三七五；
七求，四三七五置；
八求，转身变作五；
九求，五六二五；
十求，六二五；
十一求，六八七五；
十二求，七五；
十三求，八一二五；
十四求，八七五；
十五求，九三七五。

这组口诀大概是出自元朝数学家朱世杰的《算学启蒙》。教书的数学老师姓康，他说通古方能今用。康老师极为认真，我曾跟随他练习过一段时间的书法，有一次写得马虎，被整整罚了一个星期的站。我觉得他颇有些古人的风范，古人在孩子的眼中就是生生硬硬刻在书本之间。这个口诀背是好背，可背的人仿佛置身云里雾里，通篇的“求”，难过求爷爷告奶奶。每逢康老师的课，他几乎都会抽学生背诵口诀，他的标准是倒背如流，背不下来和结结巴巴的都要被罚抄，最多的大约抄过一百遍，关键是该学生抄了一百遍还背不出。康老师很生气，脸色青青，青过田垄间初长的黄瓜。我们常常把口诀抄到纸片上，贴到文具盒的内壁，看老师一进教室，就悄悄半翻开盒盖，有备无患，老师一提问，眼睛盯着纸片就能“对背如流”。有一次轮到我，我站了起来，紧张，因为我好些天没背过。康老师说，请把你的文具盒盖上，这下我要哭了，朱世杰你当你的大数学家，编什么口诀啊？

孩子的性情是喜新厌旧的，算盘很快就如隔夜的开水，隔了一夜，老了，兴趣也暮色苍苍。我们开始流行下起五子棋，一张白纸上画满格子，两人各持一笔，狠斗高低。这天的珠算老师是位代课的女老师，康老师因故未来，大家仿佛松了口气，课堂的活跃蠢蠢欲动。讲台之下是一阵一阵苍蝇一样的嗡嗡声，交头接耳的、嘀嘀咕咕的、下五子棋的不亦乐乎。女老师没有表情地在黑板上写着字。教室里的“嗡嗡”声越来越响了。

忽然，“啪”的一声响，一支粉笔刷呼啸而下，像一颗炮弹，打中了上个世纪80年代初的一个春日。粉笔刷砸在了得意忘形的王晓脸上，腾起一层淡淡的粉尘。王晓同学刚刚大显棋艺连赢了同桌三局，他像吃了茯苓饼的曹操，满是粉笔灰的脸涨得通红。整个教室顿时鸦雀无声，我想笑，还是生生忍住了，嘴唇咬出了牙痕。我把头偏向了窗外，因为怕老师看见我古怪的表情。

教室之外，几株海棠在临窗的融融阳光里，红得触目惊心，这是上个世纪80年代初的早春。早春如一个怅然若失的故乡诗人——他自幼聪慧过人，过目成诵，曾受命在南书房行走，兼任经筵讲官，为皇帝讲授诗文书画，皇帝后来沦为傀儡，他拒与侵略者同流合污，直言力劝，铁骨铮铮，却难能扭转乾坤。山河破碎的年代，一介书生举轻若重，“一片孤忠，唯不克止怀玉入秦，是其遗憾；千秋功论，虽未能抱徐庶归汉，另有苦衷”。朱溢藩仅仅是清朝遗老旧臣中最后的一抹惊红。

末代帝师的苦，如风声吹在一个黄昏朝代的屋顶。如今，在萍乡潜心生活的人们许多和他都素昧平生了。

风声依旧，下课的铃声响了，代课女老师停下粉笔，摇摇算盘，说“清盘”（珠算术语，拨去各档靠梁的算珠，使全盘成为空盘）。孩子们如鸟兽散，冲向回家的校门口。

算盘如那个诗人在落日黄昏中渐行渐远，一泓荸荠紫色虚无在风中，或是在月色幽深间，诗人和它兴许都忍不住回头，月光，夜黑，清酒一壶，江上轮船浓浓淡淡，窗纸上孤独的灯影……似曾相识的仅仅是故乡萍水河间的流水，诗人和算盘均是一段流水，或是一盏昏沉的灯影，或是一尊风化的残碑，它们仅存于浅浅淡淡的感觉间，在模模糊糊的印象里了。印象是好感的一部分，好感如同诗人的抱负，也是虚空的。现世纵欲的膨胀，诗人和算盘都注定要退避红尘——孩子的书包里拿出了计算器，个十百千万，加减乘除，尽在掌握之间。工业的文明让手工的计算无可奈何——消失是它们的宿命。计算器是实用的，快捷是实用的，快捷实用又是众望的，众望所归中，实用主义往往将传统扼杀殆尽——时代造就了诗人和算盘，时代又扼杀了诗人和算盘，一如教书的不免误人子弟，做医生的不免于杀人。

江西色

春草深深

一个叫作田野的早晨，一亩一亩的紫云英在捕风捉影，从根茎到叶子到细碎的花朵，都是默默无闻的淡紫微红。细碎的花朵状若蝴蝶，一亩一亩跃跃欲试的粉蝶啊，试一试遇见庄周的梦见吧，它们毫不张扬，像郑板桥的“诗格卑卑”，一轮红日或是满月从它们的背后升起时，草色和花容更显暗淡了。春末，它们被埋在自己的脚下，人们用来做肥料。小时候一直叫不出它们的名字，语言的缺失，像文字失去了家园。

紫云英是故乡野草，俗名“草紫”，是一种很被贱视的植物，我甚至更喜欢“草紫”的名字，或许仅仅如一个隐藏在岁月阴影深处的诗人，一个孤芳自赏的诗人，一个独坐月光下挥毫书文的诗人。喜欢这样习气淡漠的情怀，《武家坡》有云“在月下，修写书文”，孤芳自赏的确是一种温文尔雅的情怀，但见一个早已远去的精微时代。

捕蝶的孩子们从草紫丛中跑过，撒野的步子冲在花浪间。粉蝶，花朵，紫叶，彼伏此起，微风吹起少年们的绒丝头发。阳光掠过发梢，弹起淡淡一层金色，映衬出脸上沛沛茸茸的汗毛，丰子恺喜欢的他们——裤管上是星星点点的紫渍和碎叶。玩累了，双手枕在头下，躺在遍野的草紫之间发呆望天，身边一浪一浪的锦绣，一丛一丛茎如碧玉花如紫境的草紫之上，无数的蝴蝶要飞起的样子，风乍过，挥动着白的粉的紫的翅膀追风而去。少年望天的感觉是要醉的，天空太明亮，有些刺眼，闭上眼睛，淡紫的花香无孔不入，春蚕破卵了，就往最好的境地做梦，是婴儿含住母亲的乳头，贪婪吮吸甘甜般的陶醉，此刻什么也不想，最好的梦境是虚无，虚无是洵美。

天空无垠，几朵上等的白色蚕丝棉平躺在空中发呆，它们是母亲压平在案几之上的云。此刻，阳光是懒洋洋的，田野是懒洋洋，懒洋洋的春光，时间不知深浅了。

把云朵摘下，熨平，母亲把它们纳入裁剪好的灯芯绒袖管之间，做一件过冬的棉衣。丝绵先要手缝，一针一针地含紧，再放到缝纫机上压线。缝纫机是上海“蝴蝶”，它的踏板之上有一只镂空的大蝴蝶，母亲一踩踏板，这只蝴蝶就飞起了翅膀。发黄的皮带带动着微微潮锈的铁铸转轮，飞快地转了起来，针尖密吻棉衣，缝纫机“咔支咔支”地响着，一缕乌青的头发拂过母亲有些苍白的脸颊。阳光从纱窗之外散步过来，母亲的脸色愈发的白。

陈旧的缝纫机，母亲的背影，“咔支咔支”的踏板声，在粉墙深深浅浅的回忆间。

孩提时候的衣服都是母亲做的。缝纫之前，总是要我给她的缝纫机穿针引线，孩子的眼尖，一根青丝若一线情丝，孩子怎有情丝？所以不可能为情怀所困，简单轻盈地一线穿过针尖，细丝也青蓝幽幽，遗梦悠长。针嘴之下的青色灯芯绒，荡蓝荡漾，好一幅蓝色长卷。不知何年，我将母亲给我缝制的衣服丢失了，或许还有仅存的一件压在老去的樟木箱底，露出浅浅淡淡或是淡淡浅浅的一角——年少的时光啊，仿佛明月前身，它们被描在泛黄的信笺上，清水云烟。岁月在手中轻如旧笺，故去的落霞若即若离，在手指间散淡，淡淡地晕化开去，如鸡叫头遍时，窗外的一角平白，或是尺牍上淡漠的水痕。

我们有多久不曾穿过母亲缝制的衣服了？

竟是惆怅了。

暮春，人们偶采草紫的嫩茎，净炒，味道据说鲜美娇嫩。从未吃过，温文尔雅的孤芳自赏毕竟是无比奢侈的，如今的人们大多随波逐流，即使不逐流也是随波的，孤芳自赏只能是遗风了。说到孤芳，早先，故乡有人家生女，就酿酒储存于花雕酒坛，埋入地下，待到女儿出阁时，以饷客人。多有风情啊，只是此风早已不传，像这个大师稀缺的时代。我且给它取个名字吧，“暮紫花雕”。关公就是喝了它，脸若绯云，一红至今，我曾和同学打过赌，说关羽一定是喝这种暮紫花雕才这般红的，因为别的酒喝了红是红，但脸很快就褪色了，像一个孩子的谎言。

草紫，紫云英；紫云英，草紫，一个朴素而卑微的符号渐渐远行，反而变得高贵起来，或许它原本就是高贵的，我离开故乡那年起就没有再遇见过草紫。一垄一垄，也是楚楚动人的样子，已经是些许年前的花事浪漫了。周作人喜欢它，说它像华丽的地毯，他在《故乡的野菜》中说：

中国古来没有花环，但紫云英的花球却是小孩常玩的东西，这一层我还替那些小人们欣幸的，浙东扫墓用鼓吹，所以少年常随了乐音去看“上坟船里的姣姣”；没有钱的人家虽没有鼓吹，但是船头上篷窗下总露出些紫云英和杜鹃的花束……

周作人的文章有张岱明风，淡淡药芹，也是赤子之心。赤子之心如草紫花开，青青田野上的静静默默和文文静静。我觉得草紫花开时更像初夏里少女的裙摆，一朵一朵细细碎碎的白花，消失在一片淡紫的印染之间，少女们围成一圈，一只脚别起，一只脚跳跃，裙摆荡荡，紫云英在风里，盈盈荡荡，少女的声音如银铃：

马兰开花二十一；
一五六，一五七，一八一九二十一；
二五六，二五七，二八二九三十一；
三五六，三五七，三八三九四十一；
四五六，四五七，四八四九五十一；
五五六，五五七，五八五九六十一；
六五六，六五七，六八六九七十一；
七五六，七五七，七八七九八十一；
八五六，八五七，八八八九九十一；
九五六，九五七，九八九九一百一。
……

“马兰栽”的游戏需要智慧，一边跳跃，一边算术，原本互不相干的事物，放在一起也是妍丽，像两个素不相识的人，在毫无心机的一刻相爱，就分不开了。女孩们的裙摆飘飘，像一首少年刚刚学写的新词，黄毛丫头们的戏耍在校园间兴致勃勃的古树下。那一棵大概是玉兰树吧。

我到现在还是没明白过来，女生们的游戏为何如此地契合，你跳就跳嘛，算什么数学题呢？我的数学像个贫血的孩子，总是一副弱不禁风的样子，我有些烦躁。还好语文不算太差，作文时不时要被老师拿来当作范文在班上朗读。老师朗读时，我把头埋得低低的，有些不好意思看同学们的表情，内心还是很喜悦的，耳朵根红红，几乎要竖了起来，生怕漏过了一句。现在如果听见有人说我的文章写得好，不会有这么心动。

这时，我会望一望窗外的田野，紫云英如含羞的孩子，恬静地延绵在春日间，未来——

绿窗似花

我有些出神。

月光之下，孩子们在听老人们老调重弹，赵子龙手持长枪，杀出一条血路，“射虎山横一骑，裂石响惊弦”，冽冽风雨中，他的束发散开，飞起一篷的乌青，批驳的风声在长枪的红缨之后，飘飘荡荡，如从胸襟里流传出的豪气雅量。

那是一个经常停电的时代，经常停像现今经常不停。一停电，邻居们就会到家里的院中乘凉闲话，喜欢这样的热闹，人多了我就不会去想象黑暗的阴森。屋里，一盏煤油灯渐明渐暗，案几之上怅然若失的一点青锋，在脆弱的黑暗中，灯火摇摇，把灯芯和暗淡的锋芒摇上粉墙，粉墙上的影子是青的，粉墙也是青的，在一团漆黑中，如诗人在乱世之间。一只花脚蚊子试图接近灯火，它的影子变得狰狞，它飞了一阵，我就看不见它了。灯盏之间的煤油不多了，灯火渐微，父亲说，去加些煤油吧。我有些不敢走进屋内，青灯如豆，摇摇欲坠，周围伸手难见五指，一个拉长的黑影在粉墙之上越来越近，那是我自己的影子，影子是人的内心，内心往往比人的身躯要大得许多，沉重得许多。我离开发黄的竹皮椅子，屁股上也会有一条一条若隐若现的竹条印子，那是传统的竹简的影青。传统早已被抛弃了，不，是被压在屁股之下，人们需要之时，会抽出几笺，继承的传统如在抄诗人的文字。传统是欲语还休的寂寞啊，何况溶溶欲滴的文化？

我不情愿地迈开步子，每一步都不敢掉以轻心，摸着黑进屋，听见了一丝风声，是挂在屋檐底下的虫鸣，叫声也是漆黑的，像孤独的呐喊。忽然，脚下踩住一条软绵绵的东西，我跳了起来，它也跳了起来，我们被对方吓得惊叫，一双寒光逃窜，猫的梦被我惊醒。或许它是一只吃过薄荷草的猫，传说猫吃过薄荷草会醉，醉了的猫，梦见自己变成了老虎还是会去与老鼠恋爱？如果是，八成是疯了，疯了看似不幸，其实是诗意。

屋外的大人们听见了我的尖叫，笑了起来。我脸红红地回到院子，虽然谁也看不见我脸红红。就和邻居孩子玩“谁是蒋介石”：

你拍一，我拍一，一个小孩坐飞机；

你拍二，我拍二，两个小孩梳小辫；

你拍三，我拍三，三个小孩吃饼干；
你拍四，我拍四，四个小孩写大字；
你拍五，我拍五，五个小孩敲锣鼓；
你拍六，我拍六，六个小孩吃猪肉；
你拍七，我拍七，七个小孩抱花鸡；
你拍八，我拍八，八个小孩吹喇叭；
你拍九，我拍九，九个小孩喝啤酒；
你拍十，我拍十，看看谁是蒋介石！

说到最后一句时，就向对方扔出了“铁锤”或者寒光闪闪的“剪刀”，“剪刀、石头、布”三分天下，我常常是输家。输了就难免受罚，让我扮《射雕英雄传》里的“梅超风”，我最不愿扮女人，何况是恐怖的女人，我的脸快拉到地上。这个游戏里最冤的其实不是我，是蒋介石。

月光如水。有萤火虫在夜色中写诗，一点荧光，一点荧光，满天，满地，飘着，我看不懂它们的风格。揉揉眼睛依偎在母亲怀间。母亲说，许多年前，也在这样的月夜，她跟老祖母回家。老祖母牵住她的手，身后可以看见暗暗漫漶——踩起的尘土。牙月从稻田背后升起，看见稻田里水银一样的水色，有几朵密云涌起，光线就暗了下来，水汽渐浓。忽然，望见路前站着一个女人，乌发齐腰，直如木片，背着一个红色的布袋子，越往近越看不清她的面目，只剩下越发清晰的身体，和一件绣着银边的紫旗袍，空空荡荡像散失了她的身体。旗袍的紫色是紫色花瓣上用指甲抓出血痕的颜色。老祖母攥着母亲的手越攥越紧，全是汗水，一声不吭，一路小跑。

擦肩而过时，那个女子像一只受了惊的猫，畏缩在路边的粉墙上，身体几乎变成扁平的，她的旗袍上的绣菊，宛如活着的植物，大朵，大朵。母亲看见女人那个红色的布袋，开口处露出点点绿幽幽的光，里面是滚动的白云。走出不足十米，回头，月光穿过乌云，身后的那个女人了无踪影。母亲好奇地问老祖母："我怎么看不见她的脸啊?"老祖母什么也没说，朝背后狠狠吐了几口口水，吐口水在故乡被视为可以化解晦气。

那个月夜是母亲五岁的月夜，些许年后，老祖母才告诉她，那个背红袋子的女人是一只鬼魂，一只叫"红袋子鬼"的魂，她的袋子里带走了些许孩子的魂魄。母亲说哪天我不听话了，就要把我扔给那个女人，我的头皮一阵一阵地发麻。

这是一个朴素的夏夜，夏夜的故乡如一本小人书，一翻就露出诡异的表情——夏夜的故乡啊，飘动着鬼影，潜伏在隐约的黛瓦或是香樟浓密的枝叶间，或是阴暗的巷拐中和蒙尘的屋檐之下，青青白白的风来去无踪，须臾，消失。记忆中的江南夜色需要这样的鬼气缥缈，要不它就不再是故乡了。鬼气其实是灵感和创造力，鬼无疑是一场文化的梦，大梦，小梦，奇梦，怪梦，美梦，噩梦。烂醉如泥的梦境如广陵散早已是故去的久远了，这个时代和成人世界的创造力越来越弱，鬼都躲进人的内心了。鬼的衰弱，其实是灵感的衰弱吧，一群衰弱的文人和一个衰弱的江南。而故乡的鬼在这一点上是诗意的，是精彩绝伦的。

童年的夏天，是关于鬼的夏天。

我忍不住酷热，和伙伴们下鱼塘游泳。回来时候，面色苍白。母亲卷起我的裤脚，用指甲在腿上一刮，一道长长的白，明察秋毫的她喝了一声"大胆"，随即就拧起了我的耳朵，我疼得踮起了脚跟，耳朵又红又烫。母亲不准我私自下水游泳，故乡经常会有孩子失足落水或下水游泳时候被淹死的消息传来。我对它们的恐惧，像游泳时甩不尽的手上水滴。

其实这也是一个羁泊的人对故乡的感觉。离开故乡些许年了，每一年几乎都要回去小住一段时日，往来之间，故乡倒仿佛成了驿站，我常常想，自己又何苦自作多情地把故土当作故乡呢？每次离开时，母亲会不经意地说，“你走了，很长一段时间都不习惯，老觉得你还在家里。”我欲说还休，神色黯然。小学二年级时，偷偷地和伙伴们去楚萍河的铁桥下学游泳，差一点点就没有走上岸来。我失魂落魄地在暮色苍茫中回家，远远地望见家里橘色的灯火，觉得温暖无比。我没有告诉家人经历的惊险，默然地吃饭，洗漱，安静地入睡。危险在醒来后淡薄得像对梦幻的依稀记忆。至今父母对这一天依旧一无所知。

那大概是我第一次下水吧。因为恐惧，我感觉到了无比的兴奋，沉入水底时候，我的脚不知被什么神秘的力量扯住了，但是很快又松开了，于是被呛得呼吸困难的我浮出了河面，浑身湿淋淋地爬上岸边，像从古代回来。

我知道这是自己和水鬼的一次相遇，我坐在岸边发呆，隐隐地惊恐和失落——就像哥哥们在夜晚给我讲鬼怪故事，黄炽灯摇摇欲坠，灯影下墨黑的书柜、雕花床都是巨大阴森的，老式挂钟的摆针不停地摇摆让时间变得恍惚起来。哥哥讲到最关键处，总会大叫一声“啊！”然后猛地一关灯，屋内一片漆黑，死一样的寂静。我曲卷在被窝里要几乎哭了出来，黑暗中漂浮的全是青面獠牙张牙舞爪的鬼怪。

我命硬不死，错过了一次看清鬼怪的真面目的良机。鬼怪如一尊经典，失传了。

水鬼是人们常常说起的一种鬼怪，据说身体矮小，很像一个猴子或小孩，人们把水鬼叫成“水猴子”“水浸鬼”，这两种叫法都是可爱的。它们是死在水中的人变成的，往往会化身成一条翻白的鱼，或是孩子喜欢的玩具，孩子们看见了忍不住要下水去捡，看似水浅浅见底，实际上却深不可测，孩子一下水就不见人影，鬼怪的陷阱是不动声色的心狠手辣。我确实看见过几次水面翻白的草鱼或是鲢鱼，抓回家中爆炒一定味道鲜美无比，那是水鬼的味道。我没有下水，因为牢牢记得母亲的叮嘱，轻易识穿了它们的诡计。阴谋诡计一旦一成不变时，是苍白无趣的。水面，翻白的鱼，无力地动荡了身体，泛起了一圈一圈的波纹，垂死的诱惑，不过如此。我有些得意，有些兴奋。

甄别水鬼的办法是看一看它跳入水中时，是否会有波纹的出现，如果没有痕迹，就是水鬼，如果有就是一只落水的青蛙或是一尾跃出水面的青鱼。正午，路上没有行人，太阳炙烤着路面，热气腾空而起。传说这个时候，水鬼们喜欢在岸边的垂柳下玩耍。我一个人路过河流或者水潭时，总会听见落水的声音时，是不敢看水面的波纹的，我宁愿在想象的迟疑里心怀恐惧。或是，暗夜，静谧的暗夜，巷间的一盏路灯若有若无，夜色更加的幽暗，听见远处水塘的一声落水的声音，“啪”，要生生劈开这幽幽暗暗的夜色。旧岁的夏天，有个孩子溺水失魂在那泓水间。我听见自己的头发在头顶丝丝颤抖的声响，院子间的香樟树影绿绿幽幽，像远古的绢本上的庭院深深。

雷声，电闪，风起，大点大点的雨滴落在香樟看不见的墨绿的叶子上，一个青青幽幽的夏夜。有几只飞蛾在黄炽灯下盘旋，灰色的翅膀挥落些微弱的银粉，像微微弹起的梦境，我怀疑它们也是鬼魂，萦绕在浑黄的光阴里。

一个鬼影的时代，一个江南的时代，一个孩子的时代，如——

香枫渐远

望见，阳光透过枫叶的颜色时，是会凝住神情的。

一直在期待回故土时可以遇见香枫的秋色，漫天金黄，浓郁如李商隐的诗风。期待的感觉是怀抱花朵，是待字闺中，眼里的未来境况绿窗似花。霜染秋叶，冬叩旧巷。姐姐的孩子丹丹说一夜之间，整个越进路上的香枫叶全黄了，雁阵声声。我却错过了，像错过了初恋时的那场约会，垆边人似月，皓腕凝霜雪，那时可是春水碧于天呵——

早上空气清冽，路过堆云路，头顶的香枫树叶仿佛祭红。晚秋远去了，故乡的天空有些老气横秋，看见斑斓的枫叶才荡起些青春的微笑，虽是微微小境也绘声绘色。堆云路两旁一路都是香枫树，初冬时像在空中释放了长长的焰火，一抹重彩在楚萍河畔触笔惊心。香枫是四季故土中最后的浪漫，如美人迟暮。暮秋的堆云路委实像晚唐的诗，格局不大，却匠心独具，依旧浑然天成，枫叶的紫红在微风中流淌，红尘渐远了，仿佛古者筝声淡远，搔首问天，逝水年华般涸开。

这是旧岁末若有若无的文字，重拾时，三九隆冬，冬雨湿了流光。雨在隆冬是瘦硬的，但不乏蕴藉，如黄宾虹晚年的山水画，看上去是冷色调，感觉却是暖意浓郁的，也像废名周树人的散文，人如枯笔，文似湿笔。再读这些旧文，已是“欲寄彩笺兼尺素，山长水阔知何处”，写的感觉真的很幸福。《广西文学》的编辑来电要我把文章题目改改，我实在想不出好的了。堆云路其实仅仅是我的一个想象，想象一抹故去的祭红——

秋末，越进路两旁的香枫，叶染霜黄，树冠盛大如一支支巨大的火把。枫球扬絮，细绒满天飞，天空也偷得斑斑驳驳。于是，路人、车顶、凳椅、路面、行人道间的磨砖，皆是落花，好大的一场香白雪。阳光从树丫、鹅掌叶间透过，流光韵动，光影、树影、叶影、人影，密密匝匝。如近黄昏，斜晖树影，繁宏淡雅，一路都是黄融融的上好光阴。日渐落去时，余晖中的人来车往也是安静的，或者用“静默”来概括，这是“藏”的哲学，这里的风景半明半暗，俗世的风景，半明半暗是诗意。骑着单车从这片树荫穿过是我钟情的年少时光，微笑间荡漾着无忧，闭上眼睛就是花事烂漫。枫荫深处，忽然暗了，不是树阴暗小径，是若有所思的我跌倒了，人仰车翻，惊起路人掩鼻的笑容，落叶纷纷，满地残阳，秋色和烟老。这是少年的日子，确切地说是十六岁的秋天。最近一次回故乡路过这处，细雨纺线，珠跳路面，少年滑倒在雨湿的流水光阴中。夕暮紫红，有年轻的母亲撑伞牵着孩子走过，烤红薯人的叫卖，声音清远……

后院也曾有一株年代久远的香枫，瘦骨嶙峋，八面出锋——黄庭坚或鲁迅一般的锐利。枝叶甚少却依旧饱满，有化繁为简的神韵。遒劲树干是秋色里的枯笔，看上去郁郁寡欢，实际却波澜壮阔。秋天一过，母亲会要我去树下捡枫球。枫球可入药，祛风止痒。儿时皮肤过敏，母亲都会用枫球煮水为孩子们洗澡，疗效神奇。近些年，香枫少了，枫球也成了稀罕之物，时有邻里人家寻来做药引、偏方，母亲总是毫不吝啬。

时常会忆往昔，却很少念及这株故土的树木，不经意地一触，岁月竟深远了——这一株也是成功安置在人生中的伏笔。

秋天，我时常在枫树下仰头举目，聚精会神。枫叶拂风而动，绿光在枝叶间不动声色地轻轻弹起，我那时太小，不懂玩味这晃动树中流光擦着云朵的变幻。我只在期待，那只跳跃的红嘴长尾鸟大意失足，跌落在脚尖的草丛中……

这仅仅是一场关于秋天的守株待兔。

儿时的梦境，是成年人不敢做的，也做不来的。

拾起，脸上几点湿润，溶溶欲滴，下雨了？风生雨间，捧起一捧童年的精华，但觉——

荷风四面

一个铁环在浮尘的路上滚动，少年手持铁钩跟在身后忘情地跑着。铁环一意孤行，我行我素，如一个漫漫红尘中倔强的诗者。如果是在雪地里跑步，它会滚出一条“雪路”来。

少年踏起一脚一脚微尘，他的灯芯绒裤管上沾满了“苍耳”，它们是他穿过草丛留下的证据。“苍耳”是一种野生沙棘，故土随处可见。状如虱子，长有倒刺。古人告诉少年，这些倒挂总会挂在狐狸和狼的皮毛之上，或许还有狈，狼狈为奸多好玩，准确的表达是“狐狸、狼、狈、苍耳合众为奸”，任其浪迹山林或天涯，有一天从其皮毛之上脱落，新生开始。如今，狐狸狼狈躲进了小说，只有天真的少年毫无顾忌地穿行在沙棘之间。

“苍耳”是一场蓄谋已久的阴谋，它们孕育了一整个夏天或秋天的力量，生长就是一种力量的积蓄。我觉得它们倒像是一群如芒刺客，只不过并不为谋财害命，它们谋的是自己的“命”，种子得以传播。苍耳也是性善的，一千多年前，它们为了一个皇帝，放弃了它们唯一的武器——倒刺，沙棘无棘，还是它吗？那个皇帝的衣带在荆棘丛中飘飘，行动如在紫云英中那般飞快，毫无阻力。沙棘在风里含笑，嘴角有血，后来这个皇帝创造了最大的民族“汉族”。这当然是个传说，让我充满好奇。

铁环滚了一段时间后变得有气无力，倒在了小径边一株枯黄的苍耳边上。少年跑到它的旁边，双手撑住自己的膝盖，喘着粗气。他看见满裤腿的“苍耳”，伸手去拍，怎么也拍不落，只有一只一只地摘下，摘得他心里有点点嫉妒，嫉妒那个落魄中的皇帝了，凭什么啊？嫉妒一个一千多年前的人是有趣的，而且有利于社会公德。这样谁也不会说他心胸狭窄，即使心胸狭窄也不会伤害到谁，唯一的不好是，孩子可能会变得孤独起来，孤独是没有对手的狂妄，孤独是一种享受。现世的人们总是在互相嫉妒，古代里嫉妒，现代中也嫉妒，同行相嫉妒，不同行的也相嫉妒，文人们相轻，不是文人的也相轻，尔虞我诈，你争我斗，同室操戈，历史都快被他们嫉妒成一锅酱了。一脚过去，一“踏”，糊涂。

一颗苍耳落入红尘，长出一株碧绿。它从何处而来，少年无从知晓，它或许也忘却了来路。它的出路是求活——逃离它的母体，散落江湖。江湖是地理上的概念，它的求活就是地理上的逃脱，一如背井离乡是可以造就精神的。精神往往又需要从地理的逃脱开始，萍乡才子刘凤诰十八岁中举人，一直在故乡徘徊，三十岁那年赴京殿试，一举成名，乾隆破格授之为“侍读学士”，三十而立，他初成大器。才子的宿命一如苍耳，逃脱本土的小，求精神之大，求精神之活。

或许少年也是一粒微微的苍耳，十七岁离开故乡，确实是求活，只是去了不是海边的边，海在他的鼻尖，如一湾浅水。有前面的刘凤诰，他不敢自比是才子，所以一直碌碌无为。有为的一次倒是记得清楚，他滚着铁环上学，铁环一次也没倒过，即使遇见了石头和浅沟。老师还没来，他得意扬扬地在教室里徜徉，在课桌的行距之间，从一组滚到了四组，早读的同学们都扔下了课本，看着他表演，他更加得意了。忽然，一片寂静。抬头，班主任双手叉着腰瞪着他，铁环被没收，它是教室的禁物。少年郁郁寡欢，挥泪送马谡。回家后，看见一只红漆木水桶，上箍有一只铁环，他热血沸腾，取下，木桶支离破碎。父亲看见，喝了一声，一个耳光打了过来。

“滚铁环”是少年的游戏之一，一群的少年，一群的铁环，在路上追风，他们在比着赛。身边的草丛中，苍耳落尽铅华，露出淡淡的药味。少年在秋末冬初的时候，总会害上大病一场。母亲带他去看病，老中医替他把脉，口中念念有词：“肺上虚火，肝上虚火，脾有虚火……”身体内一团的火，惹火烧身，虚无的火，人类一病至今。他却浑身发冷，精神恍惚，如醉了的李白或是白居易，只是他吟不出诗来。老中医在处方上写下：熟地、百合、浙贝、苍耳……少年记得最清楚的是苍耳，想，什么时候一定要写一篇文章给它的青春。只是他不知此苍耳为何物，它曾经让他心生嫉妒，一个生活中早已遇见多年的风物，为何彼此如此陌生？一个相识多年的人为何如此陌生？婚姻与友情的尴尬，人生的尴尬。尴尬无情，无情是无知，或许我们从未真正彼此相识。少年抓一把苍耳扔进女生的头发里，跑了，女孩哭了，一个学期也不愿意和他说话。

苍耳入药是正道，治了几千年的病，苍耳入发，是乱点鸳鸯谱，胡闹。

经霜的早晨。

老态的树梢、凋落的草丛、枯萎的苍耳沙棘、失去青青记忆的田野，披上了一层淡淡的白，水塘间不澈底的水在冒着微弱的白气。少年背着书包，双手插着口袋走在上学的路上，这条路走了多年，他也没有觉得乏味。稻田里只剩下一些冒着薄薄水汽的稻草垛垛，有一层薄冰在它们的脚下或之间的水涡面上，它们是少年代数课上的三角板、月亮板。一脚踩了过去，嘎吱嘎吱地响，惊起一些过冬的小鸟，他的内心舒服极了，仿佛造了一个濛濛水露的新词。

初冬，苍耳老去，铁环锈迹斑斑。在故土水波脉脉的回忆间。

如今，苍耳碧绿的路边或野地间，还剩几个滚着铁环的追风少年？

旧岁末从镇南关回来，暮色深深，南宁起风，冬天的湿冷重重，陪人在青山霁霖阁吃饭。无意间看见几案上的青花瓷被插上了百合，忽然，就有些疲倦了。握在手上岁月逃离了，日子峰峦渐起，身外的浮华在即将新岁的一天中频频回首，很淡，淡如蝉翼，还是格外地喜欢这些内心的小景——

秋后，和她常去宝贤桥，如果是有雨轻点，菱花就开了，当窗理云鬟，对镜帖花黄，干干净净，莫名地感动。人墨俱淡，漓江两岸的紫箫绵绵若存，风雨桥上爬满了藤蔓，像秋天的屋顶，悄悄红了。

平淡的闲情，时光的倒影，如佳人卷帘，朱影层叠，令人眷顾，是我舍不得写的。

有些恍惚，故乡也在烟雨中，喜欢在这样的光景里做梦——就做梦吧，这是无疑是舒服的。好朋友来时，我会在子夜吊院间的井水泡茶，请喝他们钱财万贯买不到的境遇，我以为是富贵。“千金一刻，正在醉梦之中”，道破了人生的哲学，人生快意之时，大多在梦间。梦阑酒醒，唯有无从羁泊的怅怅然然。

回忆如在临帖，却无从寻找故乡的摹本，临帖是似曾相识，摹本是落花流水，均是逝水光景。一个孩子在绿蓬之下顺着绿条枝往上爬，葡萄青青瑟瑟、一层微白的沛沛茸茸，故乡的摹本又在哪里？回忆中的故乡，早已经不是原本的故乡了。

故乡的真迹又在哪里？

萦萦于自己的回忆，以为找到归宿，归宿也是羁泊的，羁泊还算归宿吗？回忆不过是场华丽的想象，故乡早已擦肩而过，如凌霄花萧萧而下，在多年前的旧雨间。

仅能安慰自己的梦游——“一片的落花都有人间味”。这句话是俞樾后人送给丰子恺的，我拿来慰藉漂泊的灵魂。

烧水壶在电磁炉上呼呼地冒着白气，看见院子间广玉兰从容不迫地盛放，如独自坐在老萍乡的濂溪学堂前，但觉荷风四面。

一个铁环在雪地里跑步，滚出了一条“雪路”，少年跟在它的身后忘情地跑着。